KB023416

한국 근대
문학 기행

함경도 이야기

한국 근대
문학 기행

함경도 이야기

김남일 지음

학고재

근대 문학의 '장소들'이 보여주는
지난날 우리가 꾸었던 꿈

외부로 빠져나가는 하늘길이 막혀 있다시피 한 동안, 그러니까 자영업자들과 소상공인들이 계속되는 사회적 거리두기에 진절머리를 치고, 방호복을 입은 의료진들의 노고에 보내던 격려의 박수마저 차츰 시들해지는 동안, 나는 하루의 꽤 많은 시간을 책을 읽으며 보냈다. 쉽게 엄두를 내지 못했던 숙제 때문이었다. 비대면의 세월이 외려 기회로 다가왔다.

문학을 통해 아시아의 근대를 읽어보자는 게 내 오랜 관심이었는데, 이번에는 특히 한국 근대 문학사의 '풍경'이 내 주제였다. 어떤 논리적 맥락에 따라 그 시대의 숨은 의미를 찾아낸다든지 하는 것은 처음부터 내 능력 밖의 일이었다. 나는 대체 우리 문학의 근대가 어떤 모습이었는지 한 폭의 그림을 그리고 싶었을 뿐이다. 당장은 말 그대로 풍경화였다. 영변의 약산 진달래꽃이 제일 먼저 떠오르고, 이어 죄인처럼 수그리고 코끼리처럼 말이 없던 이용악의 두만강이나 어느 날 소설가

구보 씨가 하루 종일 돌아다녔던 식민지 서울의 도처럼 우리 문학의 무대로서 뚜렷한 아우라를 지닌 '장소들'이 떠오른 건 당연한 절차였다. 전략 같은 건 없었다. 있다면 오직 하나, 나는 마치 A부터 Z까지 도서관의 책들을 모조리 읽자고 달려든, 사르트르의 소설 『구토』에 나오는 독서광과 크게 다르지 않은 전략을 세웠다. 그러다 보니 때로 책은 읽지 않고 숫제 눈에 띄는 대로 지명에만 밑줄을 긋고 있는 나 자신을 발견하곤 헛웃음을 흘리기도 했다.

나는 물론 우리 문학의 근대를 꾸려온 선배 작가들이 실은 그 근대를 당혹으로 맞이했다는 사실을 알고 있었다. 결과적으로 그건 결코 행복한 경험이 아니었다. 나라를 빼앗긴 수모에 가공할 물리적 폭력과 상상조차 힘들 만큼 끔찍한 빈곤이 언제까지고 그들을 쫓아다녔다.

그럼에도, 고백하건대, 코로나 시대의 내 독서는 더없이 행복했다.

가령 이런 장면:

이태준은 1930년대 중반에 쓴 장편 『성모』에서 지금으로선 꽤 낯선 교실의 풍경을 그려낸다. 이제 막 중학생이 된 철진이가 엄마에게 자기네 반 이야기를 들려주는데, 아예 지리부도까지 펴놓고 침을 튀기는 것이었다.

"엄마? 우리 반에 글쎄 여기 이 제주도서 온 아이두 있구 또

나허구 같이 앉았는 아인 함경북도 온성서 온 아이야. 뭐 경상
남도 진주, 마산, 부산서도 오구 평안북도 신의주, 그리구 저
강계서 온 아이두 있는데 걘 글쎄 자동차루, 이틀이나 나와서
차를 탄대…. 퍽 멀지, 엄마?"

지도를 거침없이 짚어가는 그 손가락이 퍽 부러울 뿐이다.

한설야는 고향인 함흥을 떠나 서울에 유학을 왔다가 말 때
문에 멀미를 내고 만다. 서울 말씨를 쓰는 치들은 그렇다 치더
라도 제주도에서 유학을 온 동급생하고는 어떻게 말을 섞어야
할지 도무지 자신이 없었다. 한 걸음 더 나아가 이태준의 등단
작 「오몽녀」(1925)의 등장인물들은 마치 외국말과 다름없는
함경도 육진 방언을 친절한 각주 하나 없이 마구 토해낸다. 어
디 말만 그러한가. 눈은 또 어떠한가. 서울에 내리는 눈은 눈
도 아니었다. 한설야보다도 더 먼 함경북도 성진 출신의 김기
림은 서울에 와서는 제 고향에서처럼 틱 틱 틱 하늘을 가득
채우면서 아쉬움 없이 퍼붓던 주먹 덩이와 같은 눈송이를 본
적이 없노라 했다. 김남천이 벗들과 더불어 술을 마시다가 마
주친, 고향 평안남도 성천의 눈 내리던 어느 밤의 풍경은 이제
는 그때 그 자리를 함께했다는 어린 기생만큼이나 오직 아득
할 따름이다. 나는 그런 드물고 귀한 풍경들을 하나하나 주워
내서는 퍼즐처럼 무엇인가 커다란 그림을 짜 맞추는 내 작업
에 꽤 보람을 느꼈다.

당대의 많은 작가들에게 '장소'는 분명 문학적 상상력의 한 토대였다. 하지만 그것이 언제나 즐거운 회상만 뒤에 남기는 건 아니었다. 예를 들어 노상 〈평양성도〉 따위 병풍 그림으로 나 보던 것을 1909년에야 겨우 기차를 타고 가 처음 눈에 담을 때 최남선의 가슴을 설레게 하던 '그 잘난 우리 님'으로서 평양이, 1931년 화교 배척 폭동 당시 김동인이 직접 목격한 참으로 황망하고 또 처참하기 짝이 없던 그의 고향 평양하고는 도무지 같은 도시일 리 없었다. 이광수는 자하문 밖 산자락에 집을 짓고 또 파는 과정에서 세상사 큰 이치를 깨달았다고 썼다. 그와 동시에 우리는 어려서 죽은 아들에 대한 추억까지 끌어내 조선인의 징병을 권장한 그가 보여준 쓸쓸한 뒷모습도 기억해야 한다.

나는 혼자서 북악을 거슬러가며 집으로 가는 길을 더듬었다. 전차도 훨씬 전에 끊겼으며, 큰길은 전선에 울리는 바람소리와 나 자신의 구두소리뿐이었다.
내 마음은 봉일의 추억으로 꽉 차 있었지만, 그게 꼭 슬픔만은 아니었다.
"군인이 될 수 있다. 군인이 될 수 있다고."
나는 혼자서 중얼거리고 있는 것을 깨달았다. 나는 목소리를 높여, "군인이 될 수 있다"고 외쳐보았다.[1]

이광수의 그 군인이 대체 누구를 향해 총부리를 겨누게 될지 굳이 말할 필요는 없으리라.

이 책을 쓰게 된 내 최초의 관심이 우리 '땅'에 대한 것 이상으로 우리 '문학'에 대한 그것에서 비롯되었다는 사실만큼은 분명히 밝혀야 한다. '도쿄 편'이 이를 설명해준다. 도쿄―엄밀한 의미에서는 '동경'이라는 기표―는 싫든 좋든 우리 근대 문학의 자궁 같은 곳이었다. 사실 우리의 근대는 수신사를 파견하던 시절 이후 도쿄와 떼려야 뗄 수 없는 관계를 맺는다. 근대 문학사에 이름을 올리게 되는 거의 대부분의 주요 작가들 역시 도쿄를 통해 어떤 형태로든 문학과 인연을 맺게 된다. 가령 최남선이 처음 가서 보고 기겁한 도쿄는 서울에서 말 그대로 대룡으로만 보던 것하고는 전혀 딴판 세상이었다. 그런 충격과 경탄이 『소년』의 발간으로, 또 거기 실은 우리 문학사 최초의 신체시로 이어졌다는 건 주지의 사실이다. 아직 학생 신분을 벗어나지 못한 이광수 역시 『소년』과 그에 이은 『청춘』의 주요 필진이었다. 두 사람은 도쿄에서 처음 맺은 인연을 한 40년 좋이 이어간다. 그 인연의 절정 또한 도쿄를 빼고 말할 수 없다. 1944년 그들이 새삼 도쿄까지 건너가 나눈 대담의 기록이 실물로 남아 있기 때문이다.[2] 거기서 조선을 대표하는 두 지성인은 도쿄에서 공부하는 조선의 청년 학도들을 향해 "조선이란 점에 너무 집착하는 모습"을 벗어나 "대동아의 중심이자 중심인물이 된다는 기백"을 지닐 것을 요구한다. 그러면서도 같은 지면에서 그들은 처음 도쿄에 와 문학에 눈을 뜨던 시절부터 새삼 회상을 이어나가는 가운데, 몇십 년을 '국어(일본어)'로 글을 써오긴 했으나 '외국인'으로서 흉내내기가 가능할지 근본적으로 의문이라는 속내 또한 솔직히 드러낸다.

처음에는 서울과 도쿄에 북방 편을 보태 총 세 권을 써내자 했다. 남한의 다른 지역들은 일찌감치 제외했다. 가령 삼남 지역이라면 기왕에 나온 책들이 적지 않은 데다, 내가 특별히 무엇을 보탤 재주와 능력도 없다고 판단했다. 반은 농담이지만, 그곳을 고향으로 둔 많은 동료 작가들이 보낼 지청구와 핀잔도 조금은 겁이 났다. 같은 이유에서, 적어도 서울에 대해서만큼은 내 나름의 이야기를 들려줄 필요가 있었다. 특히 도쿄에 대해서 쓰기로 작정한 이상 그 짝으로서도 반드시 잘 써야 한다고 다짐했다. 서울 대 도쿄, 우리 문학사라는 링에서 벌어지는 두 도시의 흥미진진한 대결을 나 스스로 고대했다. 나머지 하나는 당연히 휴전선 너머 금단의 땅이었다. 북한, 북녘, 북쪽, 북방 따위로 이름부터 골치가 아파도, 사실 그곳을 빼곤 처음부터 이 책을 쓰자고 덤벼들 이유조차 없었을 것이다. 일단 '북방'이라는 이름을 염두에 두고 시작했다. 하나, 작품들

9

은 물론 여러 가지 관련 자료들을 두루 찾아내 읽는 동안 욕심은 점점 커졌다. 그곳 출신 작가들이 먼저 애를 태웠다. 문학사의 한 귀퉁이에 이름 석 자를 겨우 올린 작가들일수록 건몸이 달아 내 소매를 세게 잡아끌었다. 놀랍게도 그들이 신문, 잡지에 쓴 원고지 몇 장짜리 수필 하나에서 전혀 뜻밖의 보물을 발견할 때가 많았다. 만주로 이민을 떠나는 동포들의 가긍한 처지를 기록한 이찬의 짧은 산문 한 편은, 시인에게는 미안한 말이겠지만, 그가 쓴 어떤 시 못지않게 깊은 울림을 전해주었다. 지금 우리가 쉽게 접하기 어려운 지역일수록 한두 사람의 작가가 남긴 드문 자취에 눈이 번쩍 뜨이곤 했다. 가령 이정호의 개마고원과 강계, 김만선의 신의주 따위가 그러했다. 고향이 그곳이든 아니면 어쩌다 한번 지나는 여행길이었대도 작가들은 이리 수군 저리 소곤 애타는 마음을 드러냈다. 결국 북방 편을 한 권에 담아내는 것은 무리라고 판단했다. 옮겨야 할 이야기도 많거니와 우리의 눈길을 벗어나 점점 더 아득히 사라지는 그 땅에 대해서 좀 더 넉넉히 지면을 나누는 것이 의무인 양 내 어깨를 눌렀다. 이제 누구든 쉽게 통일을 해서 뭘 하느냐고 말하는 게 대세가 되었다. 사실 통일은 사서고생일지 모르고, 해도 당장 땅장사에 난개발이 크나큰 시름이리라. 남녘 땅 사람들의 이런 심리적 변화를 아는지 모르는지, 휴전선 너머는 21세기도 이렇게나 시간이 흘렀는데 여전

히 철옹성이다. 진달래꽃이 피고 지던 소월의 그 영변이 이제
는 끔찍하게도 핵으로만 기억된다. 이럴진대 100년 전 백석이
함흥 영생고보에서 무슨 생각을 하며 학생들을 가르쳤는지,
또 제 고향 평안도에 가서는 다시 이름도 생소한 팔원 땅에서
추운 겨울날 손등이 죄 터진 주재소장 집 가련한 애보개 소녀
를 만났을 때 어떤 심정이었을지가 무슨 대수란 말인가.

하더라도 그게 미국도 중국도 일본도 아닌, 바로 우리 땅이
고 우리 문학이었다. 나는, 쓸데없이 근심이 많아선지, 나마
저 외면하면 그 땅과 그 문학이 어디론가 흔적도 없이 사라지
기라도 할 것처럼 초조했다. 게다가 그 땅은, 어지간히 넓기도
해라! 나는 마침내 황해도를 포기하는 대신 평안도와 함경도
를 따로 떼어내는 것으로 내 초조를 달랬다.

물론 근대 문학의 '장소들'은 내가 다룬 범위보다 훨씬 더
넓다. 예컨대 우리 문학사의 '북방'만 해도 비단 휴전선 이북
에서 압록강, 두만강 두 강 이남까지로 제한되지 않는다. 산해
관 너머 중국은 물론, 하얼빈이라든지 시베리아, 심지어 중앙
아시아의 차디찬 초원에도 우리 작가들이 남긴 발자취가 생생
하다. 오직 내 능력과 여건이 거기까지 미치지 못해 아쉬울 따
름이다. 다음을 기할 수밖에.

돌이켜보면 버겁고 험한 여정이었지만, 내가 어떤 길잡이

도 없이 무작정 길을 떠나온 건 아니었다. 내 머릿속 항로에는 꽤 오래전부터 한 권의 책이 등대처럼 빛을 던져주고 있었다. E. 사이덴스티커의 『도쿄 이야기』[3]. 저명한 일본학자로서 그는 『일본문학사』를 쓴 도널드 킨과 더불어 일본 문학을 세계에 알리는 데 크게 이바지했다. 흔히 가와바타 야스나리의 『설국』을 번역해 그가 일본인 최초로 노벨 문학상을 받는 데 결정적인 구실을 한 번역가로 알려졌지만, 내게는 『도쿄 이야기』의 저자로 각별한 인상을 남기고 있었다. 1923년 도쿄를 잿더미로 만든 관동 대지진으로부터 시작되는 그의 책을 읽으면서 나는, 그때는 아직 도쿄를 한 번도 가보지 못한 처지에서도, 도쿄가 어떤 도시인지 그 지리적·역사적 배경까지 넉넉히 짐작할 수 있었다. 게다가 그는 에도에서 도쿄로 환골탈태한 거대 도시의 이면을 읽어내기 위해 자신이 특히 좋아한 한 사람의 작가에게 많은 걸 기댔는데 그것 역시 탁월한 선택이었다. 나는 그때 나가이 가후가 누군지도 몰랐지만, 그 후 우리말로 번역되어 나온 그의 소설들과 산문집을 통해 새삼 그가 일본 근대 문학사에서 어떤 위치를 차지하는지 이해하게 되었다. 나가이 가후는 평생 박쥐우산을 들고 도쿄의 이 골목 저 골목을 누볐다. 하지만 산책자로서 그의 발길이 닿은 곳은 사실 도쿄가 아니었다. 그는 변화와 미래에는 눈길을 주지 않았다. 처음부터 끝까지 에도의 흔적만을 고집스럽게 찾아다녔을 뿐이다. 그의 그런 괴벽에 별로 관심이 없더라도, 가령 대지진이 휩쓸고 간 제국의 수도를 바라보면서 그 처참한 폐허가 실은 끝 모르고 내닫던 교만과 탐욕의 결과로서 자업자득의 천벌이라 그가 질타할 때, 그 목소리(1923년 10월 3일 일기)에는 충분히 귀를 기울일 만한 가치가 있다.

아쉽게도 나는 썩 마음에 드는 그런 식의 서울 이야기를 읽은 기억이 없었다. 호암 문일평이나 조풍연, 이규태 같은 이들의 노작勞作에 문학이 훨씬 큰 비중을 차지했더라면 하는 게 내 아쉬움이었다. 어쨌거나 일을 저질렀다. 소설가가 소설을 쓰지 않고 엉뚱한 짓을 한다는 눈총이 왜 아니 두렵겠는가. 하더라도 전문 연구자가 아니라 소설가라서 외려 용기를 낼 수 있었다. 집필 과정에서 스스로 배운 바가 적지 않다. 더러는 지난날 선배 작가들이 꾸었던 황홀한 꿈을 함께 꾸었고, 훨씬 많이는 그들이 시도 때도 없이 맞닥뜨렸던 간난신고에 더불어 눈물을 훔치고 더불어 한숨을 내쉬었다. 그러다가도 역사책에 남은 굵은 고딕체 사건들 사이로 빠져나간 장삼이사 갑남을녀들의 무수한 삶의 편린들이 그들의 펜 끝을 통해 훌륭하게 되살아나는 것을 보고 감개에 젖기도 했다. 알고 보니, 당연한 말이지만, 그들은 장소들이 아니라 '사람들'의 이야기를 썼던 것이다.

전체를 관통하는 제목을 감히『한국 근대 문학 기행』이라 붙였다. 대상이 되는 시기를 한국 문학의 '근대'로 국한했음을 거듭 밝힌다. '고대'는 아예 내 능력 밖이고, '현대'에 대해서도 뭐라도 말하려면 아직 많은 시간이 필요하리라.

당장 가까운 벗들과 함께 서울을 여기저기 누비면서 '서울 편', 즉『한국 근대 문학 기행: 서울 이야기』에 대한 품평부터 듣고 싶다. 도쿄로 가는 하늘길이 열렸으니 내가 활자로만 더듬었던 지역도 두 발로 천천히 짚고 다닐 기회가 생길 것이다. 가령 동아시아 3국의 근대 문학을 대표하는 작가들, 이광수와 나쓰메 소세키와 루쉰이 짧게나마 한 도시 한 하늘 아래 지냈다는 건 어쨌든 의미 있는 문학적 '사변'이 아닐 수 없다. 그 사변의 뜻을 독자들과 더불어 새기고 싶다. 그래도 내 가장 큰 꿈은 따로 있으니, 휴전선 너머 동해를 오른쪽으로 끼고 내달리는 함경선 기차를 타고 북상하면 띄엄띄엄 정거장마다 나와 이제나저제나 하고 어리숭한 후배 작가를 기다리고 있을 한설야, 이북명, 안수길, 김기림, 최서해, 김광섭, 현경준, 최정희, 이용악 같은 선배 작가들을 만나고, 또 문산에서 끊어진 경의선 철도를 이어나가면 마침내 평양은 물론이고 성천, 개천, 정주, 삭주, 구성, 희천, 강계, 초산, 벽동, 의주 따위 이름조차 낯설고 그래서 더 아름다운 고장들을 두루 만나는 것!

그 꿈을 이루기 위해선, 지난날 우리가 꾸었던 꿈이 무엇이었는지 다시 살피고 묻는 것으로 시작하는 도리밖에 없다.

이래저래 '이야기'가 답이다.

내 무모한 용기에 대한 격려와 함께 교만과 무지에 대해서
도 많은 질정을 부탁드린다.

2023년 봄

김포에서 김남일

차례

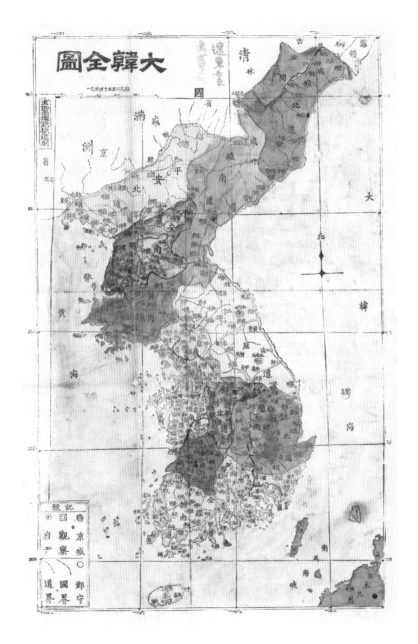

대한전도

『대한신지지大韓新地誌』, 대한제국(1907)

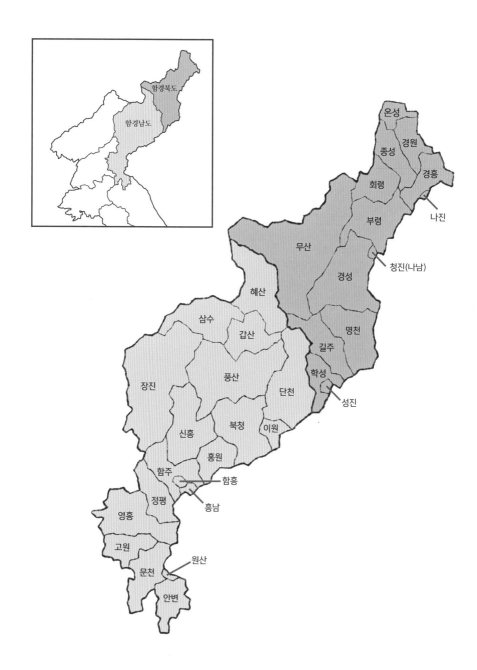

일제 강점기의 함경도

북쪽은 고향

그 북쪽은 여인이 팔려간 나라

머언 산맥에 바람이 얼어붙을 때

다시 풀릴 때

시름 많은 북쪽 하늘에

마음은 눈감을 줄 모르다

– 이용악, 「북쪽」

1

옛이야기 속을
사는 사람들

1898년, 러시아지리협회는 사상 최대 규모의 탐사단을 조직했다. 지리학은 물론 천문, 광물, 지질, 삼림 분야의 전문가들이 두루 포함된 이 탐사단의 목적지는 백두산이었다. 그들은 백두산 등정과 동시에 두만강, 압록강, 쑹화강의 정확한 발원지 추적에 가장 큰 목표를 두었다. 탐사단에는 작가이자 시베리아 횡단 철도 건설 작업에도 참여한 바 있는 철도 기사 가린 미하일롭스키가 참가했다. 그의 미덕은 아무리 힘이 들어도 꼬박꼬박 일기를 써서 기록을 남긴 데 있다.

9월 22일 오후 4시 반, 탐사단은 극동 러시아 하산 지역의 노보키옙스크에서 국경을 넘었다.[1] 녹둔도 쪽이었다. 그들의 시선이 닿는 지평선에 높지는 않아도 뾰족한 모양을 한 민둥산이 보였다. 탐사단원들의 기마 행렬은 포시예트만의 연안을 따라 뱀처럼 길게 뻗어나갔다. 한인들의 집이 여기저기 눈에 들어오기 시작했다. 밧줄로 동여맨 초가지붕과 나무 굴뚝, 그리고 종이로 만든 창과 문 들이 이국적인 인상을 안겨주었다. 모든 집 둘레에는 키 큰 대마와 수수가 심어져 있었다. 하늘에는 벌써 창백하고 투명한 빛을 띤 초승달이 떴고, 사람들은 벽 속에 숨어 모습을 드러내지 않았다. 탐사단은 빠른 속도로 마을을 지나쳤다.

러시아의 탐험가이자 작가인
가린 미하일롭스키. 그는 특히
한국의 민담을 채집하는 데
큰 관심을 기울였다.

그날 밤은 러시아로 귀화한 어느 한인의 집에서 첫날의 여정을
마무리했다.

이튿날 아침, 호기심 많은 한인들이 마당 가득 몰려들었다.
러시아 국적의 한인들은 머리를 짧게 깎았지만, 조선의 한인들
은 정수리에 나선형으로 틀어 올린 독특한 머리 모양(상투)을
고수했다. 들판에도 한인들이 많이 나와 일을 하고 있었다. 그
들은 모두 흰옷을 입고 있었는데, 그 모습이 마치 백조를 연상
시켰다. 가린 미하일롭스키는 탐사단에서 특히 조선의 민담을
수집하는 역할도 맡고 있었다. 옛이야기만이 대상은 아니었다.

그는 어떤 것이든 이야기라면 흥미를 가지고 귀를 기울였다. 개중에는 불과 2년 전에 생겨난 슬픈 백조 이야기도 있었다.

한인들이 녹둔도라고 부르는 크라스노예 셀로에서 한인 한 사람이 얼어 죽은 시체로 발견되었다. 먼 친척들이 그가 누구인지 알아봤고, 곧 고인의 아들에게 알렸다. 열여섯 살 난 아들은 황급히 그들을 쫓아 달려갔다. 시신에 다가가 확인하기 위해 몸을 굽힌 순간, 총성이 크게 울렸다. 이마에 관통상을 입은 아들은 아버지의 시신 위로 쓰러지고 말았다. 함께 갔던 친척들은 놀라 달아났다. 러시아 병사들이 흰옷 입은 한국인들을 백조로 오인해 사격했다는 사실이 드러나는 데는 오랜 시간이 걸리지 않았다. 수사는 쉽게 종결되었다. 러시아 병사들은 아무도 처벌받지 않았다.

가린은 그 이야기를 옮겨 적는 것으로 불쌍한 한인 부자의 명복을 빌었다.

탐사단이 처음 발을 디딘 녹둔도와 조산만에는 한인이 많이 살고 있었다. 두만강 하구에 있는 녹둔도는 조선 초기에 우리 영토로 편입되었다. 조선은 그곳에 둔전을 두고 관리했다. 특히 세종 때 김종서가 함길도 절제사로서 삭풍이 몰아치는 북변을 경략하는 데 큰 공을 세웠다. 경흥, 경원, 종성, 온성, 회령, 부령에는 육진을 두었다. 그래도 국경을 둘러싼 갈등과 다툼은 끊이지 않았다. 1587년에는 여진이 대규모로 침범해 조선 군

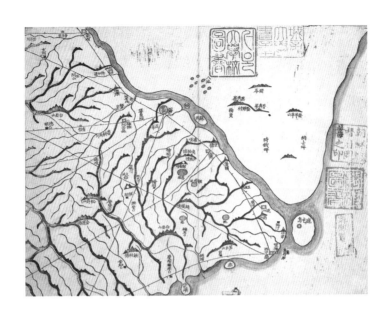

《대동여지도》의 녹둔도 주변 국경 장면.
녹둔도는 섬이었으나 이후 두만강의 퇴적 작용으로
러시아령 연해주에 붙은 육지가 되었다.

사 열한 명을 살해하고 백성 160여 명을 납치해갔다. 조정에서
는 당시 조산 만호였던 이순신에게 책임을 물어 관직을 박탈했
다. 사형을 가까스로 모면한 이순신은 이듬해 백의종군해 여진
을 물리치는 데 크게 공헌한다. 가린은 마을에서 그 싸움과 관
련한 기념비를 목격했다. 영조 때(1762) 함경도 관찰사 조명정
이 세운 승전비였다.

그들은 읽을 수 없었겠지만 그 비석, 녹보파호비^{鹿堡破胡碑}라고도 부르는 승전대비^{勝戰臺碑}에는 이렇게 적혀 있었다.[2]

오호라, 이곳은 고 충무 이공 순신이 변방 오랑캐를 물리친 곳이다. 만력 정해년(선조 20, 1587)에 공께서 조산 만호 겸 녹보 둔전관으로 부임해왔다. 변방 오랑캐가 둔전의 곡식이 익은 것을 보고 무리를 이끌고 와서 목책을 에워싸고 병사를 풀어 크게 노략질을 하였다. 공이 진에 올라 북쪽으로 3리쯤에 있는 높은 봉우리에서 방어하며 적이 다니는 길목에 기병을 나누어 매복시켰다. 날이 저물어 적들이 돌아가는 것을 맞이하여 포를 쏘고 북을 치며 공격하니 죽고 다친 자가 매우 많았다. 적이 크게 두려워하여 감히 가까이 접근하지 못하였다. 후인이 그 봉우리를 승전대라고 이름하였다.

탐사단은 다시 두만강을 따라 서쪽으로 나아갔다. 경흥, 온성, 회령, 무산을 거쳐 백두산을 향하는 여정에서 무수한 마을을 지났다. 가린의 기록 속에서 그것은 탐사가 아니라 마치 어떤 꿈속이나 황홀경을 걷는 것 같았다. 갈수록 산은 높아지고 산마루에는 보랏빛 광채를 발하는 양탄자 같은 구름이 걸렸다. 그늘진 골짜기에는 초가집들이 옹기종기 모여 있었다. 정적을

28

깨는 것은 이따금 들려오는 황소의 긴 영각(울음소리)뿐이었다. 가린은 그런 풍경들이 수천 년 전의 신비로운 심연 속으로 저와 일행을 끌어당긴다고 생각했다. 아마 10년 만에 고향 이타카로 돌아가는 오디세우스 일행을 잡아당기던 세이렌의 유혹을 연상했을지도 모른다. 두만강변과 백두산 일대의 경치 또한 장관이었다. 가린은 시베리아와 우랄알타이, 카프카스 등지에서 아름다운 원시림을 두루 체험했지만 조선의 그것처럼 놀랍도록 아름다운 숲을 본 적은 없었다고 몇 번이고 감탄했다.

가린의 시선은 근대 초기 조선을 다녀간 많은 외국인들의 그것과 크게 달랐다. 러일전쟁 때 종군 기자의 자격으로 평안도 지방을 거쳐 압록강까지 올라갔던 미국 작가 잭 런던은 조선인이 지구상에서 가장 비능률적인 민족이라고 단언했다. 조선인은 쥐뿔 아는 것도 없으면서 배우려고도 하지 않으며 관심도 없다고 했다. 게다가 몸집은 자기네 상전인 '왜놈'들보다 훨씬 크고 강건하면서 도무지 기개가 없다고도 했다. 딱 한 가지 뛰어난 점이 있다면 그건 짐을 지는 능력인데, 그 점에서만큼은 가축처럼 완벽하다고 썼다.[3] 구한말에 조선을 정탐하러 온 한 일본인 역시 더럽고 무지한 조선인에 대해 틈만 나면 비아냥거렸다. 불결은 조선의 명물이라고까지 했다. 그것도 모자라 조선인은 돈만 내면 처첩으로 하여금 손님의 시중을 들게 한다고 적었다. 조선 사람은 대개 비굴하고 구걸 근성이 있다고도 했다.[4] 조선과 조선인에 대해 상대적으로 넓은 이해와 연민의 시선을 던졌던,『조선과 그 이웃 나라들』(1897)의 작가 이사벨라 버드 비숍조차 피상적인 관찰에 기댄 편견을 왕왕 드러냈다. 가린은 달랐다. 물론 40여 일의 짧은 여행이라는 점, 그리고 국경 지대라는 특수성 따위도 감안해야겠지만, 가린은 처음부터 끝까지 우호적인 눈길로 조선인을 바라보았다. 심지어 물건을 도둑맞았을 때조차 매정한 소리를 내뱉지 않았다.

하루는 누가 말고삐를 훔쳐갔다. 화가 난 일행 중 한 사람이 도둑을 붙잡으면 한 대 후려갈기겠다고 말하자, 가린이 말했다.

"화낼 일이 뭐가 있습니까? 우리 러시아에는 도둑이 더 많은데."

그로 하여금 이런 시선을 지니게 한 것은 무엇보다 '이야기'였다. 그의 눈에 비친 한국인들은 현실이 아니라 마치 이야기 속에서 사는 것 같았다. 어른들은 아이들처럼 여가를 온통 옛날이야기에 바쳤다. 게다가 질투가 날 정도로 그 이야기들을 믿었다. 호랑이와 표범과 지네는 사람이 변해서 된 거였다. 산과 큰곰자리의 별빛은 여자들에게 수태를 시키는 능력이 있었다. 죽어서 하늘나라로 간다면 다행이지만 가령 지네 같은 것으로 다시 태어나도 썩 나쁘지는 않을 것이다. 장수는 겨드랑이에 날개를 달고 태어나며, 후손들의 행복은 조상들의 묫자리에 달려 있었다. 누구나 할 것 없이 진지하게 그런 이야기들을 믿었다. 그러기에 특히 밤중에는 호랑이를 호랑이라고 말해서는 안 되었다. '그' 혹은 '그분'이라고 말해야 목숨을 부지할 수 있었다. 마찬가지로 호수나 바다에서 용을 화나게 하면 조난을 당해 마땅했다.

석양의 휘황한 불꽃이 다 타버리고 성큼 다가선 밤의 어슴푸레한 잔광 속에서 산과 들이 마법처럼 사라질 때, 비로소 이야기꾼의 세계가 시작된다. 애나 어른 할 것 없이 사람들은 모두 초롱초롱한 눈으로 이야기꾼의 입만 바라본다.

"우리 골 경흥에 적지라고 하는 큰 못이 있쟎이오? 못으 물이 빨갛대서 그런 이름이 붙었지비. 옛날 옛날에 이성계가 아직 왕이 되지 앙이 했을 때 일이랍메. 이성계가 그때 경흥에 살고 있었지비. 하루느 잠으 자고 있넌데 꿈에 백발노인이 하얀 옷으 입고 나타나서리…."

이야기꾼이 잠깐 숨이라도 고르면 어둑한 방 안에 아이들이 목젖 아래로 꿀꺽 침 삼키는 소리만 유난히 크게 들렸을 것이다.

가린이 만난 조선인들은 열에 아홉은 다 가난했다. 입성은 남루했고 집은 초라했다. 방 안은 대낮에도 컴컴했고 빈대가 들끓었다. 그들은 겁도 많았다. 세상에서 가장 겁쟁이인 중국인보다도 겁이 많았다. 중국인 마적 몇 명만 나타났다 하면 아예 마을을 비우고 사라졌다. 러시아에 갔다가 돌아오는 한인들은 숫자가 수백이 되어도 한 발 총성에 갖고 온 짐과 돈을 모두 내려놓는다. 그리고 정말이지 흰옷을 입어 백조 같은 그 한인들은 백조처럼 순식간에 사라졌다. 그러나 그들은 예의 바르고 친절했다. 호기심이 많고 쉽게 감동했다. 한번은 가린이 담배를 꺼내자 지켜보고 있던 한 아이가 어디론가 쏜살같이 달려가서는 곧 불이 붙은 장작을 들고 왔다. 담뱃불을 붙이라는 거였다. 가린은 감동했다. 사탕이나 설탕을 주면 누구든 두 손으로 공손하게 받았다.

가린은 이렇게 썼다.

> 한국의 산비탈에는 야생 포도가 자라고, 골짜기에는 야생 사과·버찌·자두가 있으며, 산에는 금·철·은·납과 석탄 등이 있다. 하지만 이런 것은 한국인에게 전혀 필요하지 않다. 한국인에게는 행복에 대한 이야기가 필요하다. 그리고 그 이야기는 무거운 돈보다, 빈약한 경작지보다 더 소중한 것이다.[5]

한마디로, 가린의 눈에 비친 조선인은 아직 '호머의 시대'를 살고 있었다. 그들은 "옛날이야기와 전설을 만들어내는 그 시기를 아직 벗어나지 않았든지 아니면 영원히 그 속에서 살고 있는 것"[6]이었다. 녹둔도에서 두만강을 건넌 그의 탐사단은 어

가린 미하일롭스키가 쓴 러시아어본 『한국 민담집』(1952)의 삽화.

렵사리 백두산에 올랐고, 그 후에는 홍호자(마적)의 습격을 받으면서도 압록강을 따라 서쪽 끝 의주까지 나아갔다. 가린은 들르는 마을마다 이야기꾼을 불러 귀 기울이는 노력을 거르지 않았다. 그렇게 모은 이야기들은 책으로 출판되어 한국 민담 연구에 없어서는 안 될 귀한 자료가 된다.[7]

만일 1898년의 한국인들, 특히 국경 지대의 한국인들이 이야기 속에서 살았다면, 그건 현실이 그만큼 가혹했기 때문이다. 이게 '착한 사람' 가린 미하일롭스키가 딱 하나 간과한 사실이었다.

2

윤치호가 마주친
함경도의 민낯

좌옹 윤치호는 훗날 확신에 찬 친일파로 크게 이름을 떨치게 되지만, 청년 시절에는 누구 못지않게 조국의 운명을 걱정한 우국지사였다. 미국 유학까지 갔다 온 당대 최고의 지식인으로서 그는 당연히 개화파의 일원이었다.

1899년, 그러니까 가린이 한반도의 북쪽 국경 일대를 두루 탐사한 이듬해, 윤치호는 함경도 덕원(원산) 감리로 임명되었다.[1] 감리란 개항장과 개시장의 통상 업무를 담당하던 관아의 우두머리였다. 그는 임금의 명이 전혀 달갑지 않았다. 떠날 것인지 말 것인지를 두고 오래 망설였다. 임지가 먼 데 시골이라서 그런 건 아니었다. 사실 그더러 서울을 떠나 함경도로 가라는 것은 그 지난해부터 크게 벌여놓은 독립협회 일에서 손을 떼라는 명령이나 다름없었다. 을미사변(1895) 이후 조정을 손아귀에 넣고 주무르던 친러파들의 입김이 크게 미친 거였다. 아무개가 와서는, 대규모 옥사가 꾸며지는 바 그 속에 윤치호의 이름도 들어 있다는 말도 전했다. 누구보다도 그의 부모가 덜덜 떨며 아들의 원산행을 강력히 권했다. 윤치호는 주변 지인들에게 두루 묻고, 가까이 지내던 미국인들이나 일본인들에

원산 감리 시절의 윤치호.

게도 열심히 의견을 구했다.

　3월 5일, 마침내 덕원 감리 일을 수락하고 서울을 떠난 윤치호는 짙푸른 동해 위에 떠 있었다. 1월 7일에 처음 명을 받은 지 근 두 달 만의 일이었다. 천만다행으로 바다는 잔잔하고 날씨도 화창했다. 왼쪽으로 천연의 벽처럼 솟아 있는 반도의 동쪽 산맥을 따라 배는 부드럽고 빠르게 움직였다. 자연 풍광의 아름다움 때문에 가슴이 벅차올랐다. 하지만 한때 숲이 울창했을 산들이 죄 민둥산이 된 꼴을 보니 슬픔이 엄습했다. 기독교도로서 그는 하나님이 조선처럼 아름다운 당신의 작품을 지옥으로 바꾸는 사람들 손에 그리 오래 맡겨두지는 않을 거라 믿었다. 등에서 물보라를 뿜어내는 고래 수십 마리가 아침 바다를 흥미롭고 활기차게 만들었다. 포경에 능한 일본인과 러시아인은 곧 고래를 전멸시킬 터였다. 하지만 정작 고래의 소유자인 조선인은 그들에게 돈을 주고 산 고래 고기를 먹는 것만으로 만족하리라. 조선인에게는 아름다운 풍광과 풍부한 자원을 가진 조선이라는 나라가 돼지 목의 진주 목걸이에 불과하다. 그날 밤 그가 탄 배는 원산에 도착했고, 그는 곧 이렇게 일기를 썼다.

당시 원산은 1876년에 체결된 조일수호조규에 따라 제일 먼저 문을 연 세 곳의 개항장 중 하나였다. 실제 개항은 부산(1876), 원산(1880), 인천(1883) 순으로 이루어졌다. 개항장에는 외국인의 거류지가 들어섰다. 외국인 중 절대 다수는 일본인이었다. 군사적으로나 교통 측면에서나 원산은 함경도와 조선 동해안 지역을 대표하는 개항장이었다. 장덕산 아래 봉수동에 들어선 일본인 거류지는 10만 평에 달했고, 윤치호가 부임할 무렵 인구는 1,600여 명을 헤아렸다. 군인은 따로 200명이 주둔했다. 거류지에는 공회당, 병원, 학교, 은행, 기선 회사, 우체국 등 근대적 기관들이 두루 들어섰는데, 그것들은 물론 일본인만을 위한 것이었다. 일본인은 자유 무역의 미명 아래 조선인의 피를 마음껏 빨아먹고 있었다. 한번은 조선인들이 삼판선 거래를 시도했다. 삼판선이란 항구 안에서 사람이나 짐을 실어 나르는 작은 거룻배를 말한다. 원산항에서는 이에 대해 일본인이 독점권을 행사해서 조선인의 삼판선은 감히 얼굴을 내밀지도 못했다. 일본인 패거리가 막대기, 칼, 고리, 게다로 덮쳐서 초죽음으로 만들어놓는 경우까지 있었다. 막강한 무력을 지닌 일본 경찰이 그들의 뒷배를 봐주었다. 이번에도 그들은 마구잡이로 조선인을 습격했다. 얻어터진 조선인들이 감리서로 윤치호를 찾아와 억울함을 호소했지만, 그로서도 달리 취할 방도가 없었다. 기껏 일본 공사에게 공식적인 차원의 항의를 하는 것밖에는.

윤치호는 일본인의 지배나 압제 없는 조선의 항구란 햄릿이 나오지 않는《햄릿》연극보다 더 상상하기 힘들다고 고백했다. 그들의 행태는 말하자면 예전에 외국인으로부터 받은 모욕, 수모, 사기를 곱절로 조선인에게 돌려주고 있는 셈이었다.

조선의 관리 윤치호의 눈에 일본인들보다 더욱 한심한 것은 바로 조선인이었다. 원산에 도착해 하룻밤을 지내고 난 다음 날(3월 6일) 쓴 일기가 그의 솔직한 심정을 말해준다.

아침 10시경 기상했다. 방과 복도, 정원이 참을 수 없을 정도로 더럽다. 어디에나 진흙, 먼지, 오줌, 똥이 널려 있다. 방 안 냄새 때문에 숨을 쉬기 힘들다. 녹색과 검은 물이 가득 고여 있는 뒷마당 시궁창은 코와 눈을 공격한다. 안마당에는 지난 몇 개월 동안 아무도 건드린 것 같지 않은 빗자루가 있다. 회계원은 지난 달 경비 80달러 중 남은 돈은 한 푼도 없다고 말했다. 회계 장부를 보고 회계원 말을 금방 납득했고, 그다지 의심스러운 점도 없었다. 감리는 무희를 고용하고, 정종, 담배와 잎담배 등 대외적으로 국가의 재산이라 주장할 수 없는 잡다한 물건들을 사면서 마지막 한 푼까지 집어삼켰다. 이렇게 철저하게 사적이고 하찮은 물건을 사느라 돈을 낭비했지만 집무실을 깨끗하고 질서정연하게 유지하는 데는 한 푼도 사용하지 않은 것 같다. 주사들과 감리는 한 달 안에 80달러를 모두 사용해버리기로 결심한 것 같다. 만약 한 푼이라도 남았으면 그 돈마저 주머니에 챙겼을 것이다. 수치스러운 인간들! 하지만 그 자들은 80달러가 넉넉하지 않다고 불평한다! 물론 그 액수는 그 자들의 더러운 주머니를 채우기에는 충분하지 않을 것이다. 주사와 하인들은 4~5달러에서 60달러 이상까지 공금을 빌려갔다. 주님, 지위 고하를 막론하고 조선 관료들의 몰염치한 부패와 부끄러운 줄 모르는 도둑 근성이 역겹습니다. 조선인이 이 땅을 급속도로 상실하고 있는 것도 당연하다. 정당한 벌이다. 10년 만이라도 이 나라를 무소불위로 통치할 수 있다면, 이 나라를 번영의 기반 위에 올려놓을 것이다.

따뜻한 물로 목욕한 뒤 잠자리에 들었다.

덕원 감리서는 풍광이 아주 좋은 높은 터에 자리 잡고 있었다. 하지만 집무실에서 한 발짝만 나가면 바로 똥밭과 오줌 구덩이가 버선발이 빠지기만을 기다렸다. 덕원군은 원산을 포함해 5개 면으로 구성되고 가구 수는 2,000이라는데, 실제 가구 수는 족히 그 세 배는 될 터였다. 매년 세입은 2만 6,000냥이었고, 그중 꼭 절반이 서기와 그의 부하들에게 지급되었다. 높은 인건비 때문에 관아 건물 하나 제대로 유지할 수 없었다. 전임 감리는 이속들과 짜고 감리서 운영 경비를 몇 달치나 미리 빼돌렸다. 그러고도 모자라 불법적인 세금을 함부로 거뒀다. 말을 듣지 않는 자에게는 15년 징역형도 쉽게 때렸다. 감리서를 처음 방문한 날(3월 7일), 윤치호는 "도둑에 의한, 도둑을 위한, 도둑의 정부 체제에서는 하늘 아래 어떤 나라라도 멸망할 것"이라고 일기에 적었다.

윤치호는 그해 6월 초에 함경남도 감영 소재지인 함흥으로 출장을 갔다. 밤 12시경 원산에서 증기선을 타고 출발하여 다음 날 새벽 4시 30분에 서호진 포구에 도착했다. 서호에서 가장 흥미로웠던 것은 우마차가 서울의 형편없고 더러운 마차보다 훨씬 더 가볍고 편하다는 점이었다. 함흥에서는 새 관아의 완공식에 참석했다. 연회는 기생들의 가무가 인상적이었다. 윤치호의 눈에, 함흥 부사 김 씨는 전형적인 조선의 구식 관료로 다정하고 친절하고 거만하고 부패한 인물이었다.

윤치호의 판단은 그르지 않았다. 3년 후인 1902년 3월 25일 함흥에서 민요民擾가 일어났다. 함경도 관찰사 김종한의 탐욕과 착취가 원인이었다. 사실 그는 매력적이고 잘생긴 노인으로 언변도 뛰어났지만 아무리 떠들썩한 상황에서도 절대 목소리를 높이지 않았다. 무엇보다 그의 뛰어난 능력은 들키지 않고 나라의 곳간을 털고 백성의 주머니를 뒤지는 데 있었다.

『북간도』(전 5부, 1967년 완간)로 잘 알려진 소설가 안수길이 함흥 서호진 태생이다. 그가 쓴 장편 『통로』(1970)는 또 다른 장편 『성천강』(1974)과 더불어 『북간도』 이전 시기의 함흥을 시대적·공간적 배경으로 삼는다.[2] 여기에 바로 이 민요가 등장하며, 수탈을 일삼는 관찰사 김종한도 실명으로 나온다. 함흥 지역에서는 4월 초파일에 관등놀이를 크게 연다. 큰 명절이다. 그런데 얼마나 수탈에 지쳤던지 백성들은 더없이 성대한 관등놀이를 열겠다는 관의 기획에 노골적으로 반감부터 드러낸다. 특히 읍내 밖에 사는 시골 사람들의 반대가 더 심했다. 가뜩이나 살기 힘든 판에 김종한이 보우계까지 꾸리자 몸에서 기름이 마를 정도였기 때문이다. 보우계란 마을마다 계의 앞잡이인 계원을 보내 그곳에서 나는 물산을 싼값에 거둬들인 다음, 그것을

함흥 시장 풍경. 장 보러 온 인파가 만세교를 가득 메우고 있다.

읍내나 다른 지역에 비싼 값으로 되넘기는 조직이었다. 그게
관찰사의 비밀 주머니임을 모르는 이는 없었다. 촌사람들은 헐
값에 울며 겨자 먹기로 제 물건을 팔고는 성안에 들어와 말도
안 되는 값으로 생필품을 사야 했다. 그런 처지에서 관등놀이라
니 울고 싶은데 뺨 때리는 격이었다. 읍내 상인들이야 당장 눈

42

앞에서 오가는 관의 눈을 피하기 어려워 애만 끓였다.

날이 다가오자 읍내에 소문이 쫙 퍼졌다.

"우선 읍 장사꾼 새끼들부터 기를 꺾어놔야 한다."

관등놀이를 하기만 하면 등이고 뭐고 닥치는 대로 박살을 내놓겠다는 거였다. 그래도 장사치들은 관등을 한두 개 내다는 시늉이라도 하지 않을 수 없었다. 그렇게 가게마다 내건 등들이 전보다는 못해도 그럭저럭 봐줄 만큼은 되었다. 각 시전 어귀에는 높이 장대를 마주 세우고 줄을 늘여 등을 빽빽이 매달았다. 가게들은 가게들대로 자기들이 만든 초롱을 따로 내걸었다. 만卍 자를 그린 등, 용의 형국을 딴 등, 수박등, 삼각추의 마늘등, 말갛게 비치는 양각등, 사방등, 봉황의 몸속에서 불이 비치는 봉등…. 주인공인 어린 원구의 아버지는 화륜선 모양의 등을 매달았다. 원구는 할머니의 금족령에도 불구하고 몰래 구경을 나갔다. 하지만 당일 밤 성안에서는 아무런 소동도 일어나지 않았다.

정작 일이 터진 것은 (윤치호의 기록과 차이가 나지만) 칠월 칠석 씨름판에서였다. 그날 저녁 씨름의 준결승전이 막 시작되었을 때 산자락에 빽빽이 들어섰던 구경꾼들부터 벌집을 쑤신 듯 무너졌다. 사람들이 씨름판을 향해 와 하고 내려오자 아래쪽 구경꾼들도 방향을 못 잡고 우왕좌왕 날뛰었다. 씨름판은 일대 아수라장이 되었다. 수만 명이 북문 쪽으로 몰려온다는 소문이

귀에 닿는다 싶었는데, 그때 벌써 선봉대가 성안에 들이닥쳤다
는 소문도 겹쳐 들렸다. 원구는 읍내로 달려갔다. 서문거리의
모든 가게가 문을 닫았다. 거리 곳곳에 방이 붙었고, 어른들이
그 앞에 서서 잔뜩 흥분한 채 결기를 나누고 있었다.

수만 명이 관아로 들이닥쳤다. 관졸들은 문만 걸어 잠근 채
벌벌 떨었다. 횃불이 활활 타올랐다. 머리에 흰 수건을 동여맨
대장이 문루를 향해 고함을 질렀다.

"수문장 들어라! 우리들으느 성안의 사람으 해치거나 군졸들
으 해치려는 것이 아니다. 우리의 원수는 김종한과 그 도둑으
싸돌고 있는 몇몇 두목들이다. 그놈들으….."

김종한과 그 수하를 잡아 넘기라는 포고였다.

그 기세라면 함흥의 성문쯤은 쉽게 부술 수 있었다. 하지만
상대적으로 신망이 높던 함주군 부사가 대신 나서서 백성들을
달래며 말미를 벌었다. 김종한은 그새 북청에 원병을 청했다.
이튿날 약속한 시각이 되어도 관찰사가 나타나지 않자 흥분한
군중이 성을 부수고 짓쳐들어갔다. 물론 김종한은 진작 내뺀
뒤였다.

역시 함흥 출신인 한설야의 장편 소설 『탑』(1940~1941)에
서도 함흥 민요는 초반에 제법 중요한 비중을 차지한다.[3] 여기
선 주인공 우길이의 아버지가 관찰사와 붙어먹는 위인으로 등
장한다. 당시는 매관매직을 하지 않으면 오히려 이상할 정도로

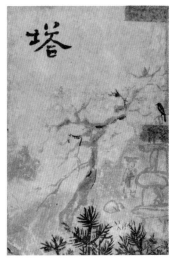

함흥 출신 소설가 한설야와 그의 장편 소설 『탑』.

벼슬이란 벼슬은 죄 돈으로 사고팔았다. 관찰사가 새로 부임해
도 더는 팔아먹을 자리가 없을 정도였다. 그때 8대를 내리 진사
와 급제를 낸 집안에서 자란 우길이의 아버지 박 진사가 꾀를
냈다. '후보 초시'라는 자리를 만들어 초시 아래 능력이 좀 떨어
지는 이들에게 팔자는 거였다. 그때부터 박 진사는 관찰사와 죽
이 맞아 마구잡이로 후보 초시를 떠안기고 돈을 긁어모았다. 당
연히 주민들이 들고일어났고, 그 일로 우길이네는 그 크던 집이

다 무너지고 말았다. 민요는 김종한이 북청에서 불러온 관군에 의해 진압되었다. 주동자 다섯 명은 체포되어 투옥되었는데, 10여 일 후 모두 옥문을 깨고 탈출했다. 누군가 몰래 도와준 게 분명했다.

현실의 김종한은 어떠했을까. 실제로 그는 흉년이 들어 백성들이 굶어죽는데도 보휼계補恤契라는 것을 만들었다. 가난한 백성을 구제한다는 명목을 내세워 돈을 거두는데 그 혹독함에 오히려 죽는 사람이 늘어날 지경이었다. 정부에서 안남미 30만 석을 구휼미로 보냈으나 쌀은 썩고, 그나마 백성들은 한 톨 구경조차 하지 못했다. 민요가 일어나지 않으면 오히려 이상할 상황이었다.[4] 김종한은 파직되었지만 결코 반성하지 않았다.

윤치호는 4월 11일 덕원에서 김종한을 만났다. 그는 처음부터 끝까지 제 행위를 옹호했다. 그 스스로 소요의 원인을 첫째는 백성에 대한 자신의 너그러운 태도, 둘째는 백성의 무지와 배은망덕과 몰염치, 셋째로 폭동이 처음 일어난 영흥의 지방관 이윤재의 선동 탓으로 돌렸다.

김종한은 또 이렇게 말했다.

"지난 2년 동안 나는 폐하께 3만 냥을 바쳤소. 이번에 서울에 갈 때 또 3만 냥을 바쳐야만 한다오. 새로운 관직을 구하기 위해서가 아니라 특별히 날 내버려둔 처사에 대한 대가로 말이오."

김종한에게 손을 벌린 것은 황제만이 아니었다.

"많은 친구와 친척이 찾아와서 금전적인 지원을 해달라고 귀찮게 굴었소. 내가 우리 아들들을 만나는 즐거움을 느낄 수 없을 정도였다오."

따라서 그들을 위해서라도 어쩔 수 없이 다소 '편법'에 기댈수밖에 없었다는 게 그의 항변이었다.

1903년 2월 3일, 원산에는 연이틀 폭설이 내려 근 1미터나 쌓였다. 이날, 궁내부에서 윤치호에게 전보가 날아왔다. 그를 안핵사로 임명하니 함흥 민요를 다시 조사하라는 내용이었다. 당장 그는 "귀찮아죽겠군!" 하고 중얼거렸다. 물론 일은 일대로 처리한다. 차차 보고서를 제출했고, 8월에는 관련된 자들을 처벌했다. 김종한에게는 "민요를 제대로 다스리지 못한 죄"를 물어 벌로 태笞 100대를 내렸다.

3

함경도 월강곡

한반도의 최북단 함경도는 예부터 여진족의 침략에 시달려왔으며, 국경선을 두고도 긴장과 갈등이 끊이지 않은 변경이었다. 나라 안에서도 가장 먼 유배지였는데,『의금부 노정기』에 따르면 경흥, 무산, 회령, 온성 등지는 한양에서 무려 스무 날 이상을 가야 닿는 벽지 중의 벽지였다. 평안도에서 가장 궁벽한 초산, 벽동, 강계 등지보다 며칠이나 더 걸렸다. 그러니 만큼 어쩔 수 없이 쫓겨나거나 혹은 스스로 달아난 자들이 겨우 터를 잡고 살던 땅이었다.

벽초 홍명희의 『임꺽정』「피장」편에는 꺽정이가 스님이 된 스승 갓바치를 찾아 묘향산에 갔다가 둘이 함께 백두산 구경을 떠나는 대목이 나온다. 두 사람은 희천, 강계를 지나 후창으로 나와서 압록강을 끼고 올라오며 갈파지, 혜산진을 거쳐서 백두산 지경에 이른다. 길을 나선 지 달포가 지난 무렵이었다. 그동안에도 오막살이 한 채 없는 곳을 숱하게 지나왔지만 이번에는 도끼 소리 한 번 들어본 적 없을 나무들이 하늘을 가린 숲속에 들어섰다. 앞뒤를 가늠하기도 힘들었다. 가고 가고 쉬지 않고 가도 나무뿐이었다. 만일 방향을 잃고 헤매게 된다면 10년, 20년에도 벗어나기가 어려울 성싶었다. 그 캄캄한 밀림에서 그들은 짐승처럼 살아가는 운총이와 천왕동이 남매를 만난다. 남매에게는 홀어머니가 있었다. 그녀는 원래 갑산의 관비로서 역시 관노로 있던 한 사내와 정이 들어 죽자 사자 했다. 그러던 차 새로 부임한 부사가 여자의 인물을 탐내어 억지로 수청을 들이려고 한 까닭에 둘은 몰래 달아났다. 결국 들어와 살게 된 곳이 백두산 자락 허항령이었다. 그들 부부가 낳은 운총이와 천왕동이 남매는 도무지 바깥세상이라고는 본 적이 없어, 심지어 남녀가 만나 시집 장가가는 대사도 알지 못했다. 꺽정이는 그런 운총이를 아내로 맞이한다.

이처럼 함경도 일대는, 일부 해안가 지방을 제외하면, 워낙 산지가 많아 땅이 부족하고 척박한 데다 기후마저 농사에 적합하지 않았다. 아랫대에서 세상이 어떻게 달라지든 함경도 산골의 세월은 늘 한 가지로 흘러갔다. 〈애원성〉은 함경도에 전해오는 가장 대표적인 민요인데, 제목 자체가 일러주듯 슬프게 원망하는 정조를 바탕에 깔고 있다. 왜 아니겠는가. 밭고랑에 앉아 호미질을 하다가도 절로 한숨이 나오고, 고개 들어 하늘 한번 보자 해도 캄캄한 봉우리가 먼저 눈앞을 가로막는다. 범과 곰, 이리 같은 맹수 근심이야 차라리 사치라고 해도 해마다 냉해, 한해, 수해 같은 자연재해도 돌림병처럼 찾아든다. 그나마 서로 기대고 살던 이웃마저 기어이 떠나버리면, 눈물과 울음이 절로 터져나올 수밖에 없었다.

근대에 들어와서도 달라진 시대를 담아낸 신민요 형태로 그
'애원'의 목소리가 이어졌다.[1]

아라사 양지전인가 정을 주어봤더니
왜놈의 권연지에 몽땅 속았구나

부령 청진 간 낭군은 돈벌이로 가더니
공동묘지 갔는지 종무소식이요

강동 간 님은 돈이나 벌면 돌아오지만
북망산 간 님은 다시 못 온다

〈애원성〉의 기본 주제는 '떠남'이다. 떠남이되, 노랫말 속 아
라사(러시아)·부령·청진·강동(러시아 연해주) 따위 지명이 가
리키듯 관북 지방 특유의 상황과 조건을 반영한다.

1677년 청은 시조의 탄생지를 보호한다는 명목을 내세워 백
두산 이북 천여 리 지역에 봉금령을 내렸다. 사사로이 잠입하
는 자는 엄벌에 처한다 했다. 조선 정부도 두만강과 압록강을
건너가는 월경을 철저히 단속했다. 하지만 조선 북부 지역의
백성들은 봉건 지배층의 가혹한 착취와 각종 부역, 그리고 온
갖 자연재해에 시달리고 있었다. 더는 견디다 못한 이들이 강

을 건넜다. 한식에 죽으나 청명에 죽으나 매한가지라는 심정이었을 것이다.

안수길의 『북간도』는 함경북도 종성의 두만강변에 사는 농사꾼 한복이가 '사잇섬 농사'를 짓다가 관아에 끌려가 벌 받는 장면으로 시작된다. 사잇섬은 두만강 복판에 있는 작은 모래톱으로 엄연히 조선의 영토였다. 굶주린 농민이 거기 가 농사를 짓는대서 문제가 될 일도 없지만, 사실 거기서 무어 농사가 될 턱도 없었다. 그 지역 사람들이라면 사잇섬 농사를 모르는 이가 없었다. 말이 사잇섬 농사였지, 실은 두만강을 건너가 청과 조선이 봉금한 만주 땅에서 몰래 짓는 농사를 이르는 말이었다. 한번 그곳 흙맛을 본 농민이라면 환장하지 않을 수 없었다. 무인지경으로 무려 200여 년을 지낸 땅이니 그 같은 옥토는 어디서도 찾기 어려웠다.

쟁기나 보습, 괭이로 파 뒤집으면 시커먼 흙이 농부의 목구멍에 침이 꿀컥하고 삼켜지게 했다. 씨를 뿌리기만 하면 곡초가 저절로 쑥쑥 소리라도 들릴 듯이 자라 올라갔다. 거름이 필요 있을 까닭이 없었다. 한두 번 기음만 매어주면 다듬잇방망이만큼 탐스러운 조 이삭이 머리를 수그렸다. 옥수수 한 자루가 왜무같이 컸다. 감자가 물씬한 흙 속에서 사탕무처럼 마음 놓고 살이 쪘다. 수수, 콩…. 몰래 하

근대 초기의 간도 용정.
조선인들이 봉금령을 무시하고 두만강을 건너가 개척했다.

는 농사가 아니라면 손쉽게 논을 풀 곳도 수두룩했다.[2]

사잇섬, 즉 간도間島는 이렇게 조선 사람들에 의해 개간되기
시작했다.

물론 마음을 먹는다고 훌훌 떠날 수 있는 일도 아니었다. 조
상의 산소부터가 발길을 붙잡는다. 『북간도』에서 한복이 어머
니는 소식을 듣자마자 펄쩍 뛴다.

"아바지가 어떻게 돌아갔는지 압메? 한아방이(할아버지) 어떻게 돌아갔는지 압메? 그 이전 어른들은 모르겠습메마는 두 어른은 모두 불쌍하게 돌아간 분들입메. 그분들의 산소르 팽개치구는 못 떠납메. 내가 눈으 뜨구 있구서리는 그렇게 못 갑메. 그분들뿐이겠읍메? 어떻게 선산 옆으 떠나 산다구 그럽메? (중략) 아바지느 아애비(한복이)가 백두산에 호랑이 잡으라 포수로 따라댕기는 동안에, '한복아, 논물 대라 가자' 하다가 돌아갔구, 한아방이는 서울루, 팔도강산으루 돌아댕기다가 비렁뱅이 돼 집에 오자 돌아갔습메. 이렇기 불쌍하기 돌아간 분드르 어떻기 팽개치구 떠나겠습메…."[3]

두만강 너머 북간도는 압록강 건너 서간도에 비해 상대적으로 뒤늦게 논농사가 시작된다. 20세기에 들어서야 겨우 논을 풀었다는 기록이 남아 있다. 이는 당연히 처음 이 지역에 주로 입경한 함경북도 출신자들이 평안도 서쪽 해안가 평야 지대의 농민들에 비해 논농사 경험이 부족한 탓이었다. 서리가 내리지 않는 날이 상대적으로 적은 기후도 영향을 미쳤다. 그래도 1910년대에 이르러서는 해란강과 연변 일대에 수전이 상당히 퍼지게 된다.[4]

한편 청이 아니라 두만강 동쪽 러시아 땅으로 넘어가는 이민자들도 생겼다. 그들도 간도 쪽 월경자들과 마찬가지로 초기에는 대체로 봄에 홑몸으로 들어가 농사를 짓고 가을이면 돌아오곤 했다. 소문이 퍼지자 이 마을 저 고을에서 아예 가족을 끌고 넘어가는 이민자들이 속출하게 된다. 기록에 따르면, 1862년 함경도의 13가구가 두만강 바로 맞은편 포시예트 지역으로 건너가 정착한 것이 러시아 집단 이주의 효시였다.[5] 1864년에는 14가구 65명의 한인들이 조선 정부 몰래 건너가 노브고로드에 최초의 한인촌인 지신허 마을을 꾸렸다. 이는 러시아 연해주 지방의 식민화를 꾀하던 제정 러시아 입장에서도 크게 나쁘지 않은 일이었다. 한인 이주자들에게 초기 정착에 필요한 만큼 비상식량을 지원하라는 공문 기록도 남아 있다. 한인들의 집단이주는 계속 이어졌고 규모도 커졌다. 이에 따라 연해주에는 러시아인보다 한인들이 더 많이 사는 지역도 적지 않았다. 연해주의 러시아인 인구는 1882년 8,385명에서 1902년 7만 9,312명으로 증가했다. 같은 시기 한인 이주자 역시 1만 137명에서 3만 2,380명으로 늘어났다.

특히 1869년 기사년과 그 이듬해 경오년에 조선인 이민자들이 폭증했다. 이때는 몇백 가구 몇천 명 단위로 월강 이주자들이 발생했다. 그 수가 어찌나 많았는지 러시아 국경 수비대의 한 장교는 "경흥 주민 전체가 두만강을 넘어 지신허 마을로 왔다"고 표현할 정도였다. 그 두 해에 겹쳐 일어난 흉년은 전에 없이 극심한 재앙이었는데, 이때 함경도 북부 지역은 어디나 할 것 없이 식량이 바닥나 풀뿌리 나무뿌리로 간신히 목구

멍을 달랠 형편이었다. 나라는 아무짝에도 쓸모가 없었다. 알아서들 살아남아야 했다. 월경은 최소한의 희망이었다. 육지 쪽은 물론이고 바다로 건너가는 집들도 많았다. 쪽배를 타고 서수라 앞바다를 넘다가 파도에 휩쓸려 영영 불귀의 객이 되는 이들도 수두룩했다. 강을 건너고 바다를 건넜다고 해서 이민자들의 처지가 하루아침에 달라지는 것은 아니었다. 그들은 주린 배를 움켜쥔 채 하루 종일 딱딱하게 언 땅을 파고 또 팠다. 아무리 추위에 단련된 북관 사람들이라 해도 시베리아의 혹독한 겨울은 차원이 또 달랐다. 1869년과 1870년의 이주자들 중 절반 정도는 굶주림으로 사망했고, 일부는 다시 만주를 향해 떠나갔다. 나아가 러시아의 변경 정책이 이주자들에게 대체로 호의적이었다고 해서 아무런 문제가 없는 것도 아니었다.

  앞서 말한 러시아지리협회 탐사단의 가린은 한국 땅으로 넘어오기 직전 노보키옙스크에서 한 치안 판사를 만났다.[6] 그는 그 지역에 부임한 최초의 치안 판사로 1년 동안 수많은 재판을 담당했다. 살인과 강도 사건이 많았는데, 중범죄자의 대다수는 중국인 홍호자들이었다. 더러 러시아 병사들도 재판에 넘어왔다. 치안 판사는 가린을 만난 그해에만도 러시아 병사 스무 명을 노역형에 처했는데, 대개 '백조 사냥'의 죄를 물었다고 했다. 러시아 연해주에서 백조는 흰옷 입은 한인을 뜻했다. 따라서 백조 사냥은 러시아 한인들을 약탈하거나 해치는 행위를 말하는 은어였다.

치안 판사는 그가 오기 전에 있었다는 한 사건을 이야기해주었다. 어떤 병사가 바위투성이 오솔길을 줄지어 걷던 백조 무리를 발견하고 총을 쏴 그중 네 명을 살해한 일이었다. 그때 그 병사는 이런 식으로 대꾸했다고 한다.

"총을 쏘면 왜 안 된다는 거죠? 저들에겐 영혼 따윈 없습니다. 한 줌 연기뿐인걸요."

다행히 치안 판사가 부임한 이후에는 그런 살인 행위가 일어나지 않았다. 백조 사냥을 한 약탈자들을 노역형에 처한 이후에는 같은 범죄 역시 부쩍 줄어들었다고 했다.

조선과 러시아는 1884년 통상 조약을 맺었다. 국교 수립 이후 러시아는 꾸준히 국경에 시장을 열 것을 요구했는데, 조선 정부는 1889년에 경흥을 개시開市로 정하고 문호를 열었다.

이민자들이 단지 가난과 굶주림 때문에 강을 건넌 것은 아니었다.

1899년 음력 2월 18일, 이날은 훗날 한국 근대사에서 결코 소홀히 다룰 수 없는 하루가 된다.[7] 몹시 추운 날이었는데, 함경북도 종성의 문병규 가문과 김약연 가문, 남종구 가문, 그리고 회령의 김하규 가문 등 네 가문 25세대와 통역 일을 맡은 김항덕까지 다해서 142명이 새벽 여섯 시에 출발해 두만강을 건넜던 것이다. 미리 약속한 월경이었다. 이들은 두만강에서 멀

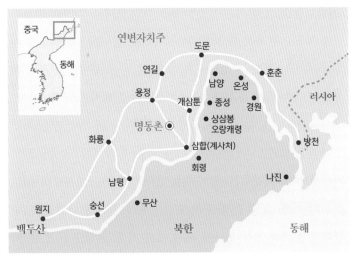

명동촌 명동학교의 후원자들. 앞줄에 규암 김약연(맨오른쪽)과
문익환 목사의 부친 문재린 목사(왼쪽에서 두 번째)가 보인다.

지 않은 부걸라재(비둘기 바위)에 새 둥지를 틀었다. 이듬해인 1900년에는 진작 간도에 들어와 자동에 살던 윤하현(윤동주의 조부) 일가도 합류한다.

이들은 자신들이 자리 잡은 터를 명동촌이라 이름 붙였다. 동쪽을 밝게 비춘다는 뜻으로, 여기에 그들이 정든 고향을 버리고 강을 건넌 이유와 목적이 담겨 있었다. 명동 사람들은 땅이름에 뿐만 아니라 사람, 학교, 교회 이름에도 밝을 명明, 동녘 동東, 빛날 환煥, 봄 춘春, 집 우宇, 꿈 몽夢 자를 즐겨 붙였다. 이 모두가 다가올 날들에 거는 기대가 그만큼 큰 때문이었다.[8]

사실 그들 다섯 가문은 풍족하지는 않아도 굶지는 않는 집안이었다. 무엇보다 이들은 그 일대에 이름이 널리 알려진 유학자들로, 오룡천을 끼고 산다고 해서 이른바 오룡천 5현이라 불리던 가문들의 맥을 잇고 있었다. 오룡천은 함경북도 회령군 화풍에서 발원하여 회령·종성·경원을 흘러 두만강으로 흘러드는 하천이었다. 5현은 회령의 최학암, 종성의 한봉암, 한치암, 남오룡재, 경원의 채향곡을 가리켰다. 이들 다섯 거유의 가문은 비록 조선 조정의 시야에서는 까마득히 벗어난 한미한 존재에 불과했지만, 아등바등 벼슬에 목매달며 헛된 세월을 보내지는 않았다. 오히려 고리타분한 유학을 창신하여 실제 현실과 생활에 맞는 실학으로 다시 세우는 작업을 게을리하지 않았다. 남오룡재의 손자 되는 도천 남종구는 한학의 대가였음에도, 앞으로는 부모에게 제사를 드리는 풍습이 없어지리라 보고 스스로 제사를 포기했고 제자들에게 축문도 가르치지 않았다. 의관도 활동에 편리한 것으로 바꾸어 흰옷 대신 검은 옷을 입었다. 다른 이들도 집에선 책을 읽지만 밖에 나가면 손수 땔감을 하고 지게로 물을 길었다. 온돌 고치기, 벽 바르는 일 따위를 마다하는 이도 없었다.

물론 그들이라고 고루한 구습을 다 벗어던진 건 아니었다. 예컨대 당시는 여자들에게 이름도 지어주지 않던 시절이었다. 오룡촌 유학자들의 경우도 크게 다르지 않았다. 함경도 육진 지역에서는 사내아이든 계집아이든 세 글자로 아명을 지었다. 계집아이의 경우에는 대개 계집 녀女 자를 붙이고 읽기는 꼭 '네'로 읽었다. 가령 김하규의 딸들은 차례로 노랑네, 귀복네, 곱단이, 고만네, 어린아, 데진네였다. 당연히 노랑네는 머리가 노랗다고 해서, 고만네는 딸은 이제 고만 낳으라고 해서 붙인 이름이었다. 데진네는 버린 아이 바리데기처럼 내던진 아이라는 뜻이었다. 태어났을 때 또 딸이라 해서 태도 안 자르고 누룩 덩이를 올려놓은 것을, 사촌 아주머니가 와서 "형님, 이러면 안 됩꾸마"해서 겨우 태를 잘라 태웠다고 했다.[9] 여자들도 명동에 와서 비로소 이름을 갖게 되는데, 새로 믿게 된 기독교의 영향으로 대개 이름 가운데에 믿을 신信 자를 돌림자로 넣었다. 고만네는 김신묵, 데진네는 김신철, 어린아는 김신희가 되었다.

명동촌에 신자를 넣어 이름을 지은 여자들만 60명이 넘었다.

　오룡천 사람들은 명동에 도착하자마자 미리 한 약속에 따라 학전이란 명목의 땅부터 떼어놓았다. 명동에서도 가장 좋은 7,000평의 땅이었다. 김신묵의 기억에 기대면, 명동학교가 공산주의자들 손에 넘어가는 1929년 무렵에는 80일 갈이(약 8만 평)로 늘어 있었다고 한다. 아무튼 그들은 거기서 나오는 돈으로 후대를 잘 가르치겠다는 의지를 다졌다. 실제로 이들은 이 학전을 바탕으로 1906년에 서전서숙을 세우는데, 이 학교는 1908년에 저 유명한 명동학교로 다시 태어난다. 일제의 탄압과 재정난으로 폐교될 때까지 숱한 인재를 배출하는 이 학교 출신으로는 문익환, 송몽규, 윤동주, 나운규, 서왈보 등이 있다.

4

언 땅에
어머니를 묻다

청일전쟁(1894~1895)의 여
파가 채 가시지 않았는데 한반도는 다시 전쟁의 소용돌이에 휘
말린다. 이번에는 러시아의 남진 정책과 일본의 만주 진출 전
략이 충돌했다. 1904년 2월 8일, 두 나라 해군이 인천 앞바다
에서 포격전을 벌였다. 일본은 기다렸다는 듯 뤼순항을 공격했
다. 이로써 전쟁이 발발했다.

러일전쟁도 청일전쟁과 마찬가지로 한반도의 서쪽 축을 중
심으로 전개되었다. 제물포해전과 평안도전투(평양전투, 정주전
투, 의주전투, 압록강도하전투 등)가 대표적이었다. 일본군은 러
시아군을 파죽지세로 몰아붙였다. 그렇지만 동해안 쪽 함경도
지방은 러시아 연해주와 맞닿아 러시아군의 진출이 상대적으
로 용이했다. 1904년 5월 일본군이 압록강을 건넌 이후 전쟁의
주요 관심이 만주 지역으로 이동하자 함경도 지역이 한반도 내
에서 유일한 교전 지역으로 남게 된다. 만주보다 비중은 적더
라도 두 나라 모두 함경도를 쉽게 포기할 수는 없었다. 만약 러
시아가 승리할 경우 일본 본토가 지장을 받고, 그 반대의 경우
에는 부동항의 확보를 통해 남진 정책을 추진하려던 러시아의
기본 전략이 크게 타격을 받기 때문이었다.

러일전쟁을 그린 일본 화가의 우키요에.
"대승리: 우리 함대, 2월 9일 인천항에서 러시아 함정 두 척을 격침시키다"라는
설명이 붙어 있다.

안수길은 장편『통로』에서 러일전쟁의 각축장이 된 함경도
의 상황을 그려냈다. 일본군은 전쟁이 나기 전부터 전신과 철
도 부설을 명목으로 조사단을 파견해두고 있었다. 그런데 그
지방 동학당 중 한 사람이 일본군이 주둔 중인 우체국에 격문
을 써서 뿌리는 일이 발생했다. 당장 물러가라, 그렇지 않으면
조화가 무궁한 동학군이 혼을 내주겠다는 내용이었다. 그러면
서 내세운 '조화造化'가 기발했다.

"일본군이 총을 쏘면 총구멍에서 물만 나올 것이다!"

일본군이 수색을 시작했다. 동학도 몇 사람이 살해되었다. 그

들의 시체는 가마때기로 아무렇게나 덮여 방치되었다. 마침 주인공 원구의 삼촌 혁찬이도 동학당의 일원이었다. 그는 소식을 듣고 몸을 피하기로 결정했다. 어린 원구는 삼촌에게 들은 풍월로 전보다 더 열심히 "시천주조화정 영세불망만사지"를 외었다. 그러면서 무극대도가 하루 속히 드러나기를 기도했다. 하지만 조화는 쉽게 오지 않았다. 오히려 그 사건으로 인해 관북, 적어도 함흥 일대의 동학당은 급속히 세를 잃고 말았다.

일본과 러시아가 붙었다는 소식이 들린 지 서너 달 만에 러시아군이 함흥에 진주했다. 일본군은 미리 피해 충돌은 없었다. 원구의 부친은 그때 시장에서 재봉틀을 가지고 옷 수선 가게를 하고 있었는데, 어느 날 러시아 군인의 방문을 받았다. 말이 통할 리 없었다. 그러나 눈치코치로 군복을 맞춰달라는 소리임을 깨닫고 고개를 끄덕거렸다. 사실 러시아군은 연해주로부터 긴 해안선을 따라 오래 내려오는 동안 군복이 닳고 해어진 사람들이 많았다. 원구의 부친은 그 기회를 타서 돈을 제법 만질 수 있었다.

한설야의 장편 『탑』 역시 비슷한 시기 함흥을 주무대로 시작한다. 러시아군이 함흥에 진주한다는 소문이 들리자 주인공 우길이네는 피란을 간다. 우길이의 아버지는 함흥 민요 때처럼 또 다시 가묘만 끌어안고 총총히 집을 빠져나왔다. 아라사(러시아) 병정들은 색옷을 입고 나타났다. 소문을 듣자 하니 그들은

65

대통을 깨어서 댓진을 빨아먹는다고 했고, 계집이면 노소를 가리지 않는다고 했다. 우길이네는 100리 떨어진 수상으로 피란을 갔고 거기서 1년을 지낸다.

일본이라고 크게 다르지 않았다. 윤치호는 그때 서울에 있었는데, "일본인의 야비함과 일본인의 음모, 그리고 이권을 추구하는 정책은 아닌 척 위장하지만 그럼에도 확고부동하게 반일 태도를 취하도록 수많은 조선인을 몰아세우고 있다. 조선인은 대부분 가슴속에 일본의 패배를 바라는 은밀한 소망과 기원을 깊이 간직하고 있다"(1904.10.20)고 일기에 적었다.

이듬해 일본이 승리를 거두자, 윤치호의 태도는 돌변한다.

일본이 러시아를 이겼다는 사실이 기쁘다. 일본인은 황인종의 명예를 훌륭하게 지켰다. 백인은 지나치게 오랫동안 상황을 지배해왔고, 수백 년 이상 동양 민족을 억눌러왔다. 일본이 홀로 이 미몽을 부수었고, 비록 일본이 실패했다고 해도 일본의 영웅적 행위의 위대함은 불멸의 영예로 남았을 것이다. 만약 일본이 졌다면 이 세상 어느 곳에서 황인종이 얼굴을 들고 다닐 수 있겠는지 한번 생각해보라! 나는 황인종의 한 사람으로서 일본을 사랑하고 존경한다. 그러나 일본에게 독립을 비롯해 모든 것을 빼앗기고 있는 조선인의 한 사람으로서는 일본을 증오한다(1905.9.7).

조선의 백성들은 세상이 어찌 돌아가는지도 모른 채 제 땅에서 벌어진 남의 나라들의 전쟁에 이리 몰리고 저리 쫓기느라 정신이 없었다.

러일전쟁이 막 시작되던 1904년 5월 강원도 철원 출신 이창하는 함경도 덕원 감리서 주사에 임명된다. 좌옹 윤치호가 1899년부터 1903년까지 두 차례에 걸쳐 감리를 지냈던 바로 그곳이다. 둘이 서로 만났다는 기록은 없다. 그 무렵 윤치호는 서울로 돌아가 외부 협판직을 맡고 있었던 것이다.

이창하가 덕원(원산)에서 어떻게 지냈는지는 알려지지 않았다. 다만 적어도 그의 장모는 무척 행복했던 것 같다. 비록 소설이고, 또 직위가 실제 주사보다 높은 감리로 나오지만, 사위가 "원산에 부임한 뒤로는 서울서 동대문 밖 나서서는 모두 자기 사위의 천지인 듯, 안하에 걸리는 사람이 없었다"고 한 기록이 있기 때문이다.[1] 하지만 그런 행복은 생각만큼 오래가지 못했다. 무슨 일인지 사위가 집에도 들르지 않고 서울 직행을 몇 번 하더니 갑자기 살림을 족치기 시작한 것이다. 종갓집이라 알토란 같던 재산을 허둥지둥 헐값에 팔았다. 그런 후 또 갑자기 낭아사키(나가사키)라는 데서 편지가 오고, 다시 석 달 후 고베라는 데서 편지가 오고는 그것으로 뚝 소식이 끊겼다. 어떻게 흘렀는지도 모르게 옹근 이태의 시간이 훌쩍 흘렀다. 이 감리가 다시 철원 용담에 나타났을 때는 날이 어슬어슬한 다저녁

때였다. 장모는 깜짝 놀랐다. 사위는 방갓을 쓰고 그림자처럼 들어섰다. 두건을 벗는데 상투가 없었다. 중처럼 삭발한 건 아니었다. 비뚜로 가르마를 탄 게 그때 그 지방에선 처음 보는 머리였다. 사위는 집안사람들에게 단단히 입단속을 시켰다. 자기 온 것을 모르게 하라고 했다. 그러면서 간도로 곧 떠날 터이니 준비를 하라 일렀다. 사위는 동이 트기 전에 사라졌다. 하지만 그의 운은 딱 거기까지였다. 그는 곧 붙잡혀 초주검이 될 때까지 문초를 당했다. 개화당이니 역적이니 하는 말이 돌았다. 막대한 돈을 갖다 바치고서야 겨우 사람을 빼낼 수 있었다. 알고 보니 친일 개화파란 이유로 의병에게 크게 책잡힌 것이었다.

1905년 을사늑약 이후 최익현, 민종식 같은 양반들이 의병을 일으켰다. 평민 신돌석이 이끄는 부대도 이름을 떨쳤다. 1907년에는 군대 해산을 계기로 더 큰 의병대가 궐기했다. 철원에서는 강화 진위대 출신 연기우를 대장으로 하는 의병이 수십 수백의 세력으로 철원 헌병대와 연천 수비대를 습격했다. 그해 가을에 이인영을 총대장으로 하는 13도 창의군이 서울로 진공을 감행할 때 연기우 부대도 동대문 밖 30리 지점까지 진격했다. 뜻을 이루지는 못했다. 1908년에는 강기동 의병대와 연합 작전을 전개했다. 200여 명 병력으로 포천군 송우 등지에서 일본 헌병대와 장시간 교전 끝에 적 2명을 사살한 전과를 거두기도 했다. 하지만 실존 인물 이 주사를 위협하고 추궁한 게 어느 부대인지는 알기 어렵다. 이창하는 그들을 원망하지 않았다.

"의병 그들이야 욕하지 말라. 그들의 끓는 피야 얼마나 귀한 거냐. 다만 그들을 거느린 사람들이 시세를 분별하지 못하니…."

그는 메이지 유신을 통해 일찍 문명개화를 이룬 일본의 힘을 이용하자는 쪽이었지만, 의병들은 왜의 일이라면 무가내로 내쳤던 것이다. 그는 그게 섭섭했을 뿐이다.

1909년 이창하는 가족을 이끌고 원산으로 갔다. 거기서 배를 타고 아예 조선을 떠나 노령(러시아령) 연해주로 건너갔다. 블라디보스토크는 1860년까지 중국의 영토였고 해삼위로 불렸다. 해수애라고도 했다. 이창하는 그곳 어디서 35세 짧은 생을 마감한다. 외아들은 그때 일을 거의 기억하지 못한다. 아버지는 하룻날 웅기에서 들어온 행인에게서 무슨 소식을 들었는지 땅을 치면서 통곡했고, 그때부터 갑자기 병이 덮쳐 하와이, 고베, 나가사키, 서울 등지에 널려 있는 동지들에게 전통 한 번 넣지 못한 채 "밤중 달 걸친 파도 소리 고요한 이국 창 밑에서" 생사를 달리했다. 물론 이 역시 만 나이로 겨우 다섯 살이던 아들의 기억 속에 직접 남아 있던 장면인지는 알 수 없다.

그 소년이 자라 이름을 내는 소설가가 된다. 상허 이태준이다.

그가 소년의 시점으로 그때 일을 썼다.

남은 식구들은 곧 노령을 떠났다. 철원에서부터 일 봐주던 이를 시켜 조선 목선을 한 척 구했던 것이다. 배 제일 우묵한 칸에는 소나무 가지를 많이 찍어 깔고 그 위에 흙물도 채 들지 않은 아버지의 관을 실었다. 그 뒤로는 온전히 바람과 파도의 몫이었다. 하루는 비까지 뿌렸다. 파도는 점점 거칠어졌고, 방아 찧듯 하는 뱃머리를 때리다 못해 집어삼킬 듯 달려들었다. 밑으로 가라앉았다 용케 또 올라올 때면 물은 좌우 없이 폭포처럼 좌르르 쏟아졌다. 하필이면 파도가 제일 심한 날, 어머니는 해산을 했다. 바닷물에 젖은 이부자리는 다시 양수에 칠갑이 되었다. 물투성이 딸을 낳았다. 바다에서 낳았대서 해옥이라 했다. 뱃속의 쓴물 한 방울까지 죄 토해내고 송장처럼 늘어졌던 외할머니가 기가 차서 한마디 했다.

"눈 딱 감구 바다에 넣어버리자. 심청이는 애비 눈 띄기 위해 임당수에두 빠졌다는데 이 핏뎅이가 이 여러 식솔 무사하게 살아나게 해주면 좀 좋으냐? 암만 해두 이 바다가 범연치가 않다…."

산모는 당신 어머니의 이런 소리가 한마디도 귀에 들어오지 않았다. 대신 사공들을 불러서는, 하필 청진까지가 목적이 아니니 어디고 가까운 나루만 짐작이 되거든 배를 붙이라 했다. 사실 의병 때문에 시달림을 안겨주었으니 철원에 간들 이제 그들을 반겨줄 친척도 없을 터였다. 이튿날 아침 다행히 바다는 잔잔해졌고, 배는 너덜령 끝을 지나고 있었다. 바위가 줄지어 늘

1900년대 초 함경북도 웅기항 전경.
이태준의 가족은 이곳에서 가까운 배기미에 정착했다.

어서 배꾼들의 지표가 되는 곳이었다. 배기미라는 작은 포구가 보였다. 배는 점심때 쯤 그곳에 닻을 내렸다.

이태준의 가족은 배기미에 정착했다. 한자로 이진梨津이라 쓰는 배기미는 웅기만 아래쪽의 작은 포구로, 행정 구역으로는 함경북도 부령군에 속했다. 청진항과 나진항 사이에 있는데 나진항 쪽에 좀 더 가깝다. 앞바다에서는 명태, 가자미, 이면수 따위가 많이 잡힌다. 배기미에서 평지라고는 소청거리에서 내려

71

오는 길뿐이었다. 그 길이나마 파도가 세찬 때에는 바다가 되어 사람들은 산등을 타고 돌아다녀야 했다. 집들은 모두 마당도 없이 까치집처럼 산비탈 잔등에 붙어 있었다.

이태준의 어머니와 외할머니는 배기미에서 빤히 바라다보이는 소청거리에 작은 음식점을 냈다. 청진·부령에서 웅기로 들어오는 큰길이 동네 한복판을 지났기에 오가는 길손이 끊이지 않았다. 소설에 따르면, 강원도집이라 불린 가게는 금세 자리를 잡았던 모양이다. 그곳 사람들은 녹두로 청포를 해 먹을 줄 몰랐다. 묵을 쑤기가 바쁘게 별식으로 팔렸다. 청진서 밀가루가 들어오나 뜨덕국(수제비)이나 해 먹었지 만두나 밀칼국(칼국수)은 해 먹을 줄 몰랐다. 찰떡은 해 먹어도 메떡(흰떡)은 해 먹을 줄 몰랐다. 그런 까닭에 또 만두와 밀칼국과 떡국이 세가 나게 팔렸다.

"회령읍이나 청진읍 가도 강원도집 음식만 한 게 있을 쉬 있소?"

강원도집 음식 솜씨는 웅기는 물론이고 멀리 회령·부령·청진에까지 소문이 퍼졌다.

이태준은 소청에서 서당을 다녔다. 위로 누이는 말 타고 이틀 거리 회령에 새로 생긴 학교에 들어갔다. 언제부턴가 그의 어머니는 자주 앓아누웠다. 무슨 생각이 들었는지 가을에는 아버지의 유골을 잘 수습하여 인편에 고향으로 보냈다. 그 얼마

후 말 타고 사흘 거리에 있는 큰 읍 경성에 자혜병원*이 생겼는데, 당신이 직접 큰맘을 먹고 가서 입원했다. 당신마저 쓰러지면 아이들은 어떻게 하나, 걱정이 앞섰을 것이다. 하지만 그런 보람도 없이 다시 얼마 후 총총히 남편의 뒤를 따라가고 말았다. 1912년의 일이었다.

한국의 근대 문학사, 특히 소설은 두 사람의 고아를 빼놓고는 논할 수 없다. 평안북도 정주 땅에서 고아가 된 한 사람(이광수)은 근대 소설의 기틀을 마련했고, 함경북도 배기미에서 고아가 된 다른 한 사람은 한국 소설에 한국어의 아름다움과 품위를 제대로 보탰다.

어린 이태준은 아버지를 여읜 곳이든 어머니를 여읜 곳이든 '눈'으로 기억했다.[2] 두 곳 다 눈이 한번 왔다 하면 강산으로 쌓였다. 다시 소설로 돌아가자. 섣달 그믐께였다. 그날도 장마 지듯 눈이 쏟아졌다. 길이 막혀 아이들은 집에도 못 가고 서당에서 잠을 자야 할 판이었다. 밤참이랍시고 도루묵(은어) 알 한 함지 삶은 것이 나와서 한 움큼씩 나눠 들고 우적우적 먹을 때였다. 눈길을 뚫고 무슨 기별이 왔다. 장정 한 사람이 눈밭에 서서 훈장하고 쑥덕쑥덕 이야기를 나눴다. 놀란 훈장이 소년더

---

* 관립 병원으로, 1910년 9월에 강원도 춘천, 경상남도 진주, 평안북도 의주, 황해도 해주, 전라남도 광주 등에도 함께 개설되었다. 자혜병원은 나중에 대개 도립 병원이 된다.

러 어서 집에 가보라고 했다. 소년은 장정의 등에 업혔다. 겁이 났지만 왜 그러냐고 묻지도 못했다. 어른도 무릎이 빠지는 눈구덩이에 길이 분별될 리 없었다. 마을 사람들이 중간에 세 군데나 서서 소리를 질러주는 게 곧 길이었다. 그렇게 해서 겨우 집에 돌아간 소년은 방 안 그득히 동네 노인들이 들어앉아 있는 것을 먼저 보고, 이어 방 한쪽에 하얀 이불을 덮고 그린 듯 누워 있는 어머니를 보게 된다.

"이게 울 줄이나 아오!"

동네 노인들이 대신해 소리를 내 울어주었다. 어머니는 인제라도 깰 것 같은데 그 시끄러움 속에서도 아무 말이 없었다. 어머니는 눈앞에 있되, 정말 어머니는 어디로 빠져나간 것처럼 감감할 뿐이었다. 손을 몇 번 만져봤지만 돌처럼 찼다. 어린 마음에도 그게 주검이란 걸 알았다. 어머니가 갑자기 낯설었다.

'주검이란 갑자기 남이 되는 건가?'

노인들이 소년더러 울라고 시켰지만, 그럴수록 더 눈이 보송보송해지기만 할 뿐 눈물은 나오지 않았다. 그나마 닭이 울 녘에는 너무 졸려 그만 자버리고 말았다.

그래도 훗날 소설가가 된 소년은 북국에서 치른 어머니의 장례를 한국 문학사에서 가장 감동 깊은 장면 중 하나로 되살려낸다.

눈발이 걷히기는 했으나, 며칠을 밤낮 쌓이기만 한 눈은 억지로 우물길들만 터놓았을 뿐, 육지는 아무 분별 없는 눈의 바다로 인적이 끊어지고 말았다. 송빈이 어머니의 장 렛날은 받을 수가 없이 되었다. 더구나 고인의 유언이, 다른 데 말고 자기 남편의 무덤이었던 그 자리 그 구덩이에 묻어달라는 것이었다. 큰길이 어딘지도 짐작할 수 없는데 봉분도 없는 무덤자리를 어찌 찾아낼 것인가. 닷새를 그냥 지내노라니까야 바람이 일기 시작했다. 바람은 줄곧 사흘을 불었다. 여기 지붕들은 그물을 떠서 덮건만 그것이 끊어지고 영이 벗겨져 달아나도록 세찬 바람이 지났다. 웅덩이에는 몇 길씩 몰린 대신 큰길과 약간 도두룩한 데는 비질이 그럴 수가 없게 눈은 말끔히 날려버렸다. 송빈이 아버지의 무덤 자리는 워낙 도두룩한 언덕이었다. 아흐레만에야 장례를 지냈다. 그랬건만 송옥이(송빈이의 누나)는 장례 후에야 데리고 올 사람을 말과 함께 회령으로 보냈다. 장렛날 송빈이는 여러 번 심술이 났다. 귀가 시린데 아무것도 씌우지 않고 삼 테두리만 씌웠고, 덜덜 떨리는 베 중단만 입히는 것이다. 할머니가 시킨다면 투정이라도 부리겠는데, 모두 동넷집 어른들이 시키는 것이요, 더구나 상여 뒤를 꼭 걸어서 따르게 하고, 찬 나무깽이를 짚게 하고 그러고도 "애고애고" 소리를 내며 울면서 따라야 한다는 것이었다. 송빈이는 '어머닌 왜 죽어가지구 날 이렇게 성활 멕히나!' 하는 원망뿐이라 '애고' 소리도 눈물도 당최 나오지 않았다. 서당에 안 가는 것만은 괜찮았다. 돼지 오줌통으로 북을 메워가지고 둥둥 두드리면서 놀았다. 동넷집 어른들이 "앙이 나이 적소! 아홉 살이나 먹구서리…" 하고 흉을 봤다. 며칠 뒤에 송옥이가 왔다. 송옥이는 집에 들어서기 전부터 어머니를 부르며 울었다. 산소에 가서도 잘 울었고, 집에서 조석으로 상식을 드리면서도 잘 울어서 동네 어른들은 모두 송옥이를 "자랑이(어른) 같당이!" 하고 칭찬하였고, 송옥이를 가엾다고 연한 생선이 생겨도 가지고 와서 "송옥이 멕이우다" 하였지 송빈이 주라는 말들은 없다. 송빈이는 차츰 남의 눈치가 보여졌다. 그전 같으면 자기 이름부터 부를 사람들이 모른 척하고 마는 외로움을 깨닫기 시작하였다.[3]

5

함경도 문명개화와 학교

서당에 다니던 송빈이가 근대식 학교 물을 먹은 것은 어머니 사후 배기미·소청을 떠나 고향인 강원도 철원으로 돌아온 이후였다. 하룻밤을 자고 났더니 이제 귓전을 때리던 파도 소리 대신 나팔 소리가 그를 깨웠다. 그는 그 소리를 처음 들었다. 쇠로 만든 무엇을 사람이 부는 소리 같은데 듣다 보면 누워 있기보다 일어나고 싶은 소리요, 일어나서는 곧 뛰어나가고 싶게 우쭐거리는 소리였다. 나중에 알게 되지만, 신식 학교에서 학도들을 부르는 소리였다. 1915년, 열한 살이 된 이태준도 그 나팔 소리를 따라 철원 용담의 사립 봉명학교에 들어간다.

함경도에도 근대적 교육 기관이 들어섰다. 하지만 처음 들어선 학교가 어디인지 따지는 일은 쉽지 않다. 1883년에 덕원의 주민과 관리 들이 뜻을 모아 세운 원산학사를 최초의 근대적 사립 학교로 꼽는 견해도 있고, 함경북도의 경우 1903년 이운협을 비롯해 경성 지방의 유지들이 세운 유지의숙을 최초로 꼽기도 한다. 유지의숙은 1907년에 함일학교로 개편되어 근대교육의 터전으로 자리 잡는데, 평양의 대성학교가 맡은 역할을 관북에서 행했다는 평가를 받는다.

안수길과 한설야의 작품에서 함흥에 처음 근대적인 학교가 들어설 때의 풍경을 살필 수 있다. 안수길의 『성천강』(1971)에는 학교에 들어가는 것도 큰일이었으되, 거기서 단발을 하는 것은 더 큰 '사변'이었다는 사실이 잘 드러난다. 아무 때나 가위를 들고 나타나는 '단발동맹'은 주저하고 망설이고 요리 빼고 조리 빼던 학생들에게 범보다도 무서운 존재였다. 학교 문을 잠근 다음 강제로 머리를 깎고 단발자 명단을 교문 밖에 내걸자 자식을 찾아온 부모나 노인들 중에는 혼절하는 이들까지 생겨난다.

"이런 베락을 맞을 일이 어디메 있나? 우리 사램이 머리를 깎당이…. 나쁜 학도 꾐에 빠져서 그랬을 끼다. 우리 사램처럼 음전한 사램이 제 마음으루 머리를 깎았을 택이 없다!"

"우리 증손이 머리를 깎기당이? 머리를 깎는 거는 모가지를 자르는 거나 똑같다. 에구에구, 이거 어쩌면 좋겠나?"

『탑』에서는 주인공 우길이가 사는 촌에 신식 학교를 세우기 위해 학무 시찰이란 자가 오자 사람들이 구름처럼 모여든다. 소문에 그는 굉장한 사람이라, 그가 한번 발을 들여놓고 소리를 외친 지방에서는 비 온 뒤 대나무 순같이 학교들이 무럭무럭 일어났다고 했다. 학무 시찰이란 이가 지나갈 때 양복을 만져보는 사람도 있었고, 양복에서 고약한 냄새가 나서 구역이 난다고 코를 싸쥐는 사람도 있었다. 그는 연설회장이 쩌렁쩌렁

울리도록 소리쳤다.

"오백 년 자던 잠을 얼른 깨시우."

"완고와 야만은 멸망합니다. 씨가 없어집니다."

그가 지나간 뒤 아이들은 학무 시찰의 흉내를 내서 주먹을 내두르며 그가 한 말을 따라하는 게 한동안 유행이었다. 물론 우길이네 학교에서도 단발은 큰 문제였지만, 우길이는 평소 댕기를 귀찮게 여겼으므로 제일 선착으로 머리 꼬랑지를 잘라버렸다. 우길이 할머니가 그 꼴을 보고 넋이 나간 것도 당연했다. 할머니는 늘 싫어하는 우길이를 잡아가지고 머리를 땋은 다음 그 끝에다가 붉은 댕기를 드렸다. 그러면 우길이는 걸음도 떼기 전에 그놈부터 훌쩍 뽑아버리곤 했던 것이다.

서양 선교사들이 세운 근대식 학교들 역시 함경남북도 각지에 속속 선을 보였다. 원산의 루씨여학교(1903), 함흥의 영생여학교(1903), 성진의 보신학교(1904) 등이 대표적이다.

함경도에서 제일 먼저 개항을 한 원산에는 일본인, 중국인들만 아니라 미국인, 캐나다인도 제법 살았다. 서양인들은 주로 선교사들이었는데, 그들을 통해 근대적 교육도 시작된다. 루씨여학교는 미국 남감리회가 설립한 학교로 처음에는 원산시 산제동의 초가집에서 학생 열다섯 명으로 시작했다. 그때만 해도 학생 모집, 특히 여학생 모집에는 크나큰 어려움이 따라 학교에서는 입학생 전원에게 교과서는 물론 의식주까지 제공했다.

심훈의 소설 『상록수』의
실제 주인공 최용신은
루씨여학교 졸업생으로 나중에
농촌 계몽 운동에 투신한다.
사진 맨 앞줄 오른쪽이 최용신.

그러나 그 후 인식이 크게 달라져서 1907년에는 학생 수가 70여
명에 이르렀다. 1909년에는 제1회 졸업생을 배출했다. 이어 미
국 북캐롤라이나 여선교회 회장인 루시 커닝김이 학교 건축비
를 부담하여 석조 4층 건물을 신축했다. 루씨여학교라는 이름
은 여기에서 비롯한다.[1] 심훈의 소설 『상록수』(1935~1936)의
여주인공 채영신의 실제 주인공으로 널리 알려진 농촌 운동가

최용신이 이 학교 2회 졸업생이다. 루씨여학교 출신 작가로는 소설가 이선희가 있다. 그녀는 함흥에서 태어났지만 어린 시절은 주로 원산에서 보냈다.

원산 출신으로 중국 태항산에서 조선의용대로 활약했고 해방 직후 소설가가 되는 김학철은 작은 이모가 1911년생으로 이선희하고 동창이자 단짝이었다.[2] 1916년생인 김학철의 기억에 따르면, 이선희의 용모는『홍루몽』의 여주인공 임대옥과 일본 여배우 야마구치 모모에를 반반씩 닮았다고 했다. 하지만 김학철 소년이 이선희를 '경모'한 것은 그런 미모보다는 이선희가 이모를 보기 위해 집에 올 때마다 심부름을 잘하면 꼬박꼬박 5전짜리 백통전 한 닢을 손에 쥐여주었기 때문이다. 언젠가 이선희가 일본 유학생과 맞선을 볼 때 김학철을 데리고 나갔다. 아직 남녀칠세부동석의 잔재가 남아 있던 시절이기도 했지만, 일본 여학교 출신 큰이모가 맞선을 볼 때 '옵서버 겸 경호원'으로 따라나갔다가 훌륭한 이모부를 만나게 한, 말하자면 복덩이였기 때문이다. 하지만 이선희의 상대는 팔팔결 달랐다. '놈팽이'가 생김새부터가 꼭 '조조 간잘래비'처럼 생긴 주제에 첫눈에 저를 마뜩지 않게 여기는 심사가 환히 보였다.

돌아오는 길, 이선희가 물었다.

"이제 그 사람 너 어떻게 생각하니?"

"어떻게 생각하다뇨?"

"인상이 어떻더냔 말야."

"쥐코조리 좁쌀여우!"

이선희는 허리를 잡고 웃느라고 제대로 걷지도 못했다. 김학
철도 덩달아 킬킬거렸다. 나중에 집에 거의 다 왔을 때 이선희
가 느닷없이 한마디를 했다.

"난 아무 때구 너 같은 남자라야 시집갈 거야."

물론 김학철의 이 기억을 확인해줄 제3의 증거는 없다.

김학철은 소설에서도 똑같은 이야기를 들려준다. 장편『격
정시대』(1986)[3]는 그의 자전적 소설로, 고향 이야기를 다룰 때
(제1권) 주인공 선장이의 같은 반 동급생 한은희의 누나로 한
선희를 등장시킨다. 아주 미인에, 루씨여학교를 다니고, 바이올
린을 잘 켜서 학예회 때 독주 연주까지 한다. 루씨여학교의 서
양인 교장이 그녀의 재능을 높이 사서 미국 유학을 보내주려고
하지만, 집에서 반대하여 이화여전에 다니게 된다. 나중에 선장
이가 서울 유학을 가서 보성고보를 다닐 때 원산학우회에서 창
경원으로 소풍을 간다. 거기서 선장이는 처음으로 한선희의 바
이올린 연주곡 〈찌고이네르바이젠〉을 듣는다. 마냥 개구쟁이인
것만 같던 선장이는 그런 곡이 세상에 있는 줄도 몰랐지만 바
이올린이라는 하찮은 깽깽이가 그렇게까지 제 마음을 홀려서,
황홀한 나머지 콱 죽어버리고 싶게 만들 줄이야 꿈에도 몰랐
다. 그날 모임이 끝나고 둘이 같이 돌아오는 길에 한선희는 새

삼 선장이의 인물에 '감탄'한다. 이선희는 실제로 음악에 관심이 깊어 루씨여학교를 졸업한 후 이화여전 성악과에 진학했다가 나중에 문과로 전과해 3년을 수학한다.

이선희는 스스로 '도회의 딸'이자 '아스팔트의 딸'이라 불렀다. 남들도 그렇게 여겼다. 개항장 원산의 분위기가 크게 작용했을 것이다. 어려서 항구 근처를 돌아다니면 늘 이국적인 풍정을 생각했다고 했다. 아버지와 함께 산책하기를 좋아했다는데, 바닷가로 걷노라면 오른쪽 산기슭엔 제정시대 러시아 영사관의 붉은 벽돌집이 칡넝쿨 속에 묻힌 게 보였다. 이선희는 그게 꼭 도깨비가 난리를 치는 것 같았다.[4] 집 뒤 산에는 어느 서양인의 집이 있었다.

나는 늘 하늘빛 파란 치마를 입고 흰 운동화를 신고 동무도 없이 그 집 빈 마루에 가서 앉아 있었소. 어떤 때는 그 집을 한 바퀴 돌아보면 뒤꼍 부엌문 앞에는 우유통, 버터통, 그리고 여러 가지 잼을 담았던 병들이 놓여 있고, 그 부엌문 옆으로는 지하실로 들어가는 철문이 있었소. 나는 그 지하실 안에는 필경 해적의 시체나 무슨 독약 먹고 죽은 귀공자의 시체가 누워 있는 것만 같아서 소름이 쪽 끼쳐서 달아나곤 했소.

그러나 이 집은 늘상 그렇게 무시무시한 집은 아니었소.

넘어가는 노을이 한창 주황색으로 녹아 있을 때면 그 이상한 창문에 '그린' 커튼은 걷히고 그 안으로는 피아노 소리가 흘러나오오. 그 피아노를 하는 미지의 여인은 내 생각엔 몹시 아름다울 것 같았소. 나는 한번 그 여인을 만나기를 원했으나 한 번도 보지 못했소. 다만 그는 녹색을 좋아하는지 그 위 창문엔 모조리 그린의 아름다운 커튼이 치어 있을 뿐이오.

골짜기 너머엔 푸른 나무들에 싸여 건물이 보일락 말락 한 '이상스런 수도원'*이 있었다.

수도원 꼭대기는 언제나 흰 구름과 입을 맞추고 유리창들은 천국의 그것과 같이 오색이 영롱하오. 수도원 뒤는 역시 포도밭이 있고 산골짜기로 나려오는 청수淸水를 수채를 대고 받아서 쓰오.
나는 이 바위 밑에 앉아 무거운 수도원의 비밀을 바라보고 있노라면 검은 법의를 입고 허리에 붉은 띠를 두른 수도사들이 손에 책을 들고 동산 안을 거니는 것을 볼 수 있소. 승려들이 가진 책은 아마 희랍 말로 쓴 성전聖典이나 그런 것

---

* 일제 강점기 원산에는 함경도를 관할하던 원산 교구 소속 덕원 베네딕트 수도원이 있었지만, 그 수도원은 평지에 넓게 자리를 잡고 있었다.

들이겠지요. 그들은 자기의 그림자를 끌고 그 포도밭과 샘
가에 거닐며 묵상하오.

(중략)

나는 언제나 한번 그 동산 안에 들어가보고 싶었소. 그러
나 정문으로는 아무리 해도 들어 못 가는 법이오.

타인 출입 엄금.

어느 날 나는 큰맘을 먹고 그 골짜기로 내려갔소. 철망을
막아놓은 것을 두 손으로 붙잡고 이를 악물고 들어보았소.
나는 배를 땅바닥에 착 붙이고 납작 엎드려서 겨우 기어나
갔소. 유월의 하늘이 희한하게 맑고 풀 향기 가득한 동산
은 승려의 발자취 소리도 없이 고요하오. 나는 약간 두근
거리는 가슴을 진정하고 포도밭 큰길로 올라갔더니 거기
에는 한 이상한 광경이 있소. 돌과 석회로 굴을 짓고 그 안
에는 금과 은으로 만든 관을 쓴 성모 마리아 상이 있었소.
성모 마리아는 무한히 아름다웠소. 나는 정신이 빠진 것처
럼 우두커니 두 손을 합장하고 서서 그것을 들여다보았소.
문득 뒤에서 인기척이 있어 깜짝 놀라 돌아다보니 수도사
하나가 내 등 뒤에 와서 있소. 그는 나를 보자 엄숙한 얼굴
로 손을 들어 나가라는 뜻을 보이오. 비록 어린 소녀였지
만 여인 금제국인 이곳에 내가 들어왔다는 것은 크게 잘못
인 모양이오. 나는 이브와 같이 에덴을 쫓기어났소. 부끄

럽고도 무안스러워서 쇠 가시줄에 치마를 찢으며 다시 그 바위 아래로 돌아왔소. 내 눈에는 무안한 눈물이 맺혔소.[5]

제정시대 러시아 영사관의 붉은 벽돌집, 집 뒤의 어느 서양인의 집, 잼, 우유통, 그린의 아름다운 커튼, 이상스런 수도원, 천국의 그것과 같이 오색이 영롱한 유리창, 포도밭과 청수, 아마 희랍 말로 썼을 성전이나 그런 것들, 묵상, 무한히 아름다운 성모 마리아 등등. 어린 시절의 이런 '이국적' 원체험들은 훗날 이선희의 소설이 "1930년대 식민지 조선을 살아가는 여성의 내밀한 욕망과 그것이 용인되기 어려운 현실 사이의 심리적 갈등"[6]을 그려냈다는 평가를 받게 만든다. 물론 소설보다는 그녀를 둘러싼 각종 논픽션이 훨씬 풍부하다는 평도 있다.

원산은 개항장이어서 초기부터 외국 선교사들의 관심 지역이었다.[7] 일찍이 1892년에는 미국 북장로회 소속 게일 목사가 들어갔으나 그는 주로 성서 번역 사업에만 몰두했다. 1900년 이후에는 남감리회 선교사들이 시작한 사경회와 여성 신자들 중심으로 부흥회의 불길이 일어났다. 그 불길은 평안도로 옮겨 붙어 1907년의 저 유명한 평양 대부흥회의 잉걸불이 되었다.

그러나 함경도의 초기 전도 과정에서 가장 눈에 띄게 활약한 것은 캐나다 장로회 소속 선교사들이었다. 그들은 미국이나 호주 교단들보다 상대적으로 늦게 조선에 들어왔는데, 1898년 조선 장로교 선교협의회에서 결정한 대로 원산과 그 이북의 함경도 전역, 나아가 만주 지역을 주요 선교지로 삼는다. 함경도에 발을 디딘 캐나다 선교사들 역시 당시 선교의 일반적인 추세에 따라 복음 선교는 물론 의술과 교육 사업 등에도 힘을 쏟았다. 특히 던컨 맥레, 로버트 그리어슨, 윌리엄 푸트 목사 등이 초기 함경도 선교의 역사에 크게 기여했다. 가령 그리어슨 목사의 경우 그는 의사로서도 원산에 처음 와서 백내장 수술을 한 이후 "인간의 몸에 발생한 질병의 수술을 하지 않은 것이 거의 없을 정도"였다고 말할 정도였다.

함흥에 들어온 캐나다 장로회 선교부는 반룡산 중턱 신창리 망덕 기지 언덕에 땅을 마련해 신창리교회, 영생학교, 제혜병원을 세웠다. 교회는 양옥에 한식 기와를 올려 외관이 수려했고, 선교 병원은 붉은 벽돌로 지은 양옥이었다. 반룡산 중턱에는 이처럼 교회, 병원, 학교는 물론이고 선교사들의 사택도 10여 채 끼어 있어 독특한 풍경을 일궈냈다.

원산의 루씨여학교와 더불어 관북 지역 최초의 여학교인 영생여학교는 선교사 던컨 맥레(한국명 마구례)의 부인 에디스 맥레(한국명 마의대)가 1903년 한 여신도의 집에서 여섯 명의 학생으로 처음 문을 열었다. 1910년에는 영생여학교로 정식 인가를 받았고, 1913년에 제1회 졸업생 두 명을 배출했다. 1929년에는 고등과인 영생여고보를 둔다. 영생여학교는 특히 한국

캐나다 장로회 소속 의사 케이트 맥밀란(맹 부인)과
함흥 제혜병원의 조선인 직원들(1920).

문학사에 발자취를 남긴 여러 문인들을 배출한 것으로도 이름
이 높다. 소설가 손소희, 임옥인, 이정호가 그들이다.「후처기」
(1940),「전처기」(1941)와 장편『월남전후』(1956)로 알려진
임옥인은 함경북도 길주 출신으로 1931년 영생여고보 제1회
졸업생이다. 졸업생 38명 중 수석을 차지했다. 집이 어려워서
전혀 집의 도움 없이 공부를 했다. 등사도 맡아 하고 종도 치고
사무실과 교장실 청소도 하는 등, 학교에서 시키는 일을 하고

캐나다인 에디스 맥레가 설립한 함흥 최초의 기독교 여학교 신입생들.
이 학교는 나중에 영생여학교가 된다.

학비를 감당했다. 일본으로 유학을 갈 때도 학교에서 매달 35
원씩 장학금을 받았다. 나라 여자고등사범학교를 졸업하고 돌
아와서는 교편을 잡는데, 원산 루씨여고보에도 2년간 있었다.
함경북도 경성 출신의 손소희는 1936년에 영생여고보를 졸업
한다. 이정호가 졸업하는 것은 해방 이후 1947년에나 가서의
일이다. 시인 모윤숙은 1910년 원산 출생으로 원산에서 보통학
교를 다니다가 4학년 때 영생여학교로 전학을 왔고, 6학년 때

에는 학우회 회장을 맡았다. 그녀의 아버지는 일찍 개명한 선교사로 캐나다 장로회의 게일 선교사와 함께 성서, 특히 「누가복음」을 우리말로 번역하는 데 힘을 보탰다고 한다. 모윤숙은 영생여학교에서 고등과 1년을 마치고서는 다시 개성 호수돈여학교로 옮겨간다.[8]

소설가 박순녀는 함흥 출신이지만 1944년 공립인 함남여고를 졸업한다. 공립 학교는 사립 영생에 비해 학칙이 엄격했다. 치마 주름은 스물여섯으로 하나라도 많거나 적어도 교칙 위반이었다. 왜 스물여섯 개인가. 그건 일본 기원 2600년대에 태어난 소녀들이라 해서였다. 신발은 실내화, 운동화, 그리고 밖에서 신는 까만 구두, 이 세 개를 꼭 갖춰야 했다. 그런 엄격한 규칙도 도내 유일의 공립 학교라는 자부심의 원천이 되었다. 단편 「아이 러브 유」(1962)는 그로 인해 생긴 일화를 다룬다.[9] 배구 시합이 벌어져 미션 스쿨인 S고녀(영생여학교) 학생들이 탄력 있고 고운 목소리로 "워언, 투우, 라스트!" 하고 날씬한 폼으로 볼을 쳐 넘기면, '우리 학교' 선수들은 군대식으로 "이찌, 닛, 쌍!" 하고 씩씩하게 반격했으나 번번이 아웃되고 만다.

함흥의 남자 학교로는 역시 마구례 선교사가 1907년에 세운 영생학교가 있다.

한설야는 서울에서 경성제일고보를 다니다 말고 돌아와 공립인 함흥고보를 졸업했다. 카프 계열의 소설가 이북명이 그의 후배였다. 월남한 시인 이기형도 함흥고보 출신이었다.

함경북도 성진에는 1904년 4월 캐나다 장로회 선교사 로버트 그리어슨(한국명 구례선)이 4년제 남자 사립 학교인 보신학교를 설립했고, 이어 1909년에 같은 이름의 여학교를 설립했다. 러일전쟁으로 성진에서 전투가 벌어졌을 때, 구례선은 원산으로 피신했다. 그동안 그의 집은 러시아 장군 숙소로, 교회는 마구간으로 쓰였다. 러시아군이 물러나자 이번에는 일본군 병참대가 교회 옆 마당을 점거했다. 이후 조선인 땅 주인의 간청으로 구례선이 그 땅을 사서 욱정교회와 제동병원, 그리고 보신학교를 세웠다. 함흥이나 원산의 경우와 마찬가지로 교회와 학교와 병원은 유기적으로 작동하는 하나의 선교 공동체였다. 성진의 경우 학생들이 보신학교를 다니면서 교회도 다니고, 졸업해서는 다시 돌아와 학교의 선생 혹은 병원의 의사로 근무하는 경우가 많았다. 가령 1920년대 전반기 제동병원에서 근무한 조선인 의사들은 모두 보신학교를 다녔고, 성진 기독청년회YMCA의 핵심 간부 출신이었다.[10]

6

철도가 바꾼
함경도

안수길의 『통로』와 『성천강』,
한설야의 『탑』은 문명개화의 첫 물결이 함경도 땅에 밀어닥칠 무
렵을 배경으로 한다. 가련한 러시아인 델로트케비치가 호기심 많
은 함경도 사람들에게 사정하고 애원하고 또 화도 내가며 간신
히 제 나라로 돌아갈 수 있었을 때와 비교하면 시대가 벌써 달
랐다.

  러시아 상인 델로트케비치는 1886년 1월 14일 서울을 떠나
연해주까지 긴 도보 여행을 시작한다.[1] 1월 20일에 높은 철령
을 지났고, 그다음 날 원산에 도착했다. 원산에는 일본 나가사
키에서 러시아 블라디보스토크까지 왕복하는 급행 증기선이
운항되고 있었지만, 12월부터 3월까지는 운항되지 않았다. 북
쪽 항구들이 얼기 때문이었다. 2월 1일에야 함흥에 도착했다.
그 후 2월 4일 북청, 2월 7일 이원, 2월 9일 단천, 2월 11일 성
진, 2월 14일 길주, 2월 15일 명천, 2월 18일 경성, 2월 21일 부
령, 2월 24일 회령, 2월 25일 행영(종성), 2월 28일 경흥의 일
정을 거쳐, 마침내 2월 29일 두만강을 건너 연해주로 들어선
다. 조선인 짐꾼은 그때까지 짚신 열두 켤레와 실로 짠 신발 아
홉 켤레가 낡아 해졌다. 델로트케비치는 장화 한 켤레와 조선

산 실로 짠 신발 두 켤레로 충분했다. 그가 제일 힘들었던 건 길이 멀거나 험해서도, 추위가 심해서도, 음식이 입에 맞지 않아서도 아니었다. 한 달 하고도 보름 넘게 걸린 여행 내내 그를 가장 힘들게 한 것, 아니 끔찍하게 한 것은, 영국의 여행기 작가 이사벨라 버드 비숍도 수년 후 지겹도록 겪게 될 터이지만, 당대 조선인들의 너무나 왕성한 호기심이었다. 그들은 눈 파란 '서양 도깨비'를 도대체 태어나 처음 보는 경우가 대부분이었다. 빙 둘러싸서 바라보고 만져보고, 방에 들어가면 우르르 따라 들어와 빽빽이 앉아서 만지고, 심지어 잠을 잘 때도 창호지 구멍으로 무려 수백 개의 눈이 들여다보곤 했다. 쉬고 싶어서 나가달라고 부탁을 해도 그런 청은 도무지 먹히지 않았다. 모두 다 지금 간다고 대답은 하지만 그저 그를 바라보기만 할 뿐이었다. 어쩌다 한 명이 나가면 다른 한 명이 들어와 빈자리를 메웠다. 그가 옷을 갈아입고 누워서 촛불을 꺼도 나가기 전 한참을 어둠 속에 서 있었다. 독한 담배 연기로 가득 찬 방 안, 소음과 비명, 욕지거리와 밀고 밀리는 북새통은 정말이지 고문과 같았다. 거의 매일 똑같은 일이 반복되었다.

1895년 음력 5월 동학도 청년 김창수는 황해도 신천에서 전라도 남원 출신 참빗 장수 김형진을 만나 의기투합, 그와 함께 청나라를 가자고 길을 나섰다.[2] 그들은 평양을 거쳐 의주로 가는 길을 택하지 않았다. 가는 길에 백두산이나 답파하고 가자

함흥 성천강의 만세교.

고 호기를 부렸다. 모란봉과 을밀대를 잠시 구경한 그들은 동쪽으로 방향을 잡고 걷고 또 걸었다. 강동, 양덕, 맹산을 지나 고원에서는 원산을 거치지 않고 함관령을 타고 함경도 땅에 들어섰다. 그 뒤 영흥, 정평을 지나 함흥에 이르렀다. 함흥에서는 조선에서 제일 크다는 남대천다리(만세교)부터 구경했고, 그 다리를 지나 조선의 4대 대물 중 하나라는 큰 장승 네 개를 만났다. 함흥에서는 물론 이태조가 세웠다는 낙민루도 구경했다. 홍원 신포에서는 명태잡이를 구경했고, 북청에서는 과거 준비에 열심인 사대부들을 보고 감탄했다. 한창때 청년들이라 걸음이 빨랐다. 단천 마운령을 지나 갑산군에 이른 때가 음력 7월이었다. 산중 큰 고을이었지만 관사를 제외한 모든 집들이 지붕에 한결같이 푸른 풀을 무성하게 이고 있었다. 거기 말로 '봇껍질' 이라 하는 것으로 지붕을 덮고 흙을 씌워 놓으면 풀씨가 떨어져 그렇게 풀이 무성히 자란다는 거였다. 아무리 큰비가 내려도 흙이 씻겨 내려가지 않는다고 했다. 봇껍질은 또 사람이 죽어 염습할 때에도 소용이 되는데, 그렇게 하면 흙속에서 만년이 지나도 해골이 흩어지지 않는다고도 했다. 혜산진에서는 백두산 신령에게 제사를 지내는 제천당을 구경했다. 압록강 건너 만주 땅의 중국인 민가에서 개 짖는 소리가 다 들렸다. 김창수들은 거기서 백두산을 뒤로 한 채 삼수, 장진을 거쳐 평안도 땅 후창에 이르렀고, 거기서는 다시 자성으로 갔고, 중강진에서 압록강을 건넜다. 그때까지 어느 곳인들 험산 준령이 아닌 곳이 없었다. 삼림이 빽빽하여 지척을 분간하기도 쉽지 않았다. 어떤 데는 70~80리를 가도 오두막 한 채 없었다. 산길이 몹시 험했지만 다행히 맹수는 만나지 않았다. 나무가 어찌나 큰지 밑동 하나를 벤 그루터기에 장정 일고여덟 명이 둘러앉아 밥을 먹을 정도라고도 했다. 어떤 데서는 나무통 안에 장정이 들어가 도끼질을 하는 모습을 직접 목격했다. 사람들의 인심은 지극히 순후해서 손님을 매우 반가워했고, 나그네가 묵어가는 것을 얼마든지 허락했다. 짐승의 가죽으로 옷을 해 입은 사람들도 있었다.

청으로 넘어간 김창수와 김형진은 그곳에서 벽동 사람 김이언이 일으킨 의병에 가담해 평안도 강계 진공 작전에 참가했다. 그 김창수가 훗날 임정의 초대 경무국장이 되는 백범 김구 그 사람이다.

이런 시절은 진작 지났지만 함흥 사람이 서울 한번 가는 것은 여전히 만만치 않았다. 안수길의 주인공 원구는 서울에 가기 위해 먼저 원산까지 배를 타고 가서, 거기서 다시 부산까지 배를 탄다. 그런 다음 거기서 서울까지 경부선을 타는 여행길을 꿈꾼다. 부산에는 할아버지가 물산 객주로 있기도 했지만, 아직 경원선도 개통되기 이전이라 걷지 않는 이상 그 경로가 서울에 이르는 가장 편한 길이기도 했던 것이다. 역시 H읍(함흥)에 살던 『탑』의 주인공 우길이도 서울로 유학 갈 때 꽤 고생을 한다. 우선 H읍에서 경편차를 타고 S항(서호진)까지 간다. 경편차란 간이 열차 같은 것을 말하는데, 러일전쟁 직후 군수품을 나르기 위해 임시로 놓은 철로 위를 달렸다. 처음 H읍—S항 간을 오가던 것은 말이 경편차였지 흙을 실어 나르는 '도록

함흥의 경편 철도 정거장.

고' 같은 것으로 그 위에다가 낮은 귀틀을 놓고 그 안에 손님들
이 앉게 되어 있었다. 뒤에서 인부 두 사람이 한참씩 조여 밀다
가 귀틀 뒤에 뛰어올라서 오다가 속력이 차츰 떨어지면 또 내
려서 밀곤 하는 것이었다. 걸음 잰 사람보다 오히려 늦었다. H
읍에 보통학교도 없을 때에는 학무 시찰이 그걸 타고 읍에 들

어왔다. 우길이가 보통학교를 졸업 후 그걸 탈 때에는 그새 문명의 발전이 좀 있어서 경편차도 아마 석탄을 때서 동력을 얻었을 것이다. 아무튼 그렇게 S항까지 갔는데, 거기서 배를 타고 원산까지 간다. 함께 배를 탄 여학생들은 죽다 살아났다. 파도가 높아서 멀미를 심하게 했던 탓이다. 서울로 간다고 곱게 땋았던 머리칼들이 푸수수 흐트러지고 이마가 몹시 해쓱해졌다. 우길이도 기어이 토하고 나서야 정신을 좀 차릴 수 있었다. 원산에서는 다행히 기차(경원선)를 이용할 수 있었다. 당시 원산 이북으로는 기차가 없었다. 기차 안에서 여학생들은 여름방학 때 돌아올 일부터 걱정한다. 그때는 원산에서부터 차라리 걸어가자고 입을 모은다.

"그럼 270리라니 이틀이면 넉넉히 걸어가지 뭐."

"걷구 말구. 경치도 좋구. 길두 썩 좋대."

우길이는 아버지에게서 함경가도의 길 좋은 이야기를 들은 일이 있었다. 그의 아버지는 일찍 농상공부 주사로 있을 때 그 가도에 버들이나 백양 같은 가로수를 심은 경험이 있었던 것이다. 델로트케비치의 여정으로는 원산에서 함흥까지 여드레가 걸렸다. 그 길을 조선의 씩씩한, 그러나 문명의 이기가 떠안기는 헤살(멀미)에는 턱없이 약한 청년 학도들이 이틀이면 넉넉히 걷는다고 말하는 것이다.

우길이는 기차에 올라타자 신이 났다. 기차가 정거장에 설

일제 강점기의 함흥역.

때마다 공책에다가 역명을 적고 기차가 달리면 전봇대를 하나
씩 세웠다. 내다보는 차창 밖으로 끊임없이 새로운 풍경이 달
려오고 달려갔다. 삼방 부근부터는 연거푸 나오는 굴도 진기하
기 짝이 없었다. 무엇보다 기분이 좋은 것은 정순이란 예쁜 여
학생과 함께 차를 탔다는 사실이었다. 하지만 해가 점점 서산
에 기울자 공연히 서글픈 생각이 들었다. 서울이 가까워오면
그만큼 정순이하고 갈라질 때도 가까워오기 때문이었다.

　함경선은 함경남도 함흥과 함경북도 경성을 잇는다는 뜻인
데, 실제로는 경원선의 종착역인 원산이 시발역이 되어 러시아

쪽 국경 지대(나진, 웅기)와 중국 쪽 국경 지대(경원, 온성, 회령, 무산)까지 잇는 노선을 통칭한다.* 이 구간의 철도 부설은 일본 육군이 러일전쟁 당시 병력과 군수물자를 수송하기 위해 1905년 8월에 임시로 청진—회령 간 및 청진—나남 간 경편 철도를 놓은 게 시초였다.[3] 이후 철도 개설의 움직임은 빨라졌다. 러시아가 하얼빈을 장악할 경우를 감안하여, 일본은 한반도의 동해안을 따라가는 철도가 그만큼 더 시급하다고 판단했다. 그 철도가 궁극적으로 두만강 건너 만주 철도로 이어질 터였다. 만주에 대한 열강의 관심이 고조되는 상황에서 일본은 1909년 9월에 간도에 관한 청일협약(이른바 '간도협약')을 체결했다. 이 협약으로 간도를 청의 영토로 인정하는 대신 만주 철도에 관한 이권을 보장받는다.

조선을 강제 병합한 이후인 1913년 3월 일본 중의원은 함경선 설치에 따른 예산을 추가하는데, 이때는 원산—영흥 간 및 청진—회령 간을 제1기 노선으로 정하고 1914년 이후 5개년에 걸친 연속 사업으로 건설할 것을 결정했다. 하지만 곧 터진 구주대전(제1차 세계대전)으로 철도 부설은 미뤄지고 만다. 제반 비용이 급증했기 때문이다. 이후 공사를 재개할 무렵, 함경선을 어느 구간에서 먼저 개통할 것인가를 두고 각 지역에서는 민감

---

* 그중 함경북도 지역을 지나는 노선은 해방 이후에는 평양에서 원산까지 온 철도(평원선)와 이어져 평라선(평양 나진)으로 불리게 된다.

한 반응을 보였다. 1920년 총독부가 함북 지역 구간을 먼저 개통하기로 결정하자 함흥의 유지들은 함남 지역을 시찰하던 총독에게 함남 구간부터 개통해달라고 청원했다. 함북에서도 지역마다 다 마음이 급했다. 나진, 성진, 길주, 명천 등에서 저마다 함경선 속성 운동을 전개했다.

실제로는 1915년 8월 1일 원산─문천 간 함경선 18킬로미터 구간이 먼저 개통된다. 이로써 조선의 철도는 조선 이수로 따져 총 1,000리가 되는데, 이를 기념하여 조선 총독부의 기관지『매일신보』는 '조선 철도 1,000리 개통 기념 조선·만주·대만 철도 대경주'라는 행사를 열고 대대적으로 홍보한다.

조선·만주·대만을 일사一瀉하는 철도 대경주!
조선철도가 금추 일천리에 달하는 기에 아사我社는 차此를 경축하고 차 조선·만주·대만의 교통기관 급及 기其 내지의 선차船車 연락 상황을 소개하기 위하야 철도 대경주의 장거를 행하오. 즉 사 중으로부터 간발簡拔한 갑을 2명의 기자를 선수로 정하야 9월 11일(물산공진회 개회 제1일) 조朝 남대문역을 출발하야 남북으로 분주하야 연선 제 도시를 방문 시찰케 하고, 최最 교묘巧妙 차此 신속케 규정한 전선을 통과케 하오. 선수가 매일 수회 도처로부터 발하는 장문의 전보 통신은 지상紙上에 금錦을 식飾할슬로 신信하노라.

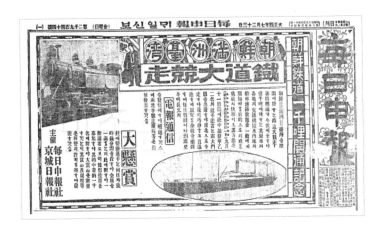

1915년 7월 23일 조선 철도 1,000리 개통을 기념한
'조선·만주·대만 철도 대경주' 기사(『매일신보』, 1915년 7월 24일).

신문에서는 독자들의 관심과 참여를 유도하기 위해 현상 투
표까지 실시했다. 어느 쪽이 먼저 들어오며 그때까지 걸린 시간
을 가장 가깝게 맞추는 내용이었다. 경주 구간은 육로가 조선
철도 1,007리, 남만 철도 695리, 대만 철도 280리로 계 1,982리
였고, 해로를 합해서는 총 3,000리에 근접했다. 이것이 결국 일
본 제국주의의 식민지와 반식민지를 아우르는 구간이었음을 볼
때, 일본이 철도에 대해 기본적으로 지녔던 생각이 무엇이었는
지 새삼 확인할 수 있다. 실제로 선수단은 만주에서는 다롄(대
련)과 뤼순(여순)에서 관동 도독부와 남만주 철도를 방문하여

도독과 총재에게 각기 "경의를 표하며", 타이완의 타이베이에서는 타이완 총독부를 예방하여 예전에 제5대 조선 주차군 사령관이었던 안도 총독에게 경의를 표했다. 조선에서는 때마침 서울 경복궁에서 조선 총독부의 시정 5주년 기념 조선물산공진회라는 일종의 박람회가 열리고 있었다. '시정'은 정치를 시작했다는 의미에서 시정始政으로 쓰기도 하지만, 말 그대로 정치를 베푼다는 뜻에서 시정施政으로 적기도 한다. 어떤 경우든, '조선·만주·대만 철도 대경주'는 사실상 일본이 '자애로운 일본의 정치'를 자랑하려고 개최한 이 공진회를 기념할 목적도 품게 된다.

우여곡절 끝에 함경선 전 구간(원산―상삼봉)이 개통된 것은 1928년 9월 12일로, 1914년 9월 6일 경원선이 개통된 때로부터는 무려 14년이 지난 후였다.

강원도 강릉·속초에서 동해안을 따라 올라가 안변까지 가는 철도가 동해북부선이다. 이태준이 쓴 단편 「철로」(1936)[4]가 이 노선을 배경으로 하는데, '갈 수 없는 길'에 대한 주인공 소년의 아련한 동경을 잘 그려냈다. 철수는 강원도 송전에 사는 어부의 아들이다. 마을에 간이역이 생긴 뒤로는 기차를 구경하는 게 큰 낙이 되었다. 언젠가는 한번 기차를 직접 타고 한 정거장을 갔다 온 적도 있었다. 송전은 평소에는 한산한 간이역이지만 여름이면 해변 별장을 찾는 외지인들로 흥성거렸다. 언제

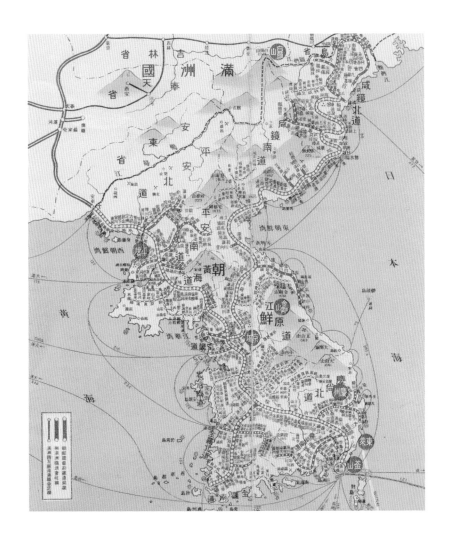

1930년대의 조선 철도 노선도.
압록강을 건너가면 남만주 철도(만철)와 이어진다.
검은색은 만주국 국유철도의 만철 의탁선.

부턴가 아주 아름다운 처녀가 나타났다. 아롱다롱한 치마를 짧게 입고 단발한 머리를 오똑 올려 솟은 모습이 황홀했다. 정거장에 나가 여학생들도 제법 본 철수였지만, 그처럼 눈서껀 입서껀 귀서껀 정신 나게 생긴 처녀는 도무지 본 적이 없었다. 그처녀는 내외도 없이 스스럼없이 철수를 대했다. 물고기를 사면 철수가 그것을 날라주기도 했다. 처녀는 이것저것 궁금한 게 많았다. 바다에 관한 거라면 철수가 대답하지 못할 게 거의 없었다. 해마다 그런 만남이 이어졌다. 언젠가 여자는 철수에게 외금강까지는 몇 정거장이나 되는지, 송전 다음엔 고저라는 걸 알겠다면서 고저 다음엔 무슨 정거장인지 물었다. 철수는 자신 있게 통천이라고 대답했다.

"통천 다음엔요?"

"모르겠는데요."

철수는 통천 다음부터는 무슨 정거장이 있는지 대답할 수 없었다. 가본 적이 없기 때문이었다. 그게 창피했다. 그래서 이리저리 노력해서 남으로 간성까지, 북으로 원산까지 동해북부선 25개 정거장 이름을 다 외울 수 있게 되었다. 이듬해 여름 여자가 다시 왔다. 그런데 전에 없이 성숙한 그녀의 곁에는 웬 사내가 있었고, 그는 한시도 여자 곁에서 떨어지지 않았다. 소문을 들으니 둘은 정혼한 사이라 했다. 그들이 여름을 보내고 떠나던 날, 철수는 잔치 음식으로 쓰겠다는 홍합을 담은 섶 한 초롱을 정거장까지 날라다주었다. 그런데 보통칸에 올리려니 사내가 야단을 치며 이등칸으로 옮기라 하였다. 철수는 정신없이 일을 했다. 그 광경을 본 여자가 깔깔대며 웃었다. 그렇게 여자는 철수의 곁을 영영 떠났다.

철수는 기차가 사라진 하늘을 보며 기차가 곧 지나갈 정거장 이름을 울음을 꾹 참고 욀 뿐이었다.

패천, 흡곡, 자동, 상음, 오계, 안변….

여자는 안변에서 경원선 본선으로 갈아타고 서울로 갈 터였다.

「신록예찬」(1937), 「페이터의 산문」, 「나무」(1964) 등으로 유명한 수필가 이양하가 송전을 아주 좋아했다.[5] 여름이면 종종 찾았다. 가는 길의 정거장 이름들을 두고는, 모두 낯익고 아름다운 그 이름들은 아마도 한양 사는, 부귀영화보다는 한운야학*을 더 사랑하는 시골 처사들이 지은 이름이 틀림없으리라 했다.

그가 송전에 도착하면 꼭 들르는 집이 있었다. 양일이네였다.

잔소나무와 진달래나무 사이로 굽이진 모랫길을 걸어 솔밭을 한참 기고 나가려면 양일네 집이 된다. 동네와는 아

---

* 한운야학(閑雲野鶴): 한가로이 떠도는 구름과 들판에 노니는 학이라는 뜻으로, 어디 매인 데 없이 한가로운 생활로 유유자적하는 경지를 말한다.

주 떨어지고 바닷가에 나란히 서 있는 별장들과도 외따로 떨어져 있는 조그만 오막살이다. 양일이 아버지와 어머니는 뜻하지 아니한 손님에 놀란다. 그러나 거절할 수 없는 손님인 것을 안다. 양일 아버지는 짐을 받아들고, 양일 어머니는 비를 들고 황급히 마루를 쓴다. 어디선가 양일이도 달려온다. 여전히 벌거숭이다. 많이 자랐다. '선생님'이란 것은 아는 눈치나 달려들지는 못한다. 손가락을 입에 물고 아버지 고이자락에 매달려 어리둥절한다. 나는 양일이를 한번 안아보고 싶고, 금시에라도 우리의 구교舊交를 회복하고 싶다. 그러나 더위와 기차 철매로 몹시 몹시 찌뿌두두하고 또 지척의 바다가 무척 그립다. 나는 인사도, 한 해의 적조도, 총총히 옷과 신을 벗어던지고 곧 바다로 향한다.

이양하는 도쿄 제국대학을 나와 1934년부터는 연희전문학교 교수였다. 그가 몸이 약해 휴양차 찾았던 송전에서 양일이네를 처음 만났던 것이다. 그 후 그곳에 갈 때마다 묵었다. 친구들에게도 그 집을 추천했다. 그러다 불쑥 해방이 왔고, 엄벙덤벙하는 동안에 송전은 이역천리, 영 갈 수 없는 땅이 되고 말았다. 이양하는 이제 북쪽 먼 바다를 바라볼 뿐이었다. 양일이는? 그 아이가 혹 이태준의 철수하고 형님 아우 하는 사이로 자랐을지도 모른다. 그러면서 이듬해 또 오마고 떠났던 '선생님'을 언제고 문득 떠올렸을지도 모른다. 철수가 풋풋한 시절의 여학생을 언제고 기억하듯이.

송전은 1998년 소 500마리를 끌고 북한을 방문했던 현대가 회장 정주영의 고향이기도 하다. 그는 1930년 송전보통학교를 졸업했다.

7

세 작가의 고향,
성진

일제 강점기 조선에서 활동한 서양인 기독교 선교사들은 소속 교단의 지시 때문이지만 대개 현실 정치에는 불간섭주의를 내세우거나 형식적인 중립을 유지했다. 하지만 캐나다 장로회 소속 선교사들만큼은 달랐다. 그들은 상대적으로 일본에 비판적이고 조선인에게는 관대한 태도를 유지했다. 그 결과 해방 이후 한국 정부로부터 독립유공자로 서훈을 받은 외국인 선교사가 모두 여덟 명이었는데, 그 중 전체 외국인 선교사 중 수적으로 고작 5퍼센트에 불과하던 캐나다 선교사가 네 명으로 절반을 차지한다. 예컨대 그들은 3·1 운동 당시 만세 시위를 후원하거나 지지했고, 교단 차원에서도 결의문을 채택하여 일제의 만행을 규탄했다.[1]

로버트 그리어슨의 경우, 3·1 운동 당시 함경북도 성진에 있었는데, 만세 시위가 벌어진 이튿날(3월 4일), 일본 경찰들의 야만적인 폭행을 두 눈으로 똑똑히 목격했다. 아무 죄도 없이 도끼에 찍히는가 하면 총에 맞은 사람의 수도 헤아릴 수 없었다. 숱한 부상자들이 속속 병원으로 들이닥쳤다. 그리어슨은 정신없이 그들을 치료해주었다. 그때 일제의 탄압이 얼마나 심했나 하면, 신도들은 거의 다 잡혀가서 주일 예배 때 그리어슨은

112

저 혼자서 예배당을 지키고 있는 느낌이 들 정도였다.[2]

성진은 지리적으로 함경남북도 경계에 자리 잡고 있다. 동쪽은 바다, 서쪽은 마천령산맥이다. 더 북쪽의 웅기 같은 항구와 달리 겨울에도 바다가 얼지 않는다. 조선 초기에는 길주목에 속했는데, 1898년에 성진군으로 독립했다. 이듬해 마산·군산과 함께 개항장이 되었고, 외국인 거류지도 설정되었다. 성진이 근대적 항구 도시로서 면모를 갖추기 시작한 것은 이때부터였다. 일제 강점기에는 배후 마천령 일대의 지하자원과 임산자원이 모여드는 집산항으로 크게 성장했다. 나아가 1937년에 세워진 고주파 공장은 성진을 공업 도시로서의 위용도 갖추게 만들었다. 쌍포리에 있던 그 공장에서는 특수강과 합금을 생산하는 제철소를 가동했다. 일본인 작가가 쓴 한 소설에 이 공장이 나오는데, 종업원 2,000명에 면적은 몇 만 평에 이르는 엄청난 규모였다고 한다.[3] 그럼에도 일본인 사장은 "부족하다"고 말하면서 사업은 이제 겨우 시작이라고 짐짓 겸손한 척 말한다. 그와 대화를 나누면서 일본인 화자로서 '나'는 그의 간결한 말 속에서 일개 고기잡이 항구에 지나지 않던 성진을 북선北鮮 굴지의 대공업 도시로 일구어냈다는 감개를 읽어낼 수 있었다. 그와 동시에 공업 일본·군국 일본의 전도가 밝다는 사실도 온몸으로 실감한다. 이것이 흥남질소비료공장과 함께 조선의 '근대'를 대표할까. 해방이 되자 일본인들이 그대로 버려두고 떠

함경북도 성진항 전경.

난 이 공장은 북한 체제에서 성진제강연합기업소가 된다.

소설가 최정희는 1912년생인데 소설 「봉황녀」(1941)[4]에서
제 태어난 고향 성진의 지리를 이렇게 묘사했다.

앞뒤 산이 이마를 맞대다시피 하여 한 칠 마장가량 골짜기
를 지으며 동쪽으로 내려뻗던 것이 깜짝 정신을 차린 듯
산들은 서로 자리를 양보해 뒤로 물러앉으면서 펑퍼짐히

일제 강점기 성진의 중류층 가정(1910년대).

평야를 이루어주었고, 다시 한 번 더 평야가 끝 간 데엔 평
야보다 몇백 곱절 되는 바다를 전개시켜주었다.

최정희는 아주 어릴 때엔 박꽃이 지독하게 많이 피는 자그마
한 동네에 살았다.[5] 거기서 서당에도 다녀보고 집에 훈장을 모
셔와 글을 배워보기도 했으나, 아무래도 글 배우기를 싫어했
다고 기억한다. 집에서 혼자 배우면, 저를 빼놓고 소 먹이러 가

는 동무들이 소 잔등에 호사스레 올라탄 채 뒤따르는 송아지를 "머이 뭐" 불러가며 안골 골안 푸른 숲으로 가는 것이 눈에 선했다. 서당에 가면, 상투 짜 올린 접장과 말만큼씩 한 총각들이나 아이놈들이 입을 쩍쩍 벌리고 머리빡이 방바닥에 닿도록 흔들며 풍월 치는 것이 싫었고, 방구 냄새가 싫었다. 또 가끔 가다가 조무래기 중 누가 "갈나아가 글을 뵈와선 어찌갰니"하고 달려들자고 해서 싫었다. 그래도 글재주가 꽤 있어서 그렇게 방망이만 한 상투 짜 올린 접장이거나, 머리태가 한 발씩 되는 총각이거나, 또 그보다 덜 큰 조무래기들이거나 간에, 글을 제대로 바치지 못해서 관 쓴 훈장에게 종아리 맞을 경우에 이르러선 으레 그녀가 그들의 뺨을 대신 후려갈기는 역할을 맡았다. 훈장이 그러라고 시켰던 것이다. 그 대신 훈장이 없는 데서는 거꾸로 곤란한 경우를 한 고비씩 치러야 했다.

좀 더 자라서는 학교가 있는 이웃 단천으로 이사를 갔다.* 거기 읍에서는 3년쯤 학교에 다니고 다시 성진에 와서 그때부터 보신여학교에 다녔다. 이 학교는 교실에서 바다가 내다보이고 또 하루에도 몇 번씩 뚜우 울리는 기적이 들렸다. 최정희는 그 소리가 좋았다. 가끔, 푸르른 아카시아 그늘 사이로, 바다가 푸르고 그 바다 속의 하늘이 더 푸른 것을 내다보며, 하느님의 마

---

* 최정희의 원적은 함경남도 단천군 파도면 동하리 5번지로 되어 있다.

음은 꼭 푸를 것이라는 생각을 했다. 더 커서도 종종 그때 그 아카시아의 흐뭇한 향기와 안개 낀 바다와 빨간 불이 반짝이는 등대와 바다에 비친 달빛과 서쪽 높이 뾰족하게 솟은 마천령 줄기, 그리고 성진의 발 익은 길들과 낯익은 사람들을 떠올리곤 했다. 항구에는 마도로스의 노래가 들리는 이국 정취는 없어도 달빛이 바다 끝까지 덮는 고요한 밤에 고기를 낚는 어부의 노랫소리가 처량했다. 최정희는 그게 더 좋았다. 봄은 하늘의 바람이 차고 아지랑이가 껴서 좋다고 했고, 겨울엔 하얀 눈이 천지를 덮어서 좋다고 했다. 바다까지 내뻗친 반도에 선 망향정에서는 성진 시가와 푸른 바다가 시원하게 다 보였다. 시민들은 거기에 소나무, 아카시아, 떡갈나무, 전나무와 이름도 모를 다른 많은 나무를 심어 공원을 만들었다.

최정희의 집에서 언덕 하나만 넘으면 바다였다. 그녀는 하루에도 몇 번씩 그 바다에 가곤 했다. 한번은 그 바닷가 가까이 사는 술장수 갈보가 너무 바닷가에 자주 오는 애는 꼬리 달린 색시 귀신이 바다 속에서 나와 홀랑 잡아간다고 겁을 주기도 했다. 그때는 너무 겁이 나서 정신없이 집으로 뛰어갔지만, 그 뒤에도 최정희의 바다 좋아하는 버릇은 쉽게 사라지지 않았다.

여자들은 대개 키와 몸이 거대한데 어지간히 아름다운 편입니다. 길주 명천 풍이 불어서 그랬던지 베실로 이마와 눈썹들을 곱게 뽑고, 일할 때는 팔다리를 부르걷고 지독하게 황소같이 일하다가도 단오 추석 같은 명절이면 온갖 맵시를 내고 동무 동무 짝을 지어서 몰려다니는 양은 어느 곳에서도 보기 드문 풍경일 것입니다. 그들은 그네를 타고 널을 뛰고 또 모여 앉아서 애기씨들은 시집갈 이야기를 하고 각시들은 새서방 자랑과 흉과 시누 욕과 시어머니 욕을 한다고 했습니다. 지금은 어쩐지 몰라요.

시인 김기림은 성진을 알처럼 품고 있는 학성군 임명 출신이다. 학성이 군으로 독립한 것은 1943년의 일이다. 성진이 성진읍과 인근의 학성면, 학상면, 학중면 등을 합해 시로 승격되면서 기왕의 성진군에서 남은 지역들은 행정 구역상 새로 학성군이 된 것이다. 연보에 따라서 그의 고향이 학성도 되었다가 성진도 되었다가 하는 게 이 때문이다.

그러나 성진이든 학성이든 김기림에게 그 고향은 최정희처럼 아름다운 추억만 남겨주지는 않는다.[6] 그는 한 에세이에서 제 고향을 일러 "나는 이렇게 보잘 것 없는 태작을 본 일은 없소" 하고 말했다. 또 그 "임명에 대하여 아직까지는 어떠한 지리서도 침묵을 지켜왔다. 그렇게까지 이름 없는 거리"라고도 말했다. 그러나 어디 그러기만 할까. 그 역시 기러기 떼가 북쪽으로 날아가는 새벽이나 야윈 달이 둥글어가는 밤, 방 안 가득히 왁

자하던 벗들이 돌아간 뒤라면 대개 또 고향을 떠올리곤 했다.

이렇게도 썼다.

고향이라고 하는 것은 그 사진이나 앨범(사진첩)에 붙여두었고, 감기에 걸려서 여관방에 홀로 누워서 뒹굴 때에나 잠깐 펴보고는 그만 닫아둘 그런 성질의 것이라고 생각합니다.

만일 아주 잠깐이라도 그가 고향을 미워한다면, 그건 누이 때문이기 십상이었다.

김기림의 기억 속에서 임명은 산꼭대기부터 개천가까지 모포처럼 부드러운 금잔디가 곱게 깔려 있고, 치맛자락 같은 앞동산의 맑은 시냇물은 구슬 같은 소리로 알 수 없는 자장가를 웅얼거리면서 흐르고, 모래 방천에는 죽 늘어선 수양버들이 긴 머리카락을 바람에 내맡긴 채 흐늘거리는 곳이었다. 임명은 남쪽에서 해안을 타고 온 큰길이 다시 길주, 명천을 거쳐 어랑, 경성으로 이어지는 교통의 요지였다. 서북쪽으로도 길이 하나 나서, 세천온천을 거쳐 높은 산악 지대로 접어들어 나중에는 저 까마득한 삼수갑산까지 이어지긴 할 터였다. 그러나 어린 김기림의 눈에도 안데르센의 동화 속 거리처럼 말할 수 없이 작은 세계였다. 거기에는 성냥이나 자주 댕기나 알록달록한 색깔 허리띠 따위나 파는 역시 성냥갑만 한 가게들이 쭈그리고

119

있을 뿐, 어쩌다 갑산으로 가는 말꾼들이 지나가며 새벽잠을 깨우는 게 고작이었다.

그래도 단오라든지 한가위 같은 명절이 오면 다홍 저고리 파랑 치마를 입은 그 거리의 아가씨들이 그네를 타며 널을 뛰며 흥겹게 노래를 불렀다.

애기씨 배기씨 꼬꼬대
길주명천 호롱대
가마청천 들고보니
옥지옥지 얽었더라
낸들낸들 내탓인가
호기대감 탓이지

그곳 역시 북국이었다. 동짓달부터 이듬해 2~3월까지 1년의 3분의 1은 눈에 파묻혔다. 그곳의 눈이란 대개는 동짓달 초승 밤새껏 처마 끝에 애끓는 듯한 낙숫물을 지으면서 시름없이 내리던 비가 갑자기 눈송이로 변하여 픽픽픽 땅에 박히면서 시작되게 마련이었다. 그러면 아이들은 오래 기다리던 나그네 모양으로 그것을 반겼다. 아직 덜 큰 처녀애들은 작은 손뼉을 마주치며 뜨락으로 뛰어나가서는 치마폭을 버리면서 눈송이들을 받았다. 새로 해준 때때치마를 적셨다고 어머니의 주먹을 등덜

120

미에 몇 개씩 받아도 마냥 흥겨울 뿐, 애기씨 배기씨들은 다시 찾아온 눈의 나그네를 결코 원망하지 않았다.

첫눈이 지나간 뒤 다음 장날에는 벌써 거리의 풍경이 바뀐다. 발기들이 나무를 싣고 산길을 넘어와서는 늘어서서 손님을 기다리는 것이다. 발기는 소가 끄는 썰매였다. 나무 장수가 주막에서 다문토리*의 김을 마시면서 황홀해하는 동안 빈 발기는 제법 용감한 아이들의 차지가 된다. 언덕으로 끌고 올라가 신나게 썰매를 타는 것이다. 밤이면 눈보라가 더욱 우렁차게 소리를 쳤다. 마천령과 운봉산 사이에 낀 작은 들이 그 눈보라에 시달려 비명을 지르고 신음을 흘렸다. 어린 김기림은 어머니 품에서 그 소리를 들었다. 그럴 때면 눈보라를 피하여 산기슭으로 몰려든 늑대들의 음침한 울음소리가 마을 가까운 곳에서 더욱 애처롭게 들리곤 했다. 이글이글하는 화로에서 감자를 파내 벗기면서 어른들이 들려주는 곽장군의 무용담이랑 무엇이고 모르는 게 없다는 백 선생의 이야기에 취하는 것도 대개 그런 밤이었다. 눈보라가 심술을 부리기 시작하면 어른들은 아랫방에 모여들어서 화투판을 벌이든지 아니면 『삼국지』를 읽었다. 들에서야 눈보라가 아우성을 치거나 말거나 도무지 간섭하지 않았다. 그런 날, 10리 20리 먼 데서 학교에 다니던 아이들

---

* 다문토리: 다모토리. 주로 함경북도 지방에서 큰 잔으로 파는 소주, 또는 그런 술을 마시는 일. '선술'의 뜻.

성진 보신여학교 교사 낙성 기념식.
김기림의 셋째 누이 김신덕이 이 학교를 다녔다.

은 보통학교 근처 동무네 집에서 잠을 잤다. 일찌감치 토장국
에 조밥을 말아먹고는 옛말을 나누다가 잠이 들었다.

김기림은 딸만 여섯 있는 집안의 막내아들이었다. 어린 그는
겨울 어둠이 떨어지면 누이들과 함께 읍에 간 아버지가 오시기
만을 기다렸다. 마을 밖에서 호롱불을 드리우고 먼 곳으로부터
아삭아삭 눈을 까며 오시던 아버지. 그런 밤에는 어쩐 일인지
어머니의 무덤을 안고 있는 공동묘지에서 들려오던 부엉이 소

리조차 분간해낼 수 있었다.

 어머니가 돌아가신 것은 김기림이 일곱 살 때인 1914년, 그가 임명보통학교에 들어간 바로 그해였다. 장질부사(장티푸스) 탓이었다. 누구보다도 어머니의 죽음을 슬퍼한 것은 성진에 가서 보신여학교를 다니던 셋째 누이 김신덕이었다. 누이는 여름방학이 되면 기숙사에서 풀려나와 고개를 넘어서 30리나 되는 집으로 돌아왔다. 지붕 위에서 까치가 울면 어머니는 누이가 오는가보다 하고 어린 김기림을 등에 업고는 대문 밖으로 달려나갔다. 그러면 흰 저고리에 검은 치마를 입은 누이가 책보를 끼고 "어머니!" 하고 달려 들어왔다. 김기림은 어린 시절 그 누이가 제일 좋았다. 누이가 오면 어머니는 계란을 구워주었는데, 반드시 제게도 한 개를 주었던 것이다. 누이가 불러주는 '노래'와 '찬미'도 무척 즐겼다. 누이는 서양인들이 세운 학교에서 그런 것들을 배웠다. 김기림도 누이가 가 있는 항구에 서양 사람들의 붉은 벽돌집 병원과 여학교가 있는 사실을 알고 있었다. 김신덕은 졸업하면 서울로 가기로 되었다. 그때 얼마나 좋아하며 뛰던지!

 하지만 어머니는 그해 가을에 세상을 떠나고 말았다. 김기림은 죽음이 무엇인지 알 턱이 없었다. 울면서 어머니를 찾으면 사람들은 어머니가 미쳐서 먼 데로 달아났다고, 그러니 잊어버리라고 말하곤 했다. 죽은 어머니를 태운 상여는 은빛 바다가 엿보이는 긴 언덕길을 따라 사라졌다. 훗날까지 김기림의 기억에 남은 그 그림은 이윽고 어머니의 무덤가에 다시 생긴 자그마한 무덤 하나로 더욱 생생해진다. 아버지의 입에서 집안일 봐줄 계모를 얻겠다는 말이 돌았을 때, 셋째 누이는 어머니 무덤에 가서 보름을 울었다. 그러다가 병이 났고, 끝내 회복하지 못했다. 김기림은 갑자기 사라진 누이가 그가 늘 부르던 찬미 속 천당으로 갔을 거라고 생각했다.

김기림은 좀 더 자라 성진에서 중학교를 다녔다. 성진보통학교 부설 농업전수학교였다. 그 시절, 그의 발길은 저도 모르게 바닷가 높은 언덕에 자리 잡은 망양정을 향할 때가 많았다. 망양정 위로 젖빛 하늘이 높게 흐르는 때가 되면 바다는 눈물에 어린 비너스의 눈동자처럼 흐렸다. 이제 죽음을 분별하게 된 소년은 모래 위에 저벅저벅 제가 남기는 발자국 소리를 들으며 어머니를 생각했고 누이를 생각했다. 너무 일찍 제 곁을 떠난 그들이 미웠다. 그들이 어린 시절의 제 기쁨마저 모조리 관에 넣어 가지고 갔다. 그렇게 생각했다. 그러나…. 그렇기에 그들과 함께했던 시절은 더더욱 그립고 아름다웠다.

나의 소년 시절은 은빛 바다가 엿보이는 그 긴 언덕길을 어머니의 상여와 함께 꼬부라져 돌아갔다.

내 첫사랑도 그 길 위에서 조약돌처럼 집었다가 조약돌처럼 잃어버렸다.

그래서 나는 푸른 하늘빛에 호저 때 없이 그 길을 넘어 강가로 내려갔다가도 노을에 함북 자줏빛으로 젖어서 돌아오곤 했다.

그 강가에는 봄이, 여름이, 가을이, 겨울이 내 나이와 함께 여러 번 다녀갔다. 까마귀도 날아가고, 두루미도 떠나간 다음에는 누런 모래 둔과 그리고 어두운 내 마음이 남아서 몸서리쳤다. 그런 날은 늘 감기를 만나서 돌아와 앓았다.

할아버지도 언제 난지를 모른다는 마을 밖 그 늙은 버드나무 밑에서 나는 지금도 돌아오지 않는 어머니, 돌아오지 않는 계집애, 돌아오지 않는 이야기가 돌아올 것만 같아 멍하니 기다려본다. 그러면 어느새 어둠이 기어와서 내 뺨의 얼룩을 씻어준다.

–「길」(1936)

성진은 또 한 사람의 작가를 배출한다.

소설가 서해 최학송.

1901년생으로 김기림보다 일곱 살이 앞서는 그 역시 성진에서도 임명 출신이다. 그러나 그는 소설이든 수필이든 고향에 대해 이름을 밝히면서는 거의 쓰지 않았다. 무엇을 쓰기에 그에게 고향은 오직 지독한 굶주림과 모욕일 따름이었으므로.

그래도 그는 기어이 성진에 대해 썼다. 그가 도무지 어찌 할 수 없어서 식구들을 놔둔 채 무작정 서울로 왔던 시절이었다. 「백금」(1926)이라는 제목의 소설 속에서 '그'는 잡지사에 다니며 제 목구멍에 겨우 풀칠만 하는 형편인데 하루는 R형이 술을 사라 했다. 그래 주머니에 남은 돈 몇십 전을 다 털어 술을 샀다. 그제서야 R형이 소식을 전해주었다. 딸 백금이가 병으로 죽었다는 거였다. 그런 소식에도 그는 술에 마취되어 얼떨떨한 것이 그저 가슴만 뭉깃할 뿐이었다. 나중에 그는 고향에 갔다온 생질로부터 좀 더 자세한 소식을 전해들을 수 있었다.

"백금이는 죽을 때에 약을 안 먹으려고 떼를 쓰다가, 백금아, 이 약을 먹고 아버지 있는 데로 가자! 하니까 벌컥 일어나서 꿀꺽꿀꺽 마시더래요! 그리고 그전에도 할머니가 새 옷만 입으시면 할머니! 아버지 있는 데 가니? 응, 할머니! 아버지 어디 갔니? 하고서는 울더래요!"

그는 비로소 미친 사람이 되었다. 이를 빡 갈았다. 가슴을 힘껏 쳤다. 소리를 어앙어앙 지르고 뛰어다니면서 다 닥치는 대로 짓이기면 가슴이 풀릴 것 같았다. 한참 만에 한숨을 휴 하고

쉬었는데, 그건 숨이 아니라 오장을 우려 나오는 피비린내 엉킨 검은 연기였다.

소설에서 백금이는 성진 동해안 공동묘지에 묻혔다. 서울의 삼각산에 흰 눈이 내리던 날, 소설 속 그는 아이의 영혼이 있다고 하면 '마천령으로 내리쏠리는 쓸쓸한 바람 속에 누워서 이 밤 저 달 아래 빛나는 바다 소리에 얼마나 목멘 울음을 울까?' 하고 속으로 뇐다.

작가 최서해가 서간도에서 낳은 첫째 딸 이름도 실제로 '백금'이었다.

8

백두산 가는 길

『동아일보』는 1921년 창간 후 처음으로 백두산 기행문을 싣는다. 함경남도 도청에서 조직한 백두산 탐험대에 언론인이며 문필가인 우보 민태원을 특파한 것이다. 함흥에서는 자동차로 혜산까지 가고, 거기서부터는 걸어서 백두산에 오르는 여정이었다. 8월 6일 탐험대의 출발에 맞춰『동아일보』는 신문 상1단에 가로로 길게 천지 사진을 실었다. 그리고 그 아래 '아我 민족의 발상지/신화전설의 백두산에'라는 설명을 덧붙였다. 민태원은 8월 16일 오전 11시에 정상에 올랐다. 비가 오고 구름이 일고 안개가 끼고 우박이 쏟아지는 등 끊임없이 변하는 날씨에도 다행히 동행한 일본인 사진기자가 천지의 모습을 직접 카메라에 담을 수 있었다. 그 사진은 민태원의 기사와 함께『동아일보』8월 29일자 신문에 실렸다. 거기에는 "천고의 신비경인 천지의 전경"이라는 설명이 붙었다.

백두산은 단재 신채호가 「독사신론」(1908)에서 단군이 탄생한 태백산이 묘향산이 아니라 백두산이라고 비정한 후 민족의 시원 혹은 영산으로서 그 의의를 확실히 굳혔다.『동아일보』는 민태원의 탐방 이후 강연회를 개최했는데 이를 안내하는 기사

1921년 8월 29일『동아일보』에 실린 백두산 천지. 탐험대는 8월 8일
함흥을 출발해 홍원, 북청, 혜산진을 거쳐 16일 백두산 정상에 올랐다.

에서 "아사我社의 손에 최초로 전개되는 영산靈山의 대신비"라 말
했다. 이것이 아마 백두산을 '영산'이라 표현한 최초의 사례였
을 것이다.[1] 이후 식민지 백성들에게는 그 산이 존재하는 것만
으로도 큰 위안이었는데, 하물며 민족의 성산이라니 하는 감동
이 퍼졌다. 나철의 단군교(후에 대종교)도 단군 성적聖蹟이 백두
산에 있음을 적극 주장했다. 하지만 그곳에 오르는 것은 차치
하고 산 밑자락까지 가는 여정만도 만만한 게 아니었다. 그러

기에 산에 오르는 것은 단순한 등산이 아니라 거의 탐험에 가까운 일이 되었다. 군대나 행정 기관이 아니면 쉽게 접근하기 어려웠던 것도 이 때문이었다. 이윽고 함경선이 일부 개통되면서 백두산을 찾는 길이 훨씬 편해졌다. 이에 신문사나 잡지사를 포함해 여러 단체에서 원정대를 꾸리기 시작한다.

1926년 7월 28일 『동아일보』는 제1면에 육당 최남선의 기행문 「백두산 근참기」를 커다랗게 싣는다. '근참槿參'이라는 말 자체에 삼가고 우러르는 마음이 잔뜩 배어 있다. 7월 25일 아침 경원선 고산역에서 써 보낸 이 글은 무려 총 89회에 걸친 연재 후에 한국 근대 문학사에서 가장 빼어난 기행문 중 하나로 꼽히게 될 터였다.[2]

육당은 조선교육회가 주관한 백두산과 압록강 일대의 박물 탐사단원으로 참가했다. 기행은 여름 방학을 맞이하여 약 3주간에 걸쳐 진행되었다. 탐사단은 7월 24일 밤에 경성역을 출발하여 이튿날 오전 원산에 도착했다. 거기서부터는 1914년에 착공한 함경선을 이용했는데, 그때까지는 함흥, 신포를 지나 속후역까지만 철도가 놓여 있었다. 이후 탐사단은 자동차를 이용하게 된다. 이제 백두산까지는 지도상으로 거의 완전한 직선이다. 최단거리. 하지만 실제 그들이 거쳐 갈 길은 참으로 험난했다.

7월 26일 아침 탐사단은 북청을 떠나 풍산으로 향했다. 남대천 상류를 끼고 줄곧 북행하며 오르는 길이다. 북청에서 100리

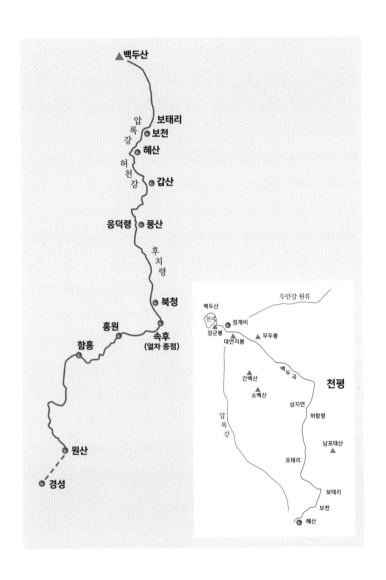

「백두산 근참기」의 이동 경로.

를 지나면 직동이라는 꽤 큰 고을이 나오는데 거기서부터 후치령 길이 시작된다. 자동차는 미리 엔진을 식혀서 가야 했다. 원체 급한 경사를 휘엄휘엄 돌려낸 길이라 뺑뺑 돌다 보면 처음 온 곳으로 도로 온 느낌이 몇 번이고 들었다. 육당은 지도를 꺼내 보고는 마치 학질 앓는 이의 체온표와 같이 길의 곡선이 버릇없는 갈지자로 이어진다며 혀를 내둘렀다. 직선거리라면 10리에 불과할 길을 다섯 배로 늘여놓은 것이다. 자동차로 꼬박 두시간이 걸리는 그 길을 가느니 옛길을 따라 걸으면 훨씬 빠르다 했다. 어쨌든 고개 아래에서 위까지는 대개 하룻길이었다. 풍산은 후치령 위에 있다. 기후가 벌써 달라진다. 봄에 아랫녘에서 꽃이 만발한 것을 보고 올라와도 거기는 아직 눈도 녹지 않았고, 거꾸로 가을에 윗녘에서 우거진 단풍을 보고 내려가도 저 아래에서는 나뭇잎이 싱싱했다. 하긴 서리가 5월까지 온다는 고원이 아닌가. 기후 탓에 주식은 감자와 귀리일 수밖에 없었다. 1만 가구에 주민이 7만이나 된다지만, 읍을 빼놓으면 어느 구석에들 있는지 사람의 그림자조차 보이지 않는다. 죄 산간벽지에 흩어져 있어서 두 집만 모이면 한 동리를 꾸린다 했다. 풍산읍까지는 허천강의 상류인 황수원강을 지난다. 허천강은 동북으로 갑산을 거쳐 압록강의 상류로 빠지는 긴 강이다. 탐사단은 풍산읍에서 군민들의 대대적인 환영을 받았다. 7월 27일 아침, 육당은 선선한 아침 기운에 놀란다. 두꺼운 무명 적삼이

133

오히려 부족함을 느끼는데, 건너편 산봉우리에 오락가락하는 검은 구름이 온몸에 으스스한 기운을 더해준다. 풍산에서 육당은 그곳의 명물 들쭉 음료를 실컷 즐겼다. 7월 28일에 다시 길을 떠났다. 밤새 내리던 비가 개니 새벽부터 고원 지대 특유의 맑은 맛을 띤 달이 여관 창을 비추었다. 탐사단이 탄 자동차는 모두 열 대로 한 차마다 7인 혹은 8인이 탑승했다. 그날은 계속 올라가는 길이었다. 매덕령에 서니 새삼 고개 높은 줄을 짐작할 수 있었다. 가야 할 계곡이 저 아래 까마득했다. 구름이 손에 잡힐 듯 가까이에서 오갔다. 자동차는 그런 길을 수없이 꺾고 돌았다. 육당은 그 길을 내려가며 저 옛날 손톱으로 물을 튕기며 부귀를 누리던 이들이 귀양 왔을 일을 짐작했다. 도끼 맛을 한 번도 보지 못한 천고의 밀림이 해를 가린다. 이윽고 나타난 늪평은 제법 큰 거리였는데, 경관 주재소가 있었다. 참호가 달라붙어 있고, 그 뒤로 다시 굴을 뚫어 여차직하면 지하로 달아날 태세였다. 벌써 국경이 가까워 "무장단(독립군) 침입을 방비해놓은 것"이라 했다. 거기서 어찌어찌 호린령을 넘으면 갑산 지경이다. 오랜만에 논도 눈에 들어왔다. 석우리를 지나니 웅이강이 나타난다. 포치리 지나서는 다시 황수원강과 합하여 허천강에 이른다. 비가 온 탓인지 수량이 꽤 많았다. 장평리에서는 쇠줄을 붙잡고 나룻배로 강을 건넜다. 차 한 대씩 겨우 싣고 오가다 보니 두 시간이 족히 걸렸다. 촌로의 말을 들으면 허천강은 그곳에서 '용갈이'로 유명했다. 겨울이 지나 해빙이 될 때 몇 자 두께로 굳게 얼었던 얼음이 하룻밤 새에 산산조각으로 갈라져, 일부는 양쪽 기슭을 타고 올라가 쌓이고, 또 일부는 유빙으로 떠내려간다. 기슭으로 올라간 얼음의 모습이 마치 용이 농사를 짓는 모양 같다 해서 그런 이름을 붙였다 한다. 허천강 주변에는 전혀 생각지도 못하게 제법 많이 논을 풀어놓았다. 이윽고 삼수갑산의 갑산이 일행을 맞이해준다. 거기서 이제 혜산진을 향해 나아가면 본격적인 백두산의 '성역' 안에 접어드는 거였다. 그 일대는 주재소마다 한 길 반쯤 되는 성벽을 두르고 있었다. 무장단의 습격이 근래에도 빈번하기 때문이라고.

　마상령에서 육당은 새삼 감회에 젖는다.

　차를 잠시 고개 위에 머무르게 하고 한번 사방을 둘러보매, 국경의 산과 강이 한눈에 다 들어와, 까닭 없는 호기가 아랫배에서 솟아오른다. 어허, 여기가 어찌 된 지역이지, 하는 감회도 바뀌어 차면서 마음을 요란스럽게 한다. 반쯤 흐린 구름 틈으로 새어나오는 석양의 엷은 빛이 이 일대의 산하에 얼마나 많은 황량의 빛을 더하고, 이것이 얼마나 많이 지나는 이 마음 상하게 한 거리가 되었는가는 바쁜 이 자리에 갖춰 적을 겨를이 없음을 섭섭히 알 밖에 도리 없다. 그러나 모른 체 못 할 것은 건너 쪽 만주 산과 들의 평평하고 무연함에 비하여, 이쪽 조선 산천의 웅장하고 험함이요, 더욱 삼수 저쪽 개마 연산의 검은 구름과 저녁 햇빛의 엇갈림에 인하는 구름의 변화가 기이하고 괴이하다.

고개를 내려가면 그곳이 곧 혜산진이고, 강은 드디어 압록강이었다.

최남선은 마침내 백두산에 올랐다. 비안개 속에 홀연 나타난 천지를 내려다보며 감격에 겨워 말을 잊었다. 굳이 말로 하자면 '거룩하다' 한마디였다. 그 말이 눈앞의 늪, 천지를 형언하기 위해 생긴 말임은 의심의 여지가 없다고도 했다.

최남선은 책으로 펴낸 『백두산 근참기』(1927) 서문에서 백두산이 '불함문화'의 시원이라 하는 이른바 '불함문화론'을 주장했다. 백두산이 동방 모든 문화의 중심이라는 뜻이었다. 그에 따르면 백두산은 예부터 동방 제 민족의 '신앙의 대상'이요, '역사의 출발점'이요, '문화의 일체 종자'였다. 이는 결국 일제의 여러 식민 사관에 맞서, 단군 신화의 주요 무대인 백두산에서 비롯된 동이족, 즉 한민족이 동방 문화의 중심 민족이라는 주장에 다름 아니었다. 한마디로 그는 철저한 '백두산주의자'였다. 사람이 평소 공기의 귀중함을 모르고 물고기가 물의 귀중함을 잊어버리는 것처럼 조선 사람에게 백두산 의식이 꼭 그렇다고 말했다. 그래도,

최남선은 철저한 '백두산주의자'였다. 그는 백두산을 일러
"읽고 읽어도 다할 날이 없고, 알고 알아도 끝날 날이 없는
신의 대계시 그것이요, 동방 사람의 산 경전"이라고 말했다.

언제 아무 데서고 이마를 스치는 것은 바람이요, 목을 축
이는 것은 백두산의 샘이요, 갈고 심고 거두고 다듬는 것
은 백두산의 흙이요, 한 집의 기둥뿌리와 한 동네의 수구
막이를 붙박은 것은 백두산의 한 기슭이다. 이렇게 떠나려
해도 떠날 수 없고, 떼려 해도 떨어지지 아니할 사정에 있
는 것이 우리와 백두산의 관계이다.

1926년 소설가 최서해는 만주에 건너가서 너무나 힘들고 주
린 나머지 한때 아편에도 손을 댔는데, 그러다가 병마에 시달
릴 때엔 백두산을 바라보며 새삼 기운을 되찾고 새 출발을 다
짐하기도 한다.[3] 물론 이때도 백두산은 곧 성산(영산, 시원)이라
는 인식이 작동한 것이었다.

1930년 7월에는 민세 안재홍이 백두산을 올랐고, 그 여정을
『조선일보』에 「백두산 등척기」라는 여행기로 남겼다.[4] 그는 그
전해 광주 항일 운동 사건에 연루된 혐의로 감옥에 들어갔다가
풀려난 바 있었다. 그때가 네 번째 옥고였다. 수주 변영로와 월
파 김상용 시인이 여정을 함께했다. 무산에서부터 일본 경비대
가 동행하여 천지에도 함께 올랐다. 민세가 그 웅혼함에 흥분
을 감추지 못하는 사이 일본 경비대원들의 만세 소리가 천지를
진동했다. 민세는 "그들은 병사봉의 절정에다 돌을 쌓아놓고
자기들의 국기를 꽂는 등, 마치 그들의 세계나 만난 듯이 어찌
할 줄을 모른다. 아까는 대자연의 통철한 영상에 건숙한 침묵
이 있었고, 이제는 다만 무연한 침묵이 흐른다"고 적었다.

조선일보사는 1936년에도 서춘을 단장으로 하는 백두산 탐
험단을 꾸렸다.[5] 총 서른네 명으로 구성된 탐험단에는 동물학
자, 식물학자, 역사학자 등 각계 전문가들이 두루 포함되었다.
8월 7일 경성을 출발한 탐험단이 취한 길은 육당의 길과 달랐
다. 그새 함경선이 완공되었기 때문이다. 탐험단은 나진행 특

급을 이용했다. 이어 함북선을 이용해 부령을 지나 고무산까지 갔다. 거기서는 조선 철도 무산선으로 갈아타고 무산까지 150리 길을 갔다. 찻간으로 들어가는 문이 등에 진 배낭에 걸릴 만큼 비좁은 당나귀 같은 경편 철도였지만, 헉헉대면서도 차유령 높은 고개를 무사히 넘었다. 오전 9시 5분에 출발해 오전 11시 44분에 무산에 도착했다. 거기서부터 본격적으로 백두산 탐험의 여정이 시작된다. 무산에서 농사동까지는 자동차로 이동했고, 그곳부터는 순전히 걸어서 정상에 올랐다. 이들은 놀랍게도 눈을 밟았다.

서춘과 함께 간 사회부장 이상호는 흥분해서 이렇게 썼다.

그냥 백두산도 과분한 터에 눈 덮인 백두산을 밟는 감격, 동지섣달 눈도 그럴듯할 터인데 8월달 설경을 밟는 흥분. 솜같이 풀어진 고달픈 몸과 꿈같은 감흥으로 몽롱해진 정신은 서로 뒤범벅이 되어 바람도 없어지고 추위도 없어지고 높은 곳도 없고 낮은 곳도 없고 나도 없고 남도 없는 황홀경에서 거니는 것이었다.

이들은 등정 도중 기사를 써서 훈련된 비둘기 편에 날려 보냈다. 이들이 두 마리를, 경비대에서 따로 세 마리를 띄웠는데, 전서구들이 하늘로 오르는 순간 독수리인지 매인지 맹금이 후

다닥 달려들어 순식간에 두 마리를 움켜쥐고 달아났다. 나머지 비둘기들은 130킬로미터 떨어진 무산에 무사히 도착했다. 기사는 주재 기자를 통해 서울로 송고되었다. 내려올 때는 포태리까지 와서 혜산진을 거쳐 봉두리까지 자동차를 이용했고, 그 이후에는 기차를 타고 서울로 돌아왔다. 서울을 출발해서 서울로 돌아올 때까지 총 일정도 12일로 육당 때에 비해 훨씬 단축되었다.

최남선과 안재홍, 서춘의 백두산 원정에는 모두 일본 경비대의 엄중한 호위가 따랐다. 그들을 마적이나 무장비들로부터 '보호'해준다는 명목이었다. 최남선은 위연리 주재소(경찰서 지소)에서 잠시 쉴 때, 그것이 방어하는 대상이 윤관의 9성이나 김종서의 육진처럼 이민족이 아니라 "실상 조선 땅에서 조선인을 방비함이 목적임에는 말할 수 없는 느꺼움이 없을 수 없었다"고 적었다.[6] 그 최남선이 서춘과 더불어 훗날 대표적인 친일파 명단에 이름을 올린다. 서춘은 평안북도 정주의 오산학교를 나와 2·8 독립선언에도 참가한 언론인이지만 중일전쟁 이후 철저히 훼절의 길을 걷는다.

（9）

한반도의 지붕,
개마고원

한반도의 지붕 개마고원.

예부터 '한반도의 지붕'이
라고 일컬어온 개마고원은 함경남북도에 두루 걸쳐 있다. 면
적이 남한 전체의 40퍼센트에 이른다. 워낙 넓어 따로 장진고
원, 풍산고원, 부전고원 따위로 나눠 부르기도 한다. 산맥과 산
맥 사이에 자리를 잡아 평균 해발 고도가 1,200~1,300미터인
데 백산, 대암산, 두운봉, 차일봉, 대덕산 등 2,000미터 이상 되
는 높은 산도 수두룩하다. 하지만 일단 험준한 산맥을 올라서
면 완만한 구릉이 마치 넓은 평야 지대처럼 펼쳐진다. 동해 쪽
은 급한 비탈을 이루나 북쪽은 상대적으로 경사가 느리다. 따
라서 허천강, 장진강, 부전강 등 여러 하천이 북으로 뻗어 압
록강으로 흘러든다. 해발 고도가 높아서 여름은 서늘하고 겨울
은 매우 춥다. 대체로 1월 평균 기온은 영하 15도 내외이고 최
저 영하 40도까지 내려간다. 8월의 평균 기온은 18~20도로 우
리나라에서 가장 낮은 기온대를 이룬다. 서리는 9월 중순부터
이듬해 5월 초순까지 내린다.[1]

워낙 깊은 산악 지대이다 보니 사람이 살기 어려웠다. 고려
때에는 여진이 차지했는데, 조선 세종 때 4군과 6진을 개척하
며 남부 지방의 주민들을 이주시켰다. 그래도 캄캄한 건 마찬

가지여서, 근대에 이르러서도 소월이 노래했듯이 "내가 오고 내 못 가는"(「삼수갑산」) '불귀의 고향'을 대표했다. 어떤 두메는 마을이 생긴 이래 한 번도 경관이나 면서기가 찾아와본 적이 없다고도 할 정도였다. 어쩌다 들른 나그네는 귀한 손님 대접을 받았으니, 밥값을 받는 법이란 아예 없고 며칠만 더 묵고 가라고 옷소매를 놓지 않는 게 일반이었다. 자동차나 기차를 구경조차 못 한 이들도 숱했고, 평생 제 태 묻은 고장을 벗어나지 못한 채 그곳에서 시집장가를 가서 아들딸 낳아 살다가 죽는 이들도 있었다.

삼수갑산에 이런 일도 있었다.

산골의 어느 외딴 집에서 먹을 게 떨어져 남편이 식량을 구하러 간 사이 눈이 내리기 시작했다. 처음부터 큰 눈이었다. 그날 밤 한 사내가 눈에 막혀 그 집에 들게 되었다. 주인 아낙은 나무를 부엌 가득히 들이는 것은 물론이고 방 안에도 삿자리 하나만 남기고는 빽빽하게 들여쌓았다. 그런 다음 밑바닥이 뚫린 동이 하나를 들여다 그것을 자배기에 앉혀 받치더니 거기에 마지막 남은 콩 한 됫박을 넣고 물을 부었다. 콩나물을 기르자는 거였다. 눈은 며칠을 두고 내렸다. 오두막은 오도 가도 못하게 눈에 갇혔다. 두 사람은 매일같이 콩나물 몇 오라기를 장물에 끓여 마시며 삼동을 났다. 이듬해 봄, 사내는 겨우 길을 떠날 수 있었다. 날이 저물어 주막에 들렀다. 마침 거기서 한 사내를 만나는데, 그는 바로 식량을 구하러 떠났다가 돌아오는 남편이었다. 두 사람은 한 자리에 누워 이런저런 이야기를 나눈다. 남편은 나그네가 한겨울을 보낸 집이 자기 집인 줄을 알게 된다. 남편이 지나가듯 묻는다.

"그래, 그 여자는 굶어죽지는 않았소?"

나그네는 콩나물을 길러 한 해 겨울을 난 이야기를 들려준다.

남편은 대단히 고맙다고 치하하며 비로소 제가 누군지를 밝힌다. 이튿날 아침 두 사람은 술까지 나눈 뒤 서로 몸조심하라는 간곡한 인사를 건네고 헤어진다.

평안도 출신의 소설가 황순원이 이 이야기를 썼다.[2] 손바닥만 한 그 소설에서는, 펑펑 눈이 내리는 밤, 함경도에서 이주해 온 한 사람이 그런 이야기를 들려주는 것이었다. 이야기가 끝나자 화롯가에 둘러앉은 동네 사람들은 한동안 말을 잊었다. 먹먹해서 혹은 아득해서.

일제 강점기 풍산 같은 곳에서는 아편과 삼베를 많이 했다.[3] 아편은 허가를 받아 재배했는데, 6~7월에 붉고 흰 꽃이 한 번 피었다가 떨어지면 칼로 양귀비 봉오리를 얇게 도려낸다. 그런 뒤에 마치 우유같이 뿌얀 진액이 송글송글 돋아나오면 숟가락으로 훑어 통에 모았다가 햇볕이나 불빛에 쬐여 말린다. 그러면 새까만 아편떡이 된다. 아편은 돈도 돈이지만 약국이나 의

개마고원의 산세.
여기에 표시한 산맥 이름은 일본인 학자들이 붙인 것이다.

원 따위가 있을 리 없던 산골에서 더 없이 귀중한 만병 통치약 대접을 받았다. 물론 당국의 눈을 피해 대량으로 경작하는 이들도 있었다. 가을철이면 장사치들이 아편을 찾아 몰래 국경을 넘어오기도 했다. 삼베도 질이 무척 좋았다. 기온이 선선하여 병충해가 적고, 삼의 몸매가 바르고 곱기 때문이었다. 7월에는 삼을 베어 가마에 넣어 찌는 삼굿 일을 한 뒤 말려서 시냇가에서 껍질을 벗긴다. 겨울에는 동네 여자들이 따뜻한 방에 모여 앉아 물레를 이용해 길쌈을 하고, 다시 봄에는 베틀에 앉아 베를 짰다. 남쪽 장사치가 무명을 가지고 와서 삼베와 바꿔가기도 했다.

동해안 쪽에서 개마고원으로 들어가는 관문이 네 개 있으니, 서쪽부터 차례로 황초령, 부전령, 금패령, 그리고 후치령이었다. 그중 후치령 이북의 개마고원을 무대로 한 소설에서는 가난한 농민들이 부대(화전)를 일군 지 오랜 밭이나 땅을 허비며 사는 장면이 나온다.[4] 생나무를 찍어내고 불을 지르고 그러다 보면 산림 간수와 순사에게 들켜 매를 맞거나 유치장 신세를 지기도 한다. 그런 보람으로 첫해는 그럭저럭 귀밀이며 보리에 감자도 좀 거둔다. 하지만 3~4년이면 땅은 벌써 낡아버리는데 대개 높고 가파른 산비탈이라 거름을 낼 생각조차 못한다. 그 위에 해마다 장마철이면 물이 씻어내려 가대기*조차 더는 옮길 수 없게 된다. 천생 화전을 다시 일궈야 하는데, 어디 그게 쉬울 턱이 없다는 건 이미 굽어버린 등허리와 세어버린 머리카락이 말해주는 것이다.

---

* 가대기: 밭을 가는 기구의 하나로 나무로 만든 쟁기와 비슷하다. 함경남북도에서 주로 사용한다.

개마고원 일대가 강수량이 매우 적은데 높은 산맥이 동해로부터 오는 습기를 차단하기 때문이다. 연강수량이 600밀리미터 내외다. 그런데 1928년 무진년에는 전혀 상황이 달랐다. 여름이 지나기 무섭게 비가 엄청나게 퍼붓기 시작했는데, 며칠이 가도록 폭우는 그칠 줄을 몰랐다. 물난리가 나고, 산사태가 마을을 덮쳤다. 당시 참혹했던 상황을 신문은 이렇게 큰 글씨로 전하고 있다.

수마의 독아毒牙 벗자 아사의 위협

구사일생한 잔명도 저주

기아선상의 수천 생령

이재지엔 3일 조朝부터 폭우 재습

주림에 보채는 어린애와 짜도 아니 나는 젖

수수대와 날감자도 떨어져 안 죽고 산 한탄

처절참절한 재지災地 광경

-『동아일보』(1928.9.5)

관북 대홍수 혹은 함남 대홍수로 이름이 붙게 되는 무진년의 대홍수는 8월 25일경부터 한 달이 넘게 이어진 비로 인한 것이었다. 얼마나 큰비였는지 고원에서 떠내려간 시체가 산 아래 함흥평야에서, 성천강에서, 심지어 원산 앞 바닷가와 섬에서 무수히 발견되었다.

> 원산 근해 각도에 표착하는 무수 시체
> 사람 시체와 가축 시체가 밀려
> 경비선으로 인양 중
>
> 근일 원산 부근 명사십리 연도 문평 해안과 호도 섭섬 여
> 도 등 각 섬에 해안에는 매일 시체와 기타 가축 등의 죽은
> 것이 표착되는 처참한 현상을 이루는 중이요, 원산 경찰서
> 에서는 경비선을 출동시키어 건지기에 노력하는 중인데
> 모두 금번 수재로 인하여 빠져 죽은 것이라더라.
> –『동아일보』(9.7)

가장 수해가 심한 신흥군에는 9월 25일부터 30일에 이르는 엿새 동안에만도 550밀리미터라는 놀랄 만큼 큰비가 왔다. 같은 기간 함흥에는 448밀리미터가 왔을 뿐더러 이후에도 계속 비가 내려 성천강은 기어이 범람했다. 함흥평야 6만 정보 중 2만 정보는 아예 바다가 되어버려 그해의 수확은 전연 가망이 없다고 할 정도였다. 이처럼 피해는 전대미문의 것이었으나, 전신·전화가 끊기고 도로와 교량이 떠내려가는 바람에 고지대의 경우 당장에는 피해 상황조차 알지 못했다. 간신히 집계를 내

기 시작하자 신흥군에는 한 고을에서만 죽은 사람이 360여 명에 달한다는 소식이 전해졌다. 그러고도 좀처럼 물이 빠지지 않은 까닭에 간신히 높은 곳에 기어올라 생명은 보존했으나 식량을 얻을 길이 없어 생으로 굶는 이들이 얼마인지 헤아리지도 못했다. 게다가 10월 3일부터 다시 폭우가 이어져 구호의 손길을 뻗을 수도 없었다.

이정호는 함남 신흥 출신이다. 그녀가 쓴 단편「감비 천불붙이」(1974)는 바로 이 대홍수를 먼 배경으로 한다.[5]

신흥군 하원천에 살던 원천댁은 무진 대홍수 때 영감과 며느리를 잃었다. 엄청난 홍수였다. 산이 무너지고 사태가 나고 계곡을 휩쓴 산더미 같은 파도가 모든 것을 삼켜버렸다. 수백 명이 생목숨을 잃었다. 며느리는 시체도 찾지 못했다. 숟가락 하나 건지지 못한 원천댁과 아들 종섭은 남은 목숨을 부지하기 위해 부전고원으로 이주할 수밖에 없었다. 때마침 부전 댐 공사가 막바지에 이르러 품이라도 팔 수 있었기 때문이다. 종섭의 처제 정분이도 나이가 아직 어려 오갈 데가 없어 함께 이주했고, 같은 처지가 된 종섭의 친구 덕구도 아내(만길네)와 함께 산에 들어왔다. 그 후 5년, 이제 그들은 '감비 천불붙이'라는 부전호 북단 동상면 한대에서 단 두 가구가 화전을 붙이며 오순도순 살아간다.

장진강 지류인 부전강을 막아서 호수를 만들고, 그 호수의 물을 반대 방향인 남으로 돌려 동해로 흐르게 하면서, 부전령으로 굴러떨어지는 낙차의 힘으로 전기를 일으킨다는 어마어마한 공사가 불모의 땅 한대에 일어나서 무진년 대홍수의 수난을 극복할 수는 있었지만 자갈을 지고 산을 오르내리는 중노동이 힘에 차지 않았다. 덕구와 둘이서 짬짬이 원시림의 굽이를 돌아보다가 이 '감비 천불붙이'를 발견한 것이다.

행정적으로 댐 주위를 통틀어서 한대리라고 하지만 골짜기마다 전해오는 옛 이름이 있었다. '천불'이란 천화天火를 말하고 '감비'는 가문비나무의 약칭이 아닐까. 이 골짜기에는 가문비나무가 많다. 고원 지대의 원시림엔 원인 불명의 자연화가 종종 일어났다. 그것이 천화요 천불이다. 그래서 선 채로 숯이 된 숲도 있다. 그것이 다시 풍화되어 나무는 일종의 석회질로 화한 괴기한 골상을 하고 있다.

상록의 활엽수와 침엽수의 밀림을 배경으로 한 괴기한 골상의 사림死林은 풍치가 수려웅장하여 장관일 뿐 아니라 화전을 일구기가 수월했다. '감비 천불붙이'는 이런 사림에 이어 관목대와 초목대가 연결된 습지가 분지를 이루고 있었다.

마주 앉은 비탈을 까서 엎고 반 마장 길이의 분지에다 불

을 질렀다. 불은 삽시간에 들을 덮었다. 나무가 선 채로 타
올랐다. 졸지에 거대한 산호의 밀림이 전개되는 것이었다.
선 채로 나무가 타오르는 요원의 열기는 대지가 뿜어내는
원시의 정기였다. 나무는 타오르면서 원시의 정기를 두 사
나이, 덕구와 종섭의 혈관에 쏟아부었다. 힘이 용솟음쳤
다. 삽을 짚고 서서 불바다를 응시하던 둘은 와락 부둥켜
안았다.

"살아보자!"

"그래, 살아보자!"

원천댁은 이제 열아홉이 된 사돈 처녀 정분이를 보며 욕심을
드러낸다. 홀아비가 된 종섭의 색시로 삼아주어야겠다고 생각
하는 것이다. 그러나 정작 종섭의 마음은 다른 곳에 가 있었다.

어느 날 덕구가 갑자기 읍내에 내려간다며 종섭을 불러 질펀
하게 술을 마셨다. 그러면서 속내를 슬쩍 비치었다. 종섭이더러
처제 정분이하고 연을 맺으라는 것이었고, 자기가 읍내에 갔다
와서 그 문제를 매듭지어주겠노라 했다. 종섭은 그런 '법'은 없
다며 고개를 내젓는다.

한편 정분이는 정분이대로 또 이웃 만길네로부터 형부 종섭
이하고 살며 언니의 유일한 피붙이 옥선이를 기르며 살면 어떻
겠느냐는 제안을 받는다. 정분이는 펄쩍 뛴다.

"그럼, 나를 형부하구 살란 말이오? 성님이 그거 진심으루 하는 소리오?"

"어째, 서이(화가) 났나?"

"성님이 그런 말으 할 줄 몰랐소."

"법이야 없지. 그렇지만에두 법보다 인정이 앞서는 기 아이야? 이런 산속이라도 각시르 구하자믄 없지는 않겠지만 너만 마음으 먹으믄 옥서이가 첫째 좋구, 어머이두 때문은 니가 좋을 테구, 옥선 아버지두."

정분이는 말을 날카롭게 말을 끊었다. 그러면서 만길네의 얼굴에 스치는 무언가 불안한 그림자를 눈치 챘다. 지난해 여름 산불이 일어났을 때였다. 그 무렵 덕구가 속앓이로 몹시 앓았다. 그래서 다들 익모초를 구한다고 산으로 들어갔다. 종섭은 그때 산불에 죽은 짐승을 가져온다고 미친 듯 산을 뒤졌다. 그런데 정작 산에서 나올 때 그의 등에는 짐승이 아니라 실신한 만길네가 업혀 있었다. 정분이가 그 광경을 목격했다. 그때 무언가 의혹을 품지 않을 수 없었던 것이다.

읍내에 내려갔던 덕구는 만길네가 몸을 푼 지 열흘이 더 지나서야 돌아왔다. 실종되었던 동생 덕칠이를 용케 찾아내어 함께 돌아왔다. 정분이는 덕칠이의 등장에 마음이 활짝 피었다. 그러나 새 생명의 탄생을 기뻐하는 이는 아무도 없었다.

덕구는 갑자기 읍내로 내려가 살겠다고 선언했다. 생사를 같

153

이하겠다던 각오를 버릴 만큼, '사람의 맘으로 할 수 없는 일'
때문이라고만 말했다. 그러면서 흥남에 엄청난 공장이 생겨서
거기 가서 일을 하겠다는 계획도 얘기했다. 그날 밤 덕칠이는
정분이더러 같이 내려가자고 말했다. 청혼이었다. 정분이는 생
각해보겠다고 대답했다. 그 말을 들은 원천댁은 가슴이 주저앉
았다. 이튿날 새벽, 덕구네는 떠났다. 정분이가 달려갔을 때 집
은 텅 비어 있었다. 덕구도 덕칠이도 없었다. 갓 낳은 아이만
덩그마니 놓여 있었다. 정분이는 그 아이를 들고 돌아왔다. 그
러면서 그 아이를 자기가 맡아 기르겠다고 말했다. 그녀의 입
에서 원천댁을 가리켜 "어머니"라는 소리가 나왔다. 처음이
었다.

흔히 '탁류 3부작'이라 불리는 한설야의 「홍수」(1936), 「부
역」(1937), 「산촌」(1938) 연작의 먼 배경에도 무진년 대홍수가
깔려 있다.[6]

S동리의 김갑산 동屬은 15년 전에 처음 형성된 물막이둑이었
다. 김갑산에게 소작을 부쳐먹던 작인들 중에는 범 영감네처럼
실로 엄청났던 무진년 대창(물난리) 때문에 어쩔 수 없이 이주
해온 작인들이 있었다. 그때 150리나 떨어진 Y군에서 어느 면
사무소와 그 이웃 주재소 문패가 거기서 400리나 되는 원산항
포구까지 떠밀려온 것을 어느 어선이 발견했다는 신문 기사가
날 정도였다.

김갑산 동의 소작인들은 이제 가을장마에 애가 닳는다. 바로 밑에 사사키 교장이 새로 만든 이른바 종걸이 동 때문인데, 거기가 둑이 높아 물이 빠져나갈 수 없었다. 주인공 기술이가 억지로 자기네 둑을 높여봤지만 둑은 기어이 터지고, 가을걷이를 앞둔 논은 완전히 물에 잠겨버리고 말았다. 「부역」에서는 홍수가 난 후 지주 김갑산이 작인들을 시켜 무너진 방축을 쌓게 한다. 그것을 사사키 교장에게 팔아먹을 심산이었다. 작인들은 그 뻔한 속셈을 알기 때문에 반대하나 어른들 때문에 어쩔 수 없이 건부역에 참가한다. 그들의 미래는 대체 어떻게 될까.

「산촌」에 그 결말이 드러난다.

사사키가 금융회사에 저당 잡힌 김갑산 동을 구입한다는 소문이 퍼졌다. 마을 작인들은 안절부절못한다. 기술이 아버지나 이웃 복녀네는 마을에서 유일하게 보통학교 출신인 기술이에게 교장을 찾아가 빌어보라는 말을 재촉한다. 하지만 그래봐야 뻔한 노릇이다. 이미 교장의 눈 밖에 난 제게 그런 혜택을 줄 리 만무한 것이다. 복녀가 제사 공장에라도 가야 한다는 말이 돌자 어쩔 수 없이 기술이는 교장을 찾아간다. 하지만 교장은 '생업보국'을 내세워 단칼에 거절했다.

"다른 농장과는 다르다. 국난타개 생업보국國難打開 生業報國의 제일선에 설 모범청년을 양성하는 것이다."

교장 선생은 이런 힘든 말을 거듭 외는 것이었다.

"가장 잘 하늘을 고이^촛는 것은 땅이다. 땅은 백성이다. 즉 농민이다. 그러기 때문에 한 사람의 농부라도 나는 신^神의 허락 없이는 쓸 수 없다. …가령 여게 한 사람의 극히 진실한 농부가 있다고 하자. 그러나 일만 부지런히 한다고 해서 참말 진정한 인간인 것은 아니다. 그 사람의 머리를— 즉, 정신을 보아야 하는 것이다. 사람이 신에게 통하는 길은 오직 이 정신이 있을 뿐이다. 그러므로 나는 내 앞에서 진실을 맹서하는 어떤 사람이든지 위선 그가 신에게로 갈 수 있는 정신을 가지고 있는가 그것부터 보는 것이다. …제죄와 악 때문에 악착한 경우에 빠진 사람이 아무리 야단스레 소리를 친다 하더라도 그것은 결코 신에게는 들리지 않는 것이다. 신이 버린 사람을 구할 수는 도저히 없는 것이다."

무슨 말인지 알 듯 모를 교장의 말은 결국 조선인은 신, 즉 천황에게 통하는 정신을 갖고 있지 못하기 때문에 안 된다는 거였다. 작인들은 자기들이 부쳐먹던 땅에서 교장이 내지에서 데려온 이른바 모범 경작생들하고 번번이 부딪칠 수밖에 없었고, 기술이는 감옥에 들어가고 만다. 가을에나 겨우 풀려났지만 그때는 이미 복녜네는 온데간데없이 사라진 뒤였다. 간도로 갔

다는 말도 돌았다. 그해, 사사키네 농장에서는 모범 경작생들이
신식 농법을 사용해서 엄청나게 소출을 올렸고, 그 늘어난 소
득으로 우편소까지 샀다는 말이 돌았다.

흥남질소비료공장 1

일제 강점기, 흥남은 동양 최
대의 질소 비료 공장으로 명성을 떨쳤다.

하지만 공장이 들어서기 전까지는 함흥부 운전면의 작은 어
촌에 지나지 않았다. '흥남'이라는 지명 자체도 '함흥의 남쪽'
이라는 뜻으로 1930년에야 처음 등장했다. 흥남은 대규모 화학
공장을 가동하는 데 천혜의 입지를 지니고 있었다. 우선 항구
는 일본과 만주, 시베리아와 쉽게 연결되는 지리적 이점이 있
었다. 함경선 철도가 통과한다는 사실과 함흥이라는 큰 도시를
배후에 둔 것도 노동력을 포함해 여러 면에서 유리한 조건이었
다. 그러나 무엇보다 개마고원으로부터 풍부한 공업용수를 끌
어올 수 있고 대규모 수력 발전도 기대할 수 있다는 사실이 중
요했다.

노구치가 창업한 일본질소는 40개의 계열사로 구성된 일본
의 신흥 재벌이었다.[1] 1908년 창립 이래 수력 전력업과 유안 비
료 생산 등 중화학 공업을 바탕으로 성장했으며, 1926년 이후
에는 조선으로 그 생산 거점을 이동했다. 사실 '노구치 콘체른'
은 전력과 비료 등 그 주력 생산 분야가 지니는 특수한 성격 때
문에 처음부터 일본 정부와 긴밀한 협조 관계를 유지할 수밖에

없었다. 조선에 눈을 돌린 것도 일본 제국주의의 식민지 경영 전략은 물론이고 만주 진출도 염두에 둔 선택이었다. 일본에서는 수력 발전용 수리권水利權을 얻기 위해 지역 행정 기관에 높은 사용료는 물론이고 지역민들이 요구하는 배상금도 지불해야 하지만, 조선에서는 두 가지 비용이 모두 무료였다. 실제로 일본질소는 근 10년 가까이 '조선하천령(1927)'에 의한 사용료 부과 대상에서 면제된다. 노구치는 이렇듯 유리한 조건을 최대한 이용해 우선 개마고원의 부전강, 장진강, 허천강에 대규모 수력 발전소를 잇달아 건설했으며, 그 전력을 바탕으로 함경남도 흥남, 함경북도 영안·아오지 등지에서 화학 공장을 경영했다. 1935년 부전강발전소의 경우 1킬로와트당 건설비가 265엔, 장진강발전소의 경우 250엔으로 일본 국내의 평균보다 훨씬 저렴했다.[2] 그 결과 일제 말기 일본질소는 조선의 광공업 산업 투자 자본금의 4분의 1 이상을 점유했으며, 1942년에는 조선 전체 발전량의 77.4퍼센트를 생산할 만큼 독보적인 위치를 차지했다.

그런데 이러한 댐 건설은 전력 생산에만 초점을 맞추었지 다른 많은 고려 사항을 면밀하게 검토하지 않은 채 진행되었다. 가령 유역 전체에 걸친 하천 정비 사업이 병행되지 않았기 때문에, 하류 지역에서는 잦은 침수 피해, 혹은 거꾸로 관개용수 부족으로 인한 피해가 수시로 발생했다. 이는 발전 방류를 이용해 함흥평야를 홍수·가뭄으로부터 해방시켜 영원히 비옥한 땅으로 변화시켰다는 식의 선전과는 한참 거리가 먼 결과였다. 피해가 발생할 때마다 주민들이 항의했지만 제대로 받아들여 지는 적은 거의 없었다.

무엇보다 큰 피해는 인명 손실이었다. 예컨대 발전소 건설 과정에서, 그리고 공장과 항만 건설 과정에서 수많은 조선인의 목숨이 희생되었다. 부전강발전소에서는 수직갱 굴착 공사에 서 사고가 많이 발생했는데, 희생자 대부분은 발파 기술이 아예 없거나 있더라도 현장에서 이제 막 기술을 배운 초보자가 대부분이었다. 착암기를 처음 만지는 노동자도 굴착 작업에 투입되곤 했다. 거기에 언어 소통 문제, 혹은 다이너마이트 오발 등으로 인한 사고도 흔히 발생했다. 한 일본인은 부전강 현장에서 사망자가 약 200명이었는데 그중 일본인은 열 명 이하였 다고 증언했다. 사망자 대부분은 조선인과 중국인이었다는 말이다. 부상자는 헤아릴 수 없을 만큼 많았고, 다이너마이트 폭발에 의한 실명자도 적지 않았다. 장진강 수전의 경우도 다르지 않아 심지어 '사고 수전'이라는 별명까지 얻을 정도였다. 회사는 대부분 사고 책임을 노동자 탓으로 돌렸으며, 사고자나 부상자에 대한 구제책을 제대로 실시하지 않았다.[3]

노구치는 스스로 "북선의 전인미답의 땅에 화학과 전기의 이상향을 건설"할 꿈이 있었음을 밝혔다.[4] 그러나 그것은 결코

'전인미답'의 땅에 세워진 것이 아니었고, 그 '이상향'을 건설한 자도 노구치 개인은 아니었다. 그는 총독부와 경찰의 힘을 빌려 무수한 조선인을 삶의 터전에서 쫓아냈고, 거기에 일본, 중국, 조선 각지에서 헐값에 구입한 수만의 노동력을 배치했다. 그 모든 과정에 총독부가 깊이 개입했음은 물론이다.

한설야의 「과도기」(1929)는 흥남질소비료공장이 처음 들어서던 때의 일을 그린다.[5] 주인공 창선이네는 고향에서 살 수가 없어서 간도로 떠나갔지만 거기서도 '되놈'들의 등쌀에 시달림만 받고 도로 돌아올 수밖에 없었다. 그새 고향은 상전벽해였다. 마을은 통째로 사라졌고, 그 자리에는 낯선 공장들이 들어섰다. 형님네도 구룡리로 이주해갔다. 집값을 보상받았다지만 생계 수단 자체가 사라진 터에 그것으로 버텨낼 재간이 없었다. 당장 포구가 사라져서 고기잡이를 할 수도 없게 된 것이다. 농사도 마찬가지였다. 이제 그들은 대대로 손에 익은 일은 어디서도 만날 수 없는 처지가 되었다.

일본질소 비료 공장 유치를 둘러싸고 처음에는 함흥과 원산의 경쟁이 치열했다. 이때 함흥에서는 조선인 유력자들이 앞장서서 적극적으로 공장 유치 운동을 벌였다. 자신들의 이익을 충분히 계산해두었기 때문이다. 1926년 말 함흥 유치가 확정되자, 그때부터는 다시 공장 부지 매입에 자기들 일처럼 뛰어들었다. 이들은 일본 경찰과 손잡고 회유와 협박의 양동 작전을 펼쳐 주민들을 압박했다. 토지 보상 가격이 시세보다 낮게 일방적으로 결정되면서 해당 부지(복흥, 내호, 호남)의 1,000여 주민이 토지 매매에 반대했기 때문이다.「과도기」에는 토지를 팔고 구룡리로 이주를 가면 그 자리에 '제2의 인천'을 만들어주니 어쩌니, 지도까지 들고 와 야단스럽게 나서는 함흥 유지들의 모습이 적나라하게 폭로되고 있다. 또 경찰은 경찰대로 강경파 주민들을 경찰서로 끌고 가 폭행을 가한다든지 해서 위협하고 겁박했다.

　이 무렵 신문에는 하루가 멀다 하고 분쟁 기사가 실렸다.

　　함남 신흥군에 자본금 4천만 원의 수력 전기 회사가 새로이 창립되었고 그의 전력을 이용하여 함흥군에 자본금 2,500만 원의 질소 회사가 창립되는 동시에 대규모의 알루미늄 제조 공장이 계획 중이다. 그런데 동 지방 주민은 관권을 배경으로 재벌의 위협에 못 견디어서 토지 및 가옥을 강압적으로 헐가 매도하게 됨에 따라 생활의 근거를 완전히 잃고 갈 바를 아지 못하고 있다 한다. 이것은 실로 금일의 조선에 있어서 한 전형적 사실이다. 조선의 무역액은 연년이 증가된다. 그러나 누구의 손으로 되는가? 공장은 늘고 회사는 새로이 창립된다. 수리조합이 생기고 미간지가 개간되고 산에 수목이 는다. 그러나 그 대부大部의 이익은 누구의 손으로 누구를 위하여 되는 것인가? 조선 사람은 다만 생활 근거를 놓치고 일터를 버리고 파산자를 내고 서북간도와 일본 이주민이 격증되는 그 대체의 사실이 아닌가? (중략) 조선의 부는 연년세세로 증가됨에 불구하고 조선인의 부는 그와는 정반대로 연년세세로 감축되는 것이 금일 조선의 현실이다.[6]

하지만 공장은 들어서고야 말았다. 구룡리 백성의 살림은 더욱 말 아니게 되었다. 겨울이 가고 봄이 오는 사이에 쌀독의 낟알은 죄다 없어졌다. 겟덕(물꾀 말리는 말뚝)은 부엌이 다 집어먹었다. 그래도 잘해준다던 소식은 찾아오지 않았다. 포구에는 배따라기가 떠보지 못하고 산과 들에는 격양*의 노래가 끊어졌다. 다만 들리느니 저녁놀이 사라지는 황혼의 노동자 노래뿐이다.

> 장진물이 넘어서 수력 전기 되고
> 내호 바닥 기계 속은 질소비료가 되네
>
> 아—령 아—령 아라리가 났네

---

* 격양가(擊壤歌): 풍년이 들어 농부가 태평한 세월을 기려 부르는 노래

흥남질소비료공장.

아리랑 고개로 넘겨넘겨 주—소

논밭간 좋은 건 기계간이 되고

계집애 잘난 건 요리간만 가네[7]

1927년 여름부터 시작된 흥남 비료 공장의 제1기 건설 공사
는 1929년 10월 완공되었다. 이어서 1930년 12월에 제2기 공

사, 1931년 11월에 제3기 공사가 차례로 마무리되었다. 공장 앞에는 전용 항만이 건설되었고, 배후에는 일본인들을 위한 사택 단지가 조성되었다. 이후에도 관련 공장들과 그 부대 시설이 계속 들어서거나 확장되어, 해방 당시 흥남은 일본질소 공장 부지 600만 평, 그 부대 시설 부지 300만 평을 껴안는 조선 최대의 공업 지대로 면모를 과시하고 있었다.

규모로만 본다면 함흥 유지들의 말처럼 '제2의 인천'이 들어섰다고 해도 과언이 아니겠다.

하지만 주민들의 삶은 어찌 되었을까.

「과도기」의 마지막 장면에서는 이제 주민들이 상투를 자르고 공장의 노동자가 되는 모습이 나온다. 그러나 원한다고 해서 모두가 그 일을 할 수 있는 것도 아니었다. 공장에서 요구하는 건 "맨 힘차고 뼈 굵고 거슬거슬하고 나이 젊은 우둥퉁하고 미욱스럽게 생긴 사람만"이었지, 깜부기처럼 "까불려난 늙고 약한 사람"은 "개똥밭 농사나 짓고 은어 부스러기 고기잡이나 하는 수밖에" 없었다. 어떤 이들은 아예 고장을 떠나 영원이며 장진 등지로 떠났다. 화전이나 해 먹자는 거였다.

창선이는?

그는 요행 공장 노동자로 뽑혔다. 상투 자르고 감발 치고 부삽 들고 콘크리트 반죽하는 '생소한 사람'이 되었다. 이렇게 해서 「과도기」는 조선의 농민이 일제가 강요하는 강압적 현실 아

1930년대 흥남질소비료공장의 노동자들.

래 새로운 노동자 계급으로 분해되는 그야말로 과도기적 상황
을 고스란히 보여주게 되는 것이다.

　이정호의 소설 「감비 천불붙이」에서 덕구와 만길네 부부는
부전고원에서 화전을 일구며 사는데, 이어지는 연작 「소나기」
(1974)에서는 홀연 산을 내려와 흥남 바닷가 내호에 터를 잡는
다. 거기서 남편 덕구는 「과도기」의 창선이처럼 흥남 공장에 들
어가 일급 94전을 받는 하역 노동자가 된다.

11

원산 제네스트

1928년 9월 함경남도 덕원군 문평리에 있던 영국인 소유의 문평 라이징 선 제유 회사에서 구타 사건이 발생했다. 회사의 일본인 중간 관리자가 조선인 노동자를 폭행한 것이다. 그 중간 관리자는 평소에도 조선인 노동자들에게 폭언을 일삼았으며 대놓고 멸시했다. 폭력 사태가 일어나자 조선인 노동자들은 일본인 관리자의 파면을 비롯해 최저 임금 보장, 해고 수당제 실시 등을 요구하며 파업에 들어갔다. 원산노련^{원산노동연합회}이 개입한 교섭에서 회사는 마지못해 노동자의 요구를 들어주겠다고 하였으나 약속은 이행되지 않았다.

이듬해 1월 13일 라이징 선 소속 노동자들의 파업이 재개되었다. 이를 신호로 원산노련 산하 부두 노동자들이 파업에 동참했고, 그 불길은 곧 원산 전체로 퍼져나갔다. 1월 23일부터는 원산노련 산하 노조 스물네 개가 총파업(제네스트)에 돌입했다. 참가 인원만 2,000명이 넘었다. 원산상의는 노조 측과 대화나 협상을 거부하고 일방적 해고를 단행했다. 원산항의 운송 노동자, 하역 노동자들이 파업에 동참하자 도시는 마비되었다. 파업은 조선 노동 운동 역사상 전에 없이 큰 규모로 전개되었다. 신

일제 강점기 원산 시내 전경.

문은 연일 사태의 진행 과정을 보도했다.

　원산 출신 소설가 김학철은 한 문학 평론가가 "제3세계형 성장 소설의 보기 드문 한 모델"[1]이라 한 장편 『격정시대』(전 3권, 1986)[2]에서 소년 시절 직접 목격한 그 총파업을 생생하게 복원했다. 소설에서 한 진사네 가문의 장손 한정희는 전문 학교까지 다닌 지식 청년이지만 스스로 노동 현장에 뛰어든 인물로 등장한다. 파업이 벌어지자 그는 적극적으로 지원에 나선다. 집

원산 제네스트에 뜻을 같이한 캄파 행렬.

에서 몰래 300원이라는 큰돈을 빼내 파업 자금으로 보탠 것이다. 파업 지도부는 감격한다. 300원이라면 수백 사람의 '캄파'* 에 해당하는 거액이었기 때문이다. 파업 본부로 쓰던 명석동의 원산노련 사무실에는 이미 "쌀 두 말, 감자 반 마대, 북어 몇 쾌…"이런 식으로 캄파들이 수북하게 쌓여들고 있었다. 일제

* 캄파: 대중에게 호소하여 어떤 목적을 이루고자 하는 정치 운동. 혹은 대중으로부터 정치 운동의 자금을 모으는 일을 뜻하는 러시아어.

의 무장 경찰들이 건물 밖을 지켜선 가운데 그런 물건들을 가지고 응원하러 오는 것도 쉬운 일이 아니었다. 그런데도 "함지에 청어를 그들먹이 담아서 머리에 인 중년의 아주머니"와 "김이 무럭무럭 나는 두부를 자배기에 담아서 인 젊은 아주머니"들은 '뜨거운 계급의 사랑이 담긴 캄파'를 전해왔다.

기업주들은 완강했다. 인근 영흥과 고원 등지에서 금전으로 사람들을 매수해 파업을 깨려 했다. 이른바 '파업깨기꾼'들이었다. 바야흐로 두 부대가 정면으로 맞부딪쳤다. 파업 노동자들은 자본가 측 인원들이 화물선이나 창고에 접근하지 못하도록 사람 사슬로 감시선을 늘이고 힘차게 〈적기가〉를 불렀다.

　　비겁한 자야 갈라면 가라
　　우리는 붉은 기를 지킨다

파업깨기꾼들은 하나같이 목출모를 뒤집어썼다. 두 눈만 빼꼼 내민 그 꼴은 마치 '조선판 KKK' 단원들 같았다. 공방전이 벌어졌다. 주먹질, 발길질이 빗발치듯 했다. 그러나 파업 노동자들은 일차 공격을 끄떡없이 견뎌냈다. 깨기꾼들은 물러설 수밖에 없었다. 그 순간, 뒤에서 호루라기 소리가 나며 경찰들이 들이닥쳤다. 그때까지는 형식적이나마 공평하게 치안 유지를 표방하고 있던 것인데, 일단 싸움이 붙자 태도가 돌변했다. 여러 사람이 깨지고 터지고 피가 흐르고 했으니 상해죄, 소요죄 따위를 얼마든지 적용할 수 있게 되었다 싶은 거였다. 깨기꾼들은 미리 짠 듯이 경찰대의 뒤를 따라 재차 달려들었다. 파업 노동자들이 과연 어떻게 당해낼 것인가.

바로 이때다. 안벽에 선복을 붙이고 정박한 '쯔루가마루' 라는 화물선의 갑판 위에서 관전을 하던 일본 선원들이 별안간 고함을 지르며 발들을 굴렀다. 그들의 외치는 소리를 들을라치면

"스또 반자이!"

"교오다이 다찌 감바레!"

이것을 우리말로 바꿔놓으면

"파업 만세!"

"형제들 버텨라!"

이것을 신호로나 한 듯이 안벽에 정박한 다른 기선—'니이가다마루'와 '노도니고오'에서도, 또 잔교에 정박한 '사도마루', '마이즈루로꾸고오' 및 '미야즈마루'에서도 일본 선원들의 응원 시위가 벌어졌다. 그리고 잇달아서 '쯔루가마루'를 필두로 각 기선들이 일제히 우렁찬 기적들을 울리기 시작하였다.

그 때아닌 뭇 기적의 긴 울음은 그러지 않아도 물정이 소

연한 원산항을 크게 뒤흔들어놓았다. 파업깨기꾼들과 무장 경찰들은 너무나 뜻밖의 일이라서 일순 모두 멍청하였다. 하늘이 무너져도 유분수지, 내지인(일본인)이 불령선인의 편을 들다니! 이와는 반대로 파업자들은 그 뜻하지 않은 힘진 성원에 크게 고무되었다. 전 세계의 프롤레타리아는 다 한편이라는 것을 실물 교육을 통하여 다시 한 번 깨닫게 되었다. 파업자들은 사기가 충천하여 여태까지의 수동적인 방어에서 일변하여 능동적인 방어에로 넘어갔다. 방어를 위한 공격에로 넘어간 것이다.[3]

김학철의 소설 속 분신인 장난꾸러기 주인공 선장이는 기선 위에서 고함을 내지르는 일본 선원들을 바라보며, 또 귀청이 떠나갈 듯 울리는 뱃고동 소리를 들으며 한동안 넋이 나갔다. 도대체 무슨 일이 벌어지고 있는 건지 알 도리가 없었다. 어떻게 일본 사람이 조선 사람의 편을 들 수 있단 말인가!

부두에서의 충돌을 계기로 노동자들의 투쟁은 폭동으로 전환되었다. 전국에서 동정 파업이 일어났고, 1927년에 결성된 민족통일전선인 신간회는 연대 운동을 전개했다. 파업 기금과 지원 물품이 쇄도했다. 전북 군산의 철도 노조에서는 노조원들이 하루 임금의 절반을 떼어내 파업 기금으로 보내왔다. 원산과 인접한 덕원군의 농민들은 여러 차례에 걸쳐 1,000단이 넘는 땔나무를 보내왔다. 전남 나주, 순천, 경남의 김해, 진주, 강원도의 양양, 평북의 정주, 평남의 용강 등지에서도 농민 단체와 농민들이 일제의 박해와 간섭에 아랑곳하지 않고 원조금을 보내왔다. 돈 없는 학생들은 격려의 편지를 써서 보냈다. 해외의 동포들도 광범한 지지 운동을 전개했다. 일본과 중국의 노동자들은 물론 소련, 프랑스 등지에서도 연대와 지지의 뜻을 보냈다.[4]

파업 한 달 만에 원산노련 측에서는 위원장 김경식을 비롯한 노조 간부 42인이 구속되었다. 그래도 노동 운동의 불길은 원산을 넘어 전국으로 요원의 불길처럼 번져나갔다.

12

흥남질소비료공장 2

노구치 시타가우의 일본질
소는 수력 전력 기술과 공중 고정 질소 기술이 사업의 주축이
었다.[1] 두 기술은 제1차 세계대전 이후 전 세계적으로 가장 중
요시된 산업 기술이었다. 일본질소는 이 기술들을 통해 일본에
서는 카바이트와 비료, 섬유, 화약 따위를 생산하며 사업의 기
반을 닦았다. 조선에 진출해서는 흥남에 질소 비료 공장을 가
동했고, 1927년 처음 비료 생산을 개시한 이후 확장을 거듭했
다.[2] 1932년에는 화약의 원료인 글리세린을 자급하기 위해 유
지 공장을 세웠다. 비료 공장의 동북쪽에는 흥남 금속 공장을
두었는데, 거기엔 알루미늄 공장, 마그네슘 공장, 카본 공장, 제
철 공장 등이 있었다. 본궁에는 따로 아세틸렌을 원료로 하는
공장들이 생겼으며, 그밖에 암모니아 공장도 있었다.

노구치의 일본질소는 만주는 물론, 타이완과 하이난, 자바,
수마트라, 말라야 등 동남아 곳곳으로까지 활발하게 진출했다.
그러나 사업의 중심은 어디까지나 흥남이었다. 이에 따라 흥
남은 조선의 대표적인 중공업 도시로 급성장했다. 인구도 폭발
적으로 늘었다.[3] 1930년의 경우 행정 구역 개편을 통해 부로
승격한 함흥 인구가 4만 명이었는데, 흥남은 2만 5,000명이었

다. 그 후 흥남의 인구 증가 속도는 멀미가 날 만큼 더 빨라져서 1938년부터는 오히려 함흥을 넘어서기 시작했다. 그리하여 1940년에는 함흥이 7만 7,000명인 데 비해 흥남은 11만 명이 넘었다. 이러한 인구 규모는 전국 7위로 당시 함경남도 최대의 도시였던 원산마저 훌쩍 뛰어넘은 것이었다. 증가 속도는 전 조선의 평균보다 네 배나 높았다.

일본질소의 종업원은 '직원'과 '노무자'로 구분되었다. 직원은 전체 종업원 중 약 10퍼센트 정도인 노무자에 비해 신분과 급여 등에서 우대를 받았다. 노무자는 다시 고원·용원·잡역 등으로 구분되며, 이밖에 회사의 직제 바깥에 존재하는 일용 인부들도 있었다. 이들 일용 인부들은 수시로 채용되어 운반이나 각종 공사 업무에 배당되었다. 공장 앞에는 매일 아침 그런 일자리라도 얻으려는 구직자들이 넘쳐났다. 가령 1932년 4월 22일 『중앙일보』는 채석 인부를 모집하자 매일같이 남녀 1,000여 명이 찾아와 일자리를 두고 경쟁을 벌인다고 보도했다. 다른 직군의 채용 시험 경쟁률도 치열했다. 서류 전형 이후에는 필기 고사로 간단한 산수와 국어(일본어) 능력을 시험하고, 쌀가마를 드는 체력 시험과 노동 운동 경력과 사회주의 사상 관계 여부를 조사하는 면접이 이어졌다.

항간에는 "딸을 주겠거든 질소 비료 공장에 다니는 총각에게 주라"는 말이 돌았다. 그렇다고 임금 수준이 높은 것은 아니었

다. 함흥고보를 나와 흥남질소비료공장에서 3년간 노동자로 일
한 이순익은 하루 열두 시간 이상 노동을 강요받으면서도 일급
은 쥐꼬리만큼 받았다고 회상했다. 그는 나중에 소설가가 되어
이북명이라는 필명을 사용하게 된다. 그가 쓴 단편 소설 「민보
의 생활표」(1935)에는 주인공 민보의 한 달 생활비가 어떻게
구성되는지 구체적으로 드러나 있다.

3월분 생활표

급료액 26원 75전

고향 10원

집세 2원

식료품 1원

장작 2원

전등료 60전

쌀값 7원 50전

잡비 1원

전월 외상 3원 20전

_____

소계 27원 30전

차인^{差引} 부족금 55전

민보는 처음 취직했을 때 일급이 68전이었는데, 잔업 수당 2할을 보태 81전을 받았다. 10원을 집에 보내고도 충분히 자취 생활을 할 수 있었다. 장가를 가느라고 낸 빚 50원도 곧 갚을 것 같았다. 하지만 그건 순진한 꿈에 지나지 않았다. 급료는 오르지 않는데 물가는 나날이 올라갔다. 살림 비용도 점차 늘었다. 승진을 해서 잔업 수당 포함하여 일급이 90전이 되었는데도 돈 쓸 데는 덩달아 늘어나기만 했다. 남이 두부를 사 먹으면 비지를 사 먹었다. 3월에 들어서서는 된장에다 군내 나는 김치밖에 다른 반찬일랑 사온 일이 없다. 친구네 집들이 같은 데서나 술과 떡과 국수를 먹은 것이 가장 맛나게 먹은 기억이었다. 어느 날은 우연찮게 길에서 죽은 산비둘기를 주워 모처럼 고기 맛을 봤을 뿐이다. 민보는 그런 식으로 요행을 바라는 생활을 꾸려나갔다. 그래도 돈을 아끼려면 허리띠를 더 졸라매야 했다. 퇴근 후에는 산에 올라가서 마른 풀을 긁어다 땠다. 그러면 한 이틀은 때는데, 대신 몸은 천근만근 무거워져 눕기 무섭게 코를 골게 마련이었다. 문제는 회사에서 갑자기 '공장법'에 따라 하루 여덟 시간 노동제를 실시하겠다는 방침을 밝힌 일이었다. 이는 곧 잔업 수당이 없어지고, 따라서 일급이 근 2할 줄어든다는 의미였다. 결국 민보는 더 버티지 못한다. 회사를 그만두고 고향으로 돌아갈 수밖에.

악착같이 공장에 남아 있는 노동자들이라고 상황이 나을 리 없었다. 그들이 처한 노동 환경은 너무나 열악했다. 중화학 공업 특성상 산업 재해의 위험도가 굉장히 높았다.

"배소로에서 가스가 새어 나옵니다. 그 가스도 끔찍한데, 삼산화황 분진은 더 심하게 끔찍해요. 이제 유안 연기로 가득 차게 되어버리죠. 심하게 자극이 됩니다. 기침이 멈추지 않아요. 사택에도 계속 가스가 흘러나와 나무는 전부 말라죽었죠. 지금 같으면 대공해 사건입니다. 노동자들이 굉장히 고생했죠. 배소로에서 가스가 나올 때는 도망을 가지만, 언제까지나 도망갈 수는 없잖아요. 당시는 방독마스크가 있을 리가 없었고, 옷은 산酸으로 망가져버리니 굉장히 어려운 상황에서 일을 했습니다. 그러니 폐가 자꾸 나빠져서 쓰러졌죠. 그때의 상황은 지금은 상상도 할 수 없어요."[4]

한 일본인 기술자의 회고인데, 공장에서 사고가 일상적으로 발생했으며 '안전'은 전연 무시되었음을 증언한다. 특히 폭발·추락으로 인한 사망이나 장애, 장기간에 걸친 폐 질환, 신경계 질환의 피해가 자주 발생했으며 피해 또한 심각했다. 1935년에는 1,371명이 사고로 사망하거나 상해를 입었으며, 기타 병을 앓는 자도 6,720명에 달했다.

이북명의 짧은 소설 「암모니아 탱크」(1932)는 신참 직공들이 암모니아 탱크 소제 일을 하러 들어갔다가 가스에 질식한 사고를 다룬다. 그의 등단작이자 대표작인 「질소비료공장」

(1932) 역시 유안 공장에서 일하다가 끝내 몸이 상해 회사에서 해고되는 노동자를 등장시킨다. 불과 4년 만에 튼튼하던 그의 몸은 완전히 망가졌고, 삐라를 뿌렸다는 이유로 경찰에 붙잡혀 가 고문을 당한 뒤에는 끝내 숨을 거두고 만다.

이북명은 훗날 이렇게 당시를 회상한다.

H질소비료공장의 형편은 내가 이미 소설이나 팸플릿에서 읽은 그것보다 훨씬 더 비참하였습니다. 하루 12시간 이상 의 노동을 강요당하였으며 그 삯전은 겨우 40전 내외였습 니다. 이것으로는 최저의 생활도 이어나갈 수 없었습니다. 노동자들에 대한 멸시와 모욕, 조선 사람에 대한 혹심한 차별 대우와 착취, 노동자의 권리란 쥐뿔만치도 찾아볼 수 없는 소위 '노구치 왕국'이었습니다.

밤낮 없이 사이렌이 피에 굶주린 야수처럼 울부짖고 왜나 막신 소리가 요란한 공장의 거리거리의 눈꼴사나운 광경 이 지금 이 글을 쓰는 나의 눈앞에 선합니다. 굶주리고 헐 벗은 수천 명의 노동자의 무리가 날마다 왜놈들의 살기등 등한 횡포 속에서 위험하고 힘에 겨운 노동을 강요당하던 그 당시의 암담한 현실을 어찌 잊을 수 있겠습니까.

기계에 한쪽 팔을 잘린 젊은 노동자의 창백한 얼굴! 골수 에 사무친 원한을 풀지 못하고 값없이 희생되어 들것에 누워 묘지로 향하던 노동자의 시체! 이렇다 할 이유도 없이 억울하게 공장을 쫓겨난 노동자들![5]

홍남의 노동자들은 이런 상황을 타파하기 위해 노동 운동을 전개했다.

1930년대 초반에는 조선 전체적으로도 좌익계의 적색 노동 운동, 이른바 혁명적 노동 운동이 매우 활발했다. 특히 함경도 지방의 노동 운동이 격렬했다. 재미있는 것은 그렇게 노동 운동을 조직하거나 전개해나가는 과정에서 조상 대대로 내려오는 민속놀이로서 씨름이 크게 기여했다는 사실이다. 추석을 가장 크게 쇠던 남쪽과 달리 북쪽 지방에서는 단오를 1년 중 가장 큰 명절로 여겼다. 그때 남자는 씨름 경기를, 여자는 그네타기를 즐겼다. 운동의 조직가들이 그 기회를 놓칠 리 없었다. 그들은 사람들이 많이 모이는 그때를 틈타 조직 확대에 나섰다. 한설야의 「씨름」(1929)에 그런 과정이 잘 드러난다.[6] 내호노동회 소속 명호는 인근에서 다 알아주는 장사였다. 누군들 그를 당해내기가 어렵다. 하지만 그는 중상 씨름에서는 평소 그들 그룹과 적대적이던 창리 소작조합의 춘성이에게 일부러 져준다. 마지막 날 씨름대회의 하이라이트인 장씨름이 벌어진다. 춘성이네 일파가 내민 선수가 북간도에서 일부러 왔다는 백장군에게 지고 마는데, 명호가 그 백장군을 비교(결승)에서 5전 3

183

선승으로 꺾고 우승하며 통쾌하게 복수를 해준다. 이로써 서로 적대적이던 두 그룹은 화해하고 춘성이네 일파는 내호노동회에 합류한다.

장편 「설봉산」(1951)에서도 성진을 배경으로 똑같이 씨름 대회가 열리는데, 백장군도 거기 다시 등장한다.[7] 그는 씨름판에서 끌어간 둥글황소만 해도 100여 마리에 이른다고 할 정도로 유명한 장사였다. 남으로 서울과 대구, 서로 황주와 평양, 북으로 청진, 나진, 경성, 성진 같은 큰 지방 씨름판을 주로 찾아다녔다. 간도에도 건너가 어김없이 소를 끌었으며, 평양에서는 하루에 105명을 이긴 적이 있다고도 했다. 다만 이 작품에서는 씨름이 노동 운동이 아니라 적색 농민 운동의 도구로 작용하고 있을 뿐이다.

흥남 지역에서는 태평양노동조합이 이런 움직임을 대표했다. 흥미로운 것은 이때 일본인 중에도 조선인과 함께 공동의 목표를 위해 싸운 사람들이 있다는 사실이다.

일본인 이소가야 스에지는 함경북도 나남에서 군 복무를 했다. 제대 후 그는 곧바로 흥남질소비료공장에 취직했다.[8] 이력서를 제출하자마자 채용되었고, 일본인 기숙사에 머물며 이튿날부터 제3유안계로 출근했다. 당시 일본인 노동자들은 전체 직공 중 60~75퍼센트의 비중을 차지했으며, 처우 면에서도 상대적으로 나은 대접을 받았다. 그렇지만 열악한 노동 환경에서 일을 하는 것은 마찬가지였다.

이소가야 스에지의
서대문형무소 수형 카드 사진.
일본인으로서 흥남질소비료공장의
혁명적 노동 운동에 동참했다.

나의 새로운 사회생활의 제일보가 된 대흥남공장의 작업
장은 제3유안공장이었다. 그곳은 흥남 공장의 수많은 직
장 중에서도 노동 조건이 가장 열악한 곳이었다. 하루 종
일 고막이 터질 듯이 쾅쾅대는 광석 분쇄기와 자욱한 분
진, 용광로 속의 타고 남은 찌꺼기에서 나는 코를 찌르는
냄새 등등. 그곳에서는 유산이 주르르 떨어지는 옷을 입고
일고여덟 겹으로 접은 타월로 입과 코를 막은 일본인과 조
선인 노동자가 주야 3교대로 일하고 있었다. 사람들은 그

곳을 살인 공장이라고 불렀는데 그곳에서 일하는 사람은 월급의 1할에 해당하는 유산 수당을 받고 있었다. 처음 직장을 가보았을 때 나는 과연 내가 이런 노동 환경을 견디어낼 수 있을 것인지 불안하였다.

이토록 유해한 환경은 노동자들뿐만 아니라 흥남의 주민들에게도 커다란 피해를 입혔다.

훗날의 일이지만, 패전과 더불어 흥남에서 철수한 일본질소는 큐슈의 미나마타에 비료 공장을 세운다. 조선질소에서 일하던 기술자와 일반 노동자들 중 적지 않은 인원들이 그곳에 복직했다. 그런데 1946년 2월부터 생산을 시작한 아세트알데히드가 지역 사회에 커다란 파란을 불러일으킨다. 아세트알데히드 제조에 사용되는 유기수은이 인체에 치명적인 장애를 유발시키는데, 회사는 그런 유독 물질이 함유된 폐수를 아무런 여과 장치 없이 하천에 방류했던 것이다. 강물은 흘러서 바다로 들어갔고, 바다가 주는 선물을 매일같이 섭취하던 주민들은 끔찍한 고통에 시달리다가 하나둘 목숨을 잃고 만다. 그 지독한 공해병에 대해서는 미나마타병이라는 이름이 붙는다. 조선질소비료공장이 가동되는 동안 흥남 역시 유사한 질병이 없었다고 장담할 수 없다. 흥남 일대에 원인을 알 수 없는 괴질이며 특히 소아병이 만연한다는 신문 기사도 이어졌다. 1950년대의 미나마타 공장과 비교할 수는 없지만, 이미 1930년대 식민지 흥남의 용흥 공장에서 항공 연료로 사용할 이소옥탄을 제조했고, 그 과정에서 촉매로 수은과 망간이 사용되었다는 증언이 있다.[9] 그때 수은을 회수하는 작업이 이뤄지기는 했지만 원가가 비싸다는 이유로 성천강에 그냥 내버리는 일도 비일비재했다.

"폐액廢液은 처음엔 전부 흘려버렸습니다. 커다란 배수구를 만들어 성천강에 흘려보냈지요. 성천강에서 바다로 갑니다. 나중에 망간 회수 공장이 생기고 나서는 금속 수은을 회수했습니다. 하지만 고장도 잦았고, 이래저래 폐액은 적잖이 흘러나갔죠."

일본질소에 의해 식민지 제국이 자랑하는 거대 공업 도시로 성장한 흥남은 그때 이미 '최초의 공해병'을 앓고 있었는지도 모른다.

물론 그런 사정을 알 길 없었던 노동자들은 열악한 노동 환경을 숙명처럼 받아들이는 수밖에 없었다.

얼마 후 이소가야 스에지는 기숙사를 나와 조선인 하숙으로 거처를 옮겼는데, 그때부터 조선인 노동 운동가들을 만나는 기회가 생겼다. 특히 바이올린 연주 솜씨가 빼어난 노동자가 둘 있었는데, 김원보와 주선규였다. 그중에서도 주선규는 당장 모스크바 음악원에 들어갈 수도 있을 정도의 수준이었다. 이소가야는 그런 능력을 지닌 주선규가 음악가가 아니라 노동자로서, 그것도 가장 힘든 공차 뒷밀이 일을 하고 있다는 사실에 충격과 함께 감동을 받았다.

주선규가 말했다.

"우리들은 지금 음악을 공부하는 것보다 더 중요한 다른 일을 하지 않으면 안 되기 때문이지요."

"나로서는 주 씨의 생각이 잘 이해되지 않는데요? 그만큼 음악적 재능이 있고 또 그것을 살릴 길이 있는데도 사람들이 하기 싫어하는 공차 미는 일 같은 걸 하다니…."

"아니에요, 나는 노동자예요. 이런 손으로는 바이올린 현에는 맞지 않지요."

주선규는 이렇게 대답하며 와이셔츠 소매를 걷어올려 억센 팔뚝과 손을 펴 보이며 미소를 지었다.

그들이 모인 하숙집 책꽂이에는 조선어 사전과 이기영과 신인 작가 이북명의 소설도 꽂혀 있었다. 알고 보니 그들은 지식 수준도 뛰어난 사람들이었다. 한번은 시에 대해서 이야기가 시작되었는데, 차차 연극과 음악, 회화로 화제를 자유롭게 넘나들었다. 나중에 깨닫게 되지만 그들은 특히 소비에트 문학 예술에 대해 깊이 있는 대화를 나누었던 것이다. 만남의 횟수가 늘어남에 따라 그들은 본격적으로 속내를 털어놓았다. 일본의 식민지 지배와 그로 인해 조선인들이 감당해야 하는 가혹하고 부조리한 생활 실태에 대해서도 스스럼없이 이야기했다. 이소가야는 1931년 10월경부터 그들의 조직에 본격적으로 가담했다. 명칭은 '흥남좌익'으로, 모스크바 동방노력자 공산대학 출신 박세영이 김원묵과 함께 지도했다. 이소가야는 김원묵을 딱 한 번 만났는데, 그것도 검은 복면을 쓴 모습이었다. 나중에 그는 경찰에 체포되어 모진 고문을 받고 사망했다. 그는 함흥 변두리의 어느 노파 집에 기거하면서 겉으로는 엿장수인 척해가면서 실제로는 흥남 공장의 노동자 조직을 구축하는 일에 매진했던 것이다. 주인규는 해삼위로 건너가서 소련 범태평양노동조합 서기국에서 작성한 서신을 받아왔다. 일명 '10월 테제'라 불리는 그 문건은 프롤레타리아를 이끌 굳건한 혁명적 당이 없는 상황에서는 혁명적(혹은 적색) 노동조합이 그 역할을 대신해야 한다는 것이 골자였다. 그러면서 기왕의 혁명적 노동조합이 실패했다면 그것은 경찰의 탄압이나 개량주의자들의 모반 따위에 기인한 것이 아니라 조선 프롤레타리아의 조직과 투쟁의 부족에서 비롯한 것이라고 주장했다. 이에 따라 흥남좌익도 앞머리에 '혁명적'이라는 이름이 붙을 만큼 치열하고 급진적인 노동 운동을 불사했다. 당시 이 원칙은 농민 운동에도 똑같이 적용되었고, 특히 함경도 지방에서는 혁명적 노동 운동 못지않게 혁명적 농민 운동도 활발하게 전개되고 있었다. 이 때문에 함경도는 1930년대 초반 '조선 좌익 운동의 근원지' 혹은 '사상적 특수 지대'라는 별칭을 얻기도 했다. 일본 경찰(조선 총독부 경무국)의 기록도 이를 입증한다.

> 농촌의 피폐에 편승하여 조합의 확대 강화를 도모하며, 무 지한 농민 및 그 자에 무산자 교육을 시행하거나 헛되이 관헌에 반항하며, 농촌의 여러 시설을 방해하거나 조세와 소작료의 납입을 거부하는 등의 행동으로 나오는 경우도 있다. 이 풍조는 함경남북도 지방의 농민 조합에서 가장 현저한데 1930년 이후에는 거의 비합법화하여 누차 불온 한 행동을 야기하고 있다. 정평·홍원·단천·영흥·북청· 성진 등의 농민 조합은 명백하게 국체의 변혁을 기도하고 사유 재산 제도의 부인을 목적으로 한다는 것을 파악하기 에 이르렀다.[10]

사실 이 무렵에는 각 지역의 농민 조합원들이 면사무소는 물론이고 심지어 주재소까지 습격하고 친일 지주나 자본가를 폭행, 처단하는 일까지 빈번했다.

이소가야는 1932년 조직의 일본인부 책임자가 되었다. 이후 공장 내 일본인들을 동지로 규합했고, 일어와 조선어로 만든 기관지『노동자신문』도 배포했다. 조직에서는 주선규의 형 주인규의 본궁 집 뒤뜰에 지하 인쇄소를 차려놓고『노동자신문』

第二次太平洋勞組

今日卅五名豫審終結

地下室 꾸미고 秘密裡 活動

咸南大工場赤化計劃

暴風警報

제2차 태평양노동조합 사건을
크게 보도한 『동아일보』
1934년 6월 7일자.

을 비롯해 각종 격문이나 삐라를 만들었던 것이다. 이소가야는
또 조직을 지원하는 정장원이라는 소비조합도 준비했다.

1932년 4월 27일, 이소가야는 체포된다. 다른 동지들도 속속
붙잡혔다. 나중에 알려진 바, 흥남 전역에서 무려 500여 명이
검거되었던 것이다. 이것이 이른바 제2차 태로 사건의 시작이
었다. 신문은 대대적으로 사건을 보도했다. 호외까지 발행한 신
문도 있었다. 이소가야는 말 그대로 야수 같은 고문을 받았다.
물고문을 받을 때는 심장이 찢어질 듯 고통스러워 차라리 죽

191

는 편이 낫겠다고 마음먹을 정도였다. 시뻘겋게 타오르는 쇠막대기가 코로 찔러대는 느낌이었다. 하지만 입안 가득히 수건을 물고 있어 혀를 깨물 수도 없었다.

태로 사건 관계자들은 1933년 11월 함흥형무소로 이송되었다. 이소가야 등은 검거된 지 거의 2년 만에 처음으로 재판을 받았는데, 기소된 서른다섯 명 중 서른네 명이 유죄 판결을 받았다. 일본인으로는 이소가야가 유일했다. 그는 징역 6년을 언도받았다. 박세영은 10년, 송성관은 7년, 주선규는 5년, 주인규는 3년을 각각 언도받았다. 특히 이소가야가 받은 6년형은 그때까지 일본인 사상범에게 부과된 형량 중 가장 높은 것이었다. 더 끔찍한 것은 미결 기간을 형량에 포함시켜주지 않았다는 사실인데, 이 때문에 그는 결국 무려 10년간, 정확히는 9년 7개월을 식민지 조선의 감옥에서 지내야 했다.

13

함남의 명태,
함북의 정어리

명태는 대표적인 한대성 어류로 과거 동해안에서 주로 잡혔다. 서해안의 조기, 남해안의 대구와 더불어 조선의 3대 어종으로서 오래도록 우리의 밥상을 지켜왔다. 생태, 북어, 황태, 동태, 코다리, 노가리 등 달리 부르는 이름이 많은 것만으로도 명태가 얼마나 친숙한 생선인지 알 수 있다. 일제 강점기에는 한해 어획량이 20만 톤을 훌쩍 넘을 만큼 흔한 생선으로, 어획량만 따지면 1위나 2위 자리를 꾸준히 유지하던 어종이었다. 명태는 특히 함경도의 특산물이라 할 만큼 함경도에서 많이 잡혔다. 그중에서도 주 산란장이 신포(마양도)와 원산만이기 때문에 함경남도의 비중이 컸는데, 전국 어획량의 90퍼센트 정도를 차지할 때도 있었다. 성어기의 신포는 전국에서 몰려든 사람들로 일대 북새통을 이루었다. 사람들이 한꺼번에 너무 몰리다 보니 마실 물이 떨어지고 가게의 물건이 동이 날 정도였다고도 한다. 그런데 1920년대 중반 이후 발동선을 사용하여 물속에 그물을 설치해 끄는 기선 저인망(일명 데구리) 어업이 도입되면서 종래 연승(낚시)이나 자망(그물)으로 명태를 잡던 대부분의 조선 어민들은 큰 피해를 입게 된다. 예를 들어 1925년 겨울에만도 조선인 명태 어업자들이 입은 손실 금액이 함경남도 전진, 육대, 신창 등 수십 개 지역에서 총 3만여 원에 달했다. 함남의 경우 명태 어업에 종사하는 어민이 4,000여 명으로 그 가족과 관련자들까지 합해 약 5만여 명인데 반해, 일본인이 주로 선주로 있는 기선 저인망은 단 스물네 척이었고 관련자도 업주, 가족, 종업원을 망라해 200인 미만이었다. 그 적은 인원이 함남 수만 조선인의 생계에 심각한 위협을 초래했던 것이다. 이에 따라 홍원을 비롯해 각처에서 조선 어민들의 항의가 거세지자 총독부는 기선 저인망의 명태잡이를 금지하는 구역을 설정했다. 그럼에도 분쟁은 쉽게 가라앉지 않았다.[1]

이미 언급한 바 이정호의 「소나기」는 개마고원에서 살던 덕구와 그의 아내 만길네가 홍남으로 내려온 이후의 일을 그린다. 내호에서 덕구는 홍남질소비료공장에 다닌다. 만길네는 살림에 보탬이 될까 해서 동네 여자들하고 함께 바닷가에 나가 조개도 줍고 했지만, 물일은 도무지 맞지 않았다. 그래서 오지랖 넓은 이웃 쌍가마네의 도움으로 데구리집 덕산네의 작은섬 명태 덕장을 빌려 겨울이 오기 전까지 그곳에 감자라도 심을 수 있게 되었다. 하지만 겨울이 찾아와 동네의 거의 모든 아낙네들이 명태 일에 뛰어들게 되자 만길네 역시 '때기' 작업에 끼어든다. 이제 소설은 전에 없는 대풍어로 연일 장날같이 홍성거리던 서호진 부두를 배경으로 전개된다.

서호진은 함흥만의 북쪽 끝 포구로, 앞바다에는 꽃섬·큰섬· 작은섬·양섬 등이 점점이 박혀 있는 풍광 좋은 해수욕장이기 도 했다. 조금 더 북쪽에는 귀경대가 있는데 의유당 김 씨가 한 글로 쓴 『동명일기』(1772)의 배경이다. 서호진 남쪽으로는 내 호가 있고 그곳이 흥남 공장 지대를 이룬다. 함흥 앞바다는 예 부터 명태, 청어, 대구, 꽁치, 낙지 등 어류와 다시마, 미역, 조개 류 등도 풍부했다. 겨울에는 특히 명태의 주산지로 전국적으로 도 이름을 떨쳤다. 당시의 신문은 해마다 겨울이면 서호진항이 명태로 가득 찼다느니, 초유의 호황이라느니 하는 기사를 쏟아 냈다. 「소나기」가 포구의 그런 흥성함을 생생하게 전한다.

어시장은 명태로 디딜 틈이 없었다. 복수환, 흥국환, 나까 무라마루의 데구리 세 채가 부린 명태가 시장에 꽉 찼다. 뱃전이 물에 닿는 것이 백오십 발씩은 실은 모양이었다. 한 발은 백 코(쾌)요 한 코는 스무 마리다. 백 발이 되면 만 선기를 올렸다.
밤 어시장은 처음이라 어리둥절하면서도 신이 났다.
그것은 칠흑의 공간에 빛과 소리가 얽히고 융합한 거대한 응고체였다. 돼지머리를 삶아서 베 보자기에 눌러놓은, 괴 상한 무늬의 고깃덩어리를 연상하였다.
천장과 바닥에서 비치는 빛은 이질적인 것이었다. 고촉광

의 전등이 붉고 휘황하게 위에서 쏟아지고 명태의 산더미
는 촉루*에서 흘러내리는 인광 같은 음산한 빛을 반사하
였다. 소리도 마찬가지로 이질적인 것이 뭉치고 흩어졌다.

---

* 촉루(髑髏): 살이 전부 썩은 죽은 사람의 머리뼈.

함경남도 북청군 신창의 명태 덕장.
사진을 찍는 사료 조사관 앞에서 어색한 표정을 짓고 있다.

수백 명 때기꾼의 날카로운 고함 소리가 천장에 부딪치고
그것은 둔탁하게 확대되어 아래로 쏟아졌다. 이런 소리와
빛은 투명한 광물질처럼 어시장 공간에 꽉 찼다.
제몫을 차지하느라고 아낙들은 아수라장이었다. 해저의
암석에 뿌리박은 해초의 부동이 그렇게 흔들릴 것이었다.
빛과 소리와 명태의 산이 압도해왔지만 만길네는 기운이
났다. 손칼을 잡고서 명태 더미에 도전했다.

마주 앉은 쌍가마네의 손은 손가락이 보이지 않게 날랬다. 같이 시작했는데 만길네가 반 코를 처리하는 동안 한 코를 마치고 확 옆으로 제낀다. 얼굴에 튄 생선 피를 손등으로 문지르고 새것을 당기어 잽싸게 칼질한다.

헷눈질으 하지 말구. 바람이 설렁거린다. 시작했으이 통은 채워야지. 일사불란하게 칼질을 하면서 어느 틈에 보았는가 산만한 만길네를 나무란다.

창자는 함지에, 고지(이리)는 석유 초롱에, 애(간)와 명란은 각각 양재기에. 만길네는 손이 시린 것도 아닌데 그릇이 헛갈리어 일이 더 더디었다.[2]

처음 때기 일에 도전하는 만길네의 모습이 눈앞에서처럼 삼삼하다.

그렇게 손질한 명태는 이제 북어가 되거나 황태로 변신한다. 북어는 명태를 그냥 건조시킨 것이지만, 황태는 추운 겨울 덕장에서 차디찬 바람과 눈을 20여 일 번갈아 맞아야 비로소 겉은 바삭하고 속은 촉촉한 최상품이 된다.

명태가 함경남도에 특히 많았다면, 정어리(청어)는 함경북도에서 많이 잡았다. 사실 정어리는 겨울에는 제주도 동남부 해안에서 월동하다가 봄이 되면 북상을 시작해 여름이면 동해안 어디서나 잡혔다. 그래도 함경북도 청진이나 성진 같은 데서

정어리를 다듬는 손길.
함경도의 항포구에서는 흔한 광경이었다.

정어리 어업이 활발했다. 1923년에는 성진 연안에 정어리 떼가
몰려와서 주민들은 남녀노소를 불문하고 해안에 나가 손으로
주워 들이던 형편으로, 그 바람에 오히려 소금 값이 폭등하고
나중에는 정어리가 썩어 내버릴 정도였다고 했다. 함경북도는
예컨대 북상했던 정어리의 남하를 기다리는 것은 다른 도와 비
슷하지만, 두만강 인근에서 연해주 방면으로 멀리 출어하는 일
도 가능했다. 또 북상하는 정어리 어획이 10월경에 끝나고 곧

다시 남하하는 정어리 무리를 만나기 때문에 휴지기가 거의 없어 비용을 절약할 수 있었다. 청진의 경우 일제 강점기 동안 군사항이나 무역항으로뿐만 아니라 정어리 어업 때문에라도 도시가 한층 팽창했다. 1920년대 중반부터 급증한 정어리의 대량 회유와 새로운 어획 방법의 도입, 그리고 경화유를 원료로 하는 유지 화학 공업의 발전 등이 서로 맞물리면서 대규모 정어리 어획과 가공을 이끌어냈는데, 그 중심에 청진이 있었던 것이다. 실제로 1930년대에 들어서면 일본유지 조선 지점을 비롯하여 무려 100여 개의 회사들이 정어리 기름을 가공하는 유지 공업에 다투어 뛰어들었다.[3]

이산 김광섭은 함북 경성 출신인데, 어린 시절 가을이 되면 정어리가 어찌나 많이 잡히는지, "바다와 땅과 사람이 한결같이 기름 덩어리가 되어"버려 냄새가 견딜 수 없을 정도였다. 그래도 그게 돈이 되어 많은 사람들을 먹여 살리니 촌양반들까지도 거기 와서는 냄새 고약하다는 말을 함부로 쓰지 못했노라 회상한다.[4]

현경준의 단편 「오마리」(1939)는 일제 강점기를 대표하는 어민 혹은 어업 소설이라 할 수 있는데, 바로 이런 동해안의 정어리잡이 어업을 정면으로 다룬다. 일확천금을 노려 험한 바다로 뛰어든 어부들의 거친 숨소리가 들릴 만큼 생생한 현장감이 압권이다. 제목의 오마리는 몇 사람이 돈을 모아 운영하는 작

201

은 어선을 말하는데 장비 측면에서야 커다란 어선에 도무지 비할 바가 못 된다. 그런 만큼 오마리는 오히려 정어리가 있는 곳이라면 위험을 무릅쓰고라도 어디든 쫓아간다. 소설에서는 대개 5월 중순이나 하순경 고향인 경상도나 강원도를 떠나 난류의 흐름을 타고 정어리 떼를 좇아가는 오마리 선단이 등장하는데, 북상하는 과정에서 원산 갈마반도, 영흥만, 신포, 여해진, 명천 무수끝(무수단)과 청진을 거쳐 최종 목적지인 경흥 앞바다 서수라까지 나아간다.

사공 형보는 오마리의 선장 격이다. 배를 지휘하며 큰 고기 떼를 쫓아 북으로 북으로 나아간다. 중간중간 잡은 고기를 작은 포구에 가서 팔고 그때마다 그물을 깁고 어구를 손질해 다시 바다로 나아가곤 했다. 그의 눈에 어린 순동이가 보인다. 순동이는 배를 처음 타는 초보였다. 물어보니 어린 시절 약혼한 복순이가 가난 때문에 갈보로 팔려나가 서수라에 있다는 소식을 듣고 배에 오른 거였다. 형보는 순동이를 위해서라도 서수라까지 가겠다고 약속한다. 명천 바다에서 7월을 보내고 8월에는 청진에 이르렀다. 사실 그동안 커다란 긴짜꾸建착망巾着網 어선에게 좋은 목을 다 빼앗겼다. 긴짜꾸 어선이란 긴 네모꼴 그물로 어군을 둘러쳐 포위해 고기를 잡는 어선을 말하는데, 당시에는 주로 일본인들이나 규모가 큰 선주들에게나 가능했다.

좋은 목에서는 함경도 토박이 선박들하고도 자리 차지를 하느라 다툰다. 그래도 형보네 역시 두둑한 주머니로 청진에 들어설 수 있었다. 명천 바다에서 모처럼 고기를 잡았던 것이다. 그러나 딱 거기까지였다. 다음부터는 운이 따르지 않았다. 고기가 잡히지 않았다. 매번 헛심을 쓰고 빈 그물만 건져 올릴 뿐이었다. 반대로 너무나 많은 고기 떼를 만나도 오마리로서는 도무지 감당할 수가 없었다.

청진서 사흘을 묵으며 저반 준비를 빠짐없이 한 다음 배는 다시 바다로 떠났다.

해는 벌써 서산에 기울었지만 목적한 곳이 고말반도 등대 말기니 관계치 않다. 샛바람이 다소 순조롭지 못하긴 하지만 숙달된 솜씨로 화치는 데는 아무 일 없다. 약 한 시간 내 모니 등대 끝은 벌써 아스름하다. 말길 잡아 자리를 잡고 그물을 풀어넣으니 어쩐지 일이 또 다된 것같이 생각된다. 그물 베대에 달아맨 석유통들이 땡땡 울리기는 밤중부터였다. 배 위에는 형용할 수 없는 희열이 넘쳐흘렀다. 어둠 속이지만 고기 무게에 자꾸만 그물이 처지는 것은 똑똑히 보인다. 그 바람에 석유통은 자꾸 울린다. 사공들은 날이 밝기만 고대한다. 시간으로 따지면 세 시는 지났을까? 동쪽 하늘이 으스레하게 터오며 수평선 금이 약간 알리는 것 같다. 형보는 기세 좋게 외쳤다.

"자, 인전 그물을 켜올려라."

사공들은 웃통을 벗어던지고 뱃전에 나섰다. 바로 그때다. 형보는 어두운 바다에서 무엇인지 벌컥 뛰노는 것을 보았다. 깜짝 놀라 제 눈을 부빌 틈도 없이 뒤이어 배 밑에서 철썩 뛰는 것은 틀림없는 큰고기다.

"앗."

사공들은 넋없이 그물줄을 틀어잡었지마는 수없이 달려든 큰 고기 무리는 사정이 없다. 그물을 지르고 앞뒤를 넘나들 때마다 석유통은 요란하게 울린다. 사공들은 죽을힘을 다하여 첫대를 켜올렸다. 그러나 그물은 간 곳이 없고 베대뿐이다. 형보는 입술이 찢어져라고 악물며,

"얼른 켜올려라."

하고 자기도 그물줄에 매달렸다. 그러나 그다음 그물도 베대뿐이다.

"아!"

형보는 하마터면 뒤로 나가자빠질 뻔했다. 그리고 사공들은 마치 실신한 사람처럼 미쳐 날뛰는 고기 무리들만 내다보았다. 그동안에 바다는 훤히 밝아왔다. 그러나 사공들의 가슴속은 어두운 구름장으로 새카맣게 흐려졌다. 동쪽 수평선 위가 벌겋게 물들기 시작할 때 그물은 전부 걷어올렸다. 마는 그것은 전부 폐망廢網들뿐이었다. 그물을 거두자

고기들은 간 곳이 없다. 아침 바다는 햇빛에 아름답기 비길 데 없지만 그것을 바라보는 사공들의 가슴속은 너무도 어둡다. 흐르는 줄 모르게 눈물은 자꾸 두 볼을 적신다. 고향을 떠난 지 석 달만에 길수로 따진다면 수로 3천 리는 거진 된다. 3천 리 타향 바다에 뜨기도 섧다거든, 돌아갈 기약조차 잃어버렸다는 것은 이 얼마나 참담한 일이랴? 바로 전날까지 그들의 눈앞에 사뭇 떠오르던 가족들의 반가움에 빛나는 그 얼굴은 흔적도 없이 사라져버리고 그 대신 그 무서운 채귀債鬼들의 얼굴이 밀쳐도 밀쳐도 가슴속을 자꾸 파고든다. 사공들은 근 한 시간 동안이나 우두커니 넋을 잃고 앉아서 배가 흐르는 대로 내버려두었다.[5]

형보네 오마리는 큰 고기 떼를 만나지만 그게 너무 커서 오히려 속수무책, 날뛰는 고기를 바라볼 수밖에 없었다. 형보도 사공들도 넋을 잃었다. 그들의 머릿속에는 고향의 그리운 가족들 대신 빚쟁이들의 얼굴만 무섭게 달려들 뿐이었다.

다른 배들은 고기가 많은 국경 너머로 들어가 밀어를 하고 오기도 했다. 그렇게 해서 만선을 이뤘다는 소식도 들려왔다. 형보네도 견딜 수 없었다. 간신히 서수라에 왔지만 복순이는 이미 떠나고 없었다. 어대진으로 갔다는 소문만 들었을 따름이다. 순동이는 희망을 잃지 않았다. 형보가 그에게 돈을 맡기고 마침내 국경 너머 밀어를 결심한 것도 그 때문이었다.

현경준의 또 다른 단편 「격랑」(1935) 역시 바다를 끼고 살아가는 함경북도 사람들의 이야기를 생동감 있게 들려준다.[6]

정어리 어선과 공장, 그리고 상점들까지 제 손에 쥐고 있는 공장주 덕재는 한마디로 마을의 살림을 쥐락펴락하는 인물이다. 가령 값이 헐한 다른 곳에서 물건(쌀)을 산 춘보는 덕재에게 피투성이가 되도록 얻어맞는다. 자기에게 빚을 지고 있으면서도 다른 곳에서 샀다는 이유에서였다. 사공들은 사공들대로 바다에 목숨을 맡기고 살아간다. 그들에겐 내일이 없다. 바다에서 돌아오면 모두 술을 먹어 없앤다. 배를 타지 않는 마을 사내들은 정어리 공장에 가서 일을 했다. 바쁠 때 공장에서는 만 사흘 동안 잠을 자지 못한 채 기름을 짜야 했다. 인부들은 곤하다 못하여 이제는 술 취한 사람같이 휘청 걸음이 날 지경이다.

한 인부가 제 팔뚝을 본다. 두어 달 동안에 빼빼 말랐다.

"사실 정어리 기름을 짜는 게 아니라 제 기름을 짜구 있는 모양이구나."

여자들은 여자들대로 바닷가에 나가서 미역을 건진다든지 열심히 일을 한다.

S촌에서 품바위라 부르는 섬 가에는 제각기 긴 작대기를 쥔 여자들이 파도에 밀려나오는 멱(미역)을 건지느라고

빈틈없이 늘어섰다. 엷은 속옷에 적삼만 입은 그들은 젖가슴까지 찬 물속으로 조곰도 주저하는 기색 없이 들어가서는 서로 경쟁하며 작대기로 밀려나오는 멱을 건지고 있었다. 파도가 쳐들어올 때면 물 위에 둥둥 퍼지는 치마폭. 그러다가도 파도가 다시 말려나갈 때면 살에 툭 붙어서 살빛까지 보이는 듯한 육체의 건강미는 희랍시대의 조각을 방불케 하였다. (중략) 그리하여 석양이면 그들은 함박에다가 멱이며 조개 같은 것을 가득 담아 이고 집으로 돌아오는 것이었다. 그리고는 이튿날이면 식전 새벽부터 고기며 그 멱을 이고 농촌으로 흩어져가서 좁쌀이며 감자들과 바꾸어가지고 돌아오는 것이었다.

유복이는 아버지가 바다에서 죽었는데도 자기도 바다로 나가려 한다. 어머니는 물론 약혼녀 복실이도 말리지만 그는 바다에 환상을 갖고 있다. 그래서 결국 쌍둥이네 배를 탔다. 태풍이 몰아쳤다. 춘보는 바다에 나갔다가 알섬에서 몰래 배를 돌렸다. 그래서 집으로 돌아오니 그간 뭔가 좀 수상하던 아내는 공장의 서기놈하고 배를 맞추고 있었다. 춘보는 그들을 죽을 만큼 팬다. 그리고 나서는 스스로 목숨을 끊었다.
어부들은 불안했다. 육지에서 불상사가 일어나면 바다에서도 불상사가 일어난다고 믿었기 때문이다. 마을 동료들은 춘보를 잘 묻어준다.

그동안 바다에는 폭풍이 일었다. 이윽고 폭풍이 지나가고 배들이 하나둘 간신히 돌아왔다. 하지만 쌍둥이네 배는 돌아오지 못했다. 그 배에 탄 유복이도 돌아오지 못했다. 바닷가에 나가 기다리던 사람들은 공장으로 몰려가기 시작했다. 성진에서 폭풍이 온다는 연락이 왔는데도 덕재가 그걸 무시하고 배를 바다로 내보냈다는 소문이 삽시간에 돌았기 때문이다.

「격랑」 말고도 「출범」(1937)이나 「퇴조」(1939) 또한 함경도의 정어리 어업을 배경으로 하고 있다. 함경북도 명천 출신의 현경준은 이렇듯 어민이나 어업을 소재로 삼아 우리 근대 소설 문학사에서 드물게 보는 한자리를 차지한다.

14

북선 개발과
종단항 광풍

일제는 1931년 만주사변을 계기로 한반도 북부 지방을 병참 기지로 만드는 정책을 본격적으로 전개한다.[1] 조선의 철도 역시 이런 정책을 뒷받침하는 데 동원된다. 특히 함경도 북부 산악 지대의 광산 개발, 임산물 수송 등의 임무를 담당하기 위해서는 철도 건설과 확장이 필수적이었다. 이 시기 일제는 이른바 '북선(북조선) 개척'을 조직적으로 시도했다. 1932년부터 15년 계획으로 추진한 이 사업은 지역의 풍부한 부존자원을 개발해 공업화의 원료로 공급하는 것은 물론, 만주 진출의 발판으로 삼으려는 데 목적을 두고 있었다. 낙후된 지역을 개발하여 그 이익이 지역 주민들에게 돌아가게 하는 것은 전혀 관심 밖의 일이었다. 대공황 이후 조선의 농촌에서는 엄청난 실업 인구가 발생했는데, 이들 중 상당수는 살길을 찾아 현해탄을 건너간다. 이로 인해 일본에서도 조선인 실업 문제의 심각성을 실감하게 되는바, 일제는 이 문제를 해결하기 위한 한 방편으로 북선 개척을 대대적으로 시도하게 되는 것이다.

철도 건설은 가장 기본적이고 시급한 과제였다.

함경선의 경우 본선은 1928년에 완공되지만, 이 무렵에는 더

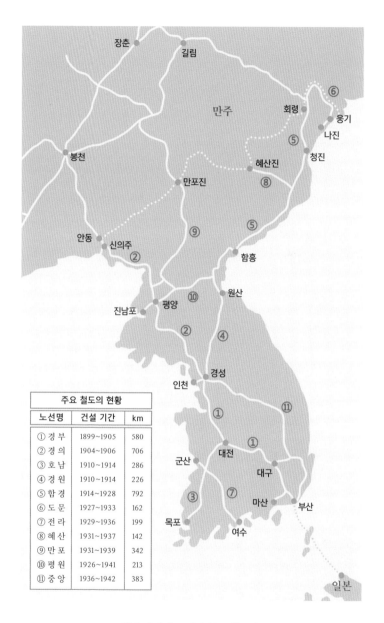

주요 철도의 현황		
노선명	건설 기간	km
① 경 부	1899~1905	580
② 경 의	1904~1906	706
③ 호 남	1910~1914	286
④ 경 원	1910~1914	226
⑤ 함 경	1914~1928	792
⑥ 도 문	1927~1933	162
⑦ 전 라	1929~1936	199
⑧ 혜 산	1931~1937	142
⑨ 만 포	1931~1939	342
⑩ 평 원	1926~1941	213
⑪ 중 앙	1936~1942	383

일제 강점기 조선의 주요 철도망.

함경도의 철도는 궁극적으로 만주의 철도와 이어져 일제의 침략 야욕에 동원된다.

욱 험준한 산악 지대까지 지선을 늘려나갔다. 그리하여 1933년
에 수성-회령선, 청진선, 회령 탄광선, 도문선 같은 철로를 정
비하고 확충했다. 또 한편으로는 경원-함경선 등을 복선화하
고, 나진, 웅기, 청진 등 북선 3항을 이 일련의 북선 철도와 연
결해 일본-조선-만주로 이어지는 체계적인 운송 체계를 구
축했다. 이어 마이즈루와 니이가타 같은 일본 서부 지방의 중
요 항구를 조선 북부 지방의 주요 항구들과 연결함으로써 군사
적 목적과 경제적 목적을 동시에 달성하려 했다. 이로써 조선
은 대륙으로 뻗어나가려는 일본 제국주의의 병참 기지로서 역
할을 충실히 담당하게 되는 것이었다.

　김기림이 소설도 몇 편 썼다. 그중 「철도연선」(1935~1936)[2]
은 바로 이 북선 개척과 관련한 철도 건설과 그로 인해 한 산간
마을에 몰아친 급격한 변화를 정면으로 다루었다.

　아주 캄캄한 산골이었다. 골짜기에는 태곳적부터 무엇 하나
바뀐 게 없었을 것 같은 마을들이 있었다. 마을과 마을을 잇는
오솔길에는 장날 이외에는 사람은커녕 마소의 발자국도 좀처
럼 박힐 줄을 몰랐다. 새로운 개화의 소식을 실은 화륜선은 아
무리 가깝다고 해야 70~80리 저 먼 동해안의 항구와 포구 바
닥에나 겨우 머릿기름과 일본 넝마와 모본단과 국제연맹의 소
식을 실은 신문지들을 부려놓고 갈 따름이었다. 그래도 10년
전 일본계 회사가 더 먼 산골짜기에서 동광을 개발해 그곳 동

점銅店과 성진 항구 사이에는 진작 신작로도 나 있었다. 어쨌거나 두터운 바퀴에 무쇠테를 감은 커다란 달구지가 동쇠를 싣고 그 길을 오갔다. 겨울이면 오직 발구라 부르던 눈썰매만 유일한 교통 기관으로 알던 사람들은 그 수레가 가는 곳엔 자기들이 사는 세상과는 전혀 다른 세상이 있을 거라고 막연히 생각하고는 있었다.

어느 해 가을 갑자기 낯선 사람들이 몰려들기 시작했다. 철도를 놓는다며 들어온 공사장 인부들이었다. 마을 사람들에게도 상대적으로 손쉬운 일감이 떨어졌다. 박존이 영감의 아들 명식이와 손자 재수도 일당을 각기 40전씩 받았다. 그건 즐거운 일이었지만, 박존이 영감은 다른 한편으로 마을에 우후죽순처럼 들어선 색주가에서 불어오는 바람이 영 못마땅했다. 아니나 다를까 며느리도 언제부턴가 그런 바람을 쐰 모양이었다. 어머니 없는 홀아비들 집에 시집을 와가지고는 십오륙 년을 하루같이 시아버지의 얼굴과 남편의 얼굴과 그리고 그들의 얼굴과 똑같은 마을 사람들의 얼굴만 쳐다보고 살아온 며느리였다. 심지어 시아버지 저녁을 차려줘야 해서 시집온 후 한 번도 장 구경조차 못 해본 처지였다. 그런 며느리가 갑자기 아들과 다투는데 심상치 않았다.

"어찌라구 이럼메?"

"어쨌니?"

"좀 발이나 씻소께."

"어느 때는 발으 시쳤니?"

"에구, 구린내 나라."

"되지 못한 게."

"되지 못하긴 뉘가 되지 못해? 흥, 즛사리 값으 함메."

"이년아, 무시게 어찌구 어째?"

며느리는 명식이에게 두들겨 맞았다. 아들은 제 아내의 머릿 기름이 어디서 났는지 머리 바늘은 누가 사주었는지 따지며 손찌검을 멈추지 않았다. 사실 그것들은 마을에 들어온 공사판 십장이 몰래 선물로 준 것들이었다. 그리고 한번 신식 문물의 화려한 맛을 본 여자의 눈에는 메주 덩어리처럼 퀴퀴한 남편이 성에 찰 리 없었다.

그 남편 명식이가 어느 날 남포가 잘못 터지면서 돌덩이가 무너지는 바람에 바위에 깔려 죽는다. 철도 공사가 시작된 이래 마을에서 생긴 다섯 번째 희생자였다. 이후 아들 재수는 어머니에게 정을 거둔다. 그리고 할아버지 몰래 동네 친구들과 어울려 색주가를 드나든다. 순남이라는 색시를 만나 혼을 빼앗겼다. 처음에는 부끄러웠지만 나중에는 혼자서도 찾아갔다. 하루는 그녀의 무릎에 앉아 밤새 술을 마셨다. 그날 밤 집으로 돌아오는데 어머니에게 복수를 한 기분이 들었다. 그러나 곧 어쩐지 도리어 자기에게 복수한 것처럼 느꼈다. 그는 얼마 후 순남이와 함께 종적을 감춘다.

박존이 영감이 기겁하여 사람들을 붙잡고 물어보자 이런 대답이나 돌아왔다.

"아마 부령 청진으로 간 게군."

나중에는 며느리마저 십장과 함께 사라진다.

사라진 건 그들만 아니었다. 인부들이 간다는 말도 없이 우르르 사라진 다음, 동네 아버지와 어머니 들은 그들의 딸 몇이 "골방에서 이부자리 더미 속에 머리를 박고 소리 없이 우는 것"을 보았다.

철도 개통식 날, 기자는 철교를 돌아서 백양버들 숲속으로 들어갔다. 박존이 영감은 기차가 아주 모양을 감출 때까지 오랫동안 그 뒤를 바라보았다. 어쩌면 그의 귓전에 이미 싹 다 사라진 색주가에서 밤마다 흘러나오던 〈신고산타령〉이 둥둥 울렸을지도 모를 일이었다.

　　신고산이 우르르

　　기차 가는 소리에

　　구고산 큰애기

　　밤 보따리만 싼다

〈신고산타령〉은 "함흥 차 가는 소리", "삼수갑산 머루 다래는 얼크러설크러졌는데", "후치령 말께다 국사당 짓고", "어랑천 깊은 물은 저절로 핑핑 도누나" 하는 따위 노랫말로 알 수 있 듯이 함경도 지방의 '멀고도 험한 지리'가 집단 창작의 원천이 었다. 하지만 신고산과 구고산의 '고산'은 정작 강원도에 있고 경원선의 한 정거장이다.

함경선은 동해안 북부의 상당수 항구 도시에도 크게 영향을 끼친다. 원래 이 항구들은 러일전쟁과 그 이후 일본의 군사적 목적에 따라 개발되고 확장되었다. 따라서 처음부터 식민 도시 로서의 성격을 강요받았다. 일본의 조선 침략은 물론이고 만주 와 대륙 진출까지 염두에 둔 지정학적 기능, 그리고 인근 내륙 과 해양의 자원을 수탈하기 위한 교두보 기능까지 감당해야 했 다. 특히 1930년대에 들어와서는 기왕의 일본-부산-경부선· 경의선을 거쳐 안봉선(안동-봉천/펑톈) 철도와 연결되는 육로, 그리고 일본-황해-남만 3항(대련/다롄, 영구/잉커우, 여순/뤼순) 을 잇는 해로에 더해, 일본-조선-만주를 잇는 이른바 '북선 루 트'가 새롭게 대륙 진출을 가능하게 하는 통로로서 각광을 받 았다. 무엇보다 1931년 만주사변 이후 만주국의 성립은 조선의 북부 지방과 중국 동북 지역의 교통망을 하나로 결합하는 데 결정적인 계기가 되었다. 이때 기왕의 길돈선(길림/지린-돈화/ 둔화) 221킬로미터에 이어 돈화/둔화-도문/투먼 사이 구간이 준공되면서 마침내 길회선(길림/지린-회령)이 완성된다. 이 철도는 다시 1933년 10월에 준공된 두만강 철교를 통해 조선으로 연결되어 일본으로선 오랜 세월 꿈꾸어왔던 북선 루트를 현실로 완성할 수 있었다. 이에 따라 북선 3항, 즉 함경북도의 나진, 청진, 웅기의 비중도 그만큼 확대되었다.

그런데 이 북부 지역에서는 진작부터 길회선의 동해쪽 종단항을 어디로 할 것인지를 두고 관심이 폭증했다. 종단항이 이른바 북선 개발 계획과 맞물려 지역 개발에 미치는 영향이 어마어마하다는 것은 삼척동자라도 짐작할 수 있는 일이었다. 이에 종단항 유치를 둘러싼 함경북도 여러 도시들 간의 경쟁이 치열하다 못해 엄청난 과열 양상을 보였다. 그중에서도 청진과 웅기가 유력했다. 인구라든지 항만이라든지 상대적으로 여건이 나았기 때문이다.

국어학자인 한뫼 이윤재는 1932년 8월 최종 발표를 앞두고 마침 청진과 웅기를 들렀다.

"내가 청진에 도착하기는 8월 중순. 그리고 경성鏡城에 갔다가 일주일쯤 뒤에 도로 청진에 들러 웅기항에 이르렀다. 이때 웅기의 전 시가는, '땅!', '돈!' 하는 소리로 가득 찼다."[3]

몇 해를 두고 다퉈오던 길회선 종단항 문제가 8월 25일 나진으로 최종 확정되었다. 사실 나진은 여건이 가장 뒤진 상태였다. 발표 당시 인구 수백의 한갓진 시골에 불과했다. 항구는 물론이고 변변한 도시 기반 시설도 없었다. 항만의 입지 규모는

<발전하는 오늘의 나진>
포스터(1939).

청진·웅기보다 컸지만 처음부터 만들자면 건설비가 어마어마
할 터였다. 그런데 그 나진이 막강한 웅기와 청진을 누르고 종
단항으로 결정되었다. 당장 토지 광풍이 일었다. 수용지 부근
의 땅값부터 크게 뛰었다. 7원 정도였던 것이 당장 22원 이상
으로 올랐다. 그렇지만 25원에도 파는 사람이 없을 만큼 나진
은 그야말로 '흙 한 말 금 한 말'이라는 황금 시대가 펼쳐졌다.[4]

세 곱은 이익 축에 끼지도 못했다. 1924년에 3만 원(150만 원)을 주고 나진 앞바다의 돌섬 두 곳의 땅 120만 평을 산 김기덕이란 이는 무려 200배의 수익을 챙겨 졸지에 함북 최고의 거상 갑부가 되었다.[5] 그처럼 돈벼락을 맞은 이들이 많았다. 어떤 거간이 한 1,000평 땅을 지닌 이에게 찾아가 평당 8원씩 주겠다며 땅을 팔라고 권하는데, 정작 땅임자는 전부 다해서 8원이라는 줄 알고 승낙했다. 아마 그 땅이 밭도 아니고 산판이라 기껏해야 평당 5리쯤 나가리라 여겨서 나름대로 계산했던 것이다. 하지만 계약 당일 땅임자는 무려 8,000원을 건네받고 기가 막혀서 물었다.

"무엇을 이렇게 주오?"

그러자 거간은 "여보, 아까 한 평에 8원씩으로 작정하지 아니 했소? 그래 모두 8,000원이면 맞지 않소?" 하고 따지듯 말하는 게 아닌가. 땅임자는 내주는 대로 그 큰돈을 받고 아무 말도 못한 채 덜덜 떨다가 집에 와서는 그만 실신하고 말았다.

물론 희비가 엇갈렸다. 이윤재가 들은바, 어떤 이는 몇 년 전 나진에다 수만 평 밭을 사두었는데 그동안 수확은 적고 지세만 물다 보니 이를 성가시게 생각했다. 그래 하필이면 바로 몇 개월 전에 원가보다도 밑져가며 되팔았다. 그것이 시가 계획도대로라면 가장 알짜배기 땅이라 시가로 평당 200원은 족히 나가리라 했다. 밑지고 판 것도 억울한데, 그런 계산 때문에 배만 더 아팠다.

이런 이야기는 끝도 없었다.

성진 출신의 김기림은 종단항이 몰고 온 광풍을 '황금 행진 곡'이라 불렀다.[6] 그 역시 이윤재와 마찬가지로 함경선에 떠도 는 극단적인 희비쌍곡선을 소개한다. 누구는 청진의 수성평야 수백만 평 땅을 싸두었다가 절망한 나머지 쓰러졌고 와병 사흘 만에 저세상으로 갔다. 반면 나진 해안에 내버려두었던 모래 벌이 갑자기 40만~50만 원을 부르는 바람에 월급 30원을 받던 모 공무원이 그 막대한 대금을 어찌할까 일주일간 고민하다 끝 내 발광하고 말았다는 이야기도 있었다.

그때의 광풍이 얼마나 컸는지, 사람들은 그 후로도 '제2의 나 진'은 어디냐를 두고 눈이 빠져라 점을 치기 바빴다. 이태준의 소설 「복덕방」(1937)에 나오는 영감들 역시 터무니없는 꿈을 꾸기는 마찬가지였다. 박희완 영감은 관변에 있는 유력자에게 서 흘러나온 말인데 하면서 운을 떼서는, 황해 연안에 '제2의 나진'이 생긴다, 지금은 관청에서만 알 뿐이지만 곧 발표가 날 거라는 말을 흘렸다. 사업 실패로 몰락해 친구의 복덕방에서 신세를 지고 있던 안 초시는 애가 달아 그게 대체 어딘지 캐묻 는데, 박 영감은 이렇게 반문한다.

"그걸 낸들 아나?"

"그럼?"

"그 모 씨라는 이만 알지. 그러게 날더러 단 만 원이라도 자본을 운동하면 자기는 거기서도 어디어디가 요지라는 걸 설계도를 복사해낸 사람이니까 그 요지만 산단 말이지. 그리구 많이도 바라지 않어. 비용 죄다 제치구 순이익의 2할만 달라는 거야."

안 초시는 성악가인 딸을 시켜 거금 3,000원을 투자했다.

딱 1년 후, 모두 꿈이었다.

축항 소식은 들리지도 않았다. 대신 전혀 엉뚱한 곳, 용당포며 다시도에 땅값이 30배가 올랐느니 50배가 올랐느니 하는 소문만 무성했다. 알고 보니 박희완 영감이 먼저 속고, 안 초시가 뒤에 속은 거였다. 축항 후보지로 측량까지는 했지만 무슨 결점 때문인지 중지되고 만 땅이었다. 그 땅을 기민하게 샀던 모 씨가 그 땅 처치에 애를 먹자 교묘히 꾸민 연극이었다. 안 초시의 운명은 그것으로 끝이었다.

이처럼 함경북도 경흥군 바닷가의 한갓진 어촌에 불과하던 '신안'은 일약 인구 30만 명을 예상하는 대도시 '나진'으로 개발되면서, 상당 기간 두고두고 식민지 백성들을 헛된 희망으로 고문했다.

15

청진항의 조선인 소녀와
일본인 철학도

1930년대 초 종단항이 나진으로 결정되자 가장 충격을 받은 곳은 청진이었다. 분노한 주민들이 거세게 항의했지만 결정 사항을 돌릴 수는 없었다. 대신 총독부의 지원을 받아 청진항 부두 신축 공사를 마무리하는 것으로 만족해야 했다. 이로써 청진은 나진에 밀려 무엇보다 만주와의 교역에서 뒤지게 되었다. 그럼에도 청진이 북조선 최대의 도시로 확장되는 데에는 크게 문제가 없었다. 정어리 어업의 성황은 그 하나의 조건에 불과했다. 청진은 정어리 관련 산업뿐만 아니라 일제의 대륙 진출을 위한 병참 기지로서의 역할도 충실히 떠맡고 있었다. 동쪽 해안가에 갇혀 있던 도시를 수성평야의 서쪽까지 확장하여 200만 평에 달하는 신흥 공업 지구를 조성했다. 1938년에는 그곳에 거대한 노동력을 품는 일본제철주식회사 청진 제철소가 들어섰다. 청진의 인구는 단번에 폭증이라는 말이 어색하지 않을 정도로 크게 늘어났다.[1] 종단항이 결정될 무렵 4만 명이 채 못 되던 인구는 1935년에 5만 명을 돌파하고, 이어 1940년에는 15만 명을 넘어섰다. 나아가 해방 직전(1944)에는 18만 4,000명까지 늘어났다. 4,000명이 채 안 되던 1910년과 비교할 때 무려 46배 이상, 1920년(1만 1,214명)

223

하고 비교하면 약 열여섯 배 이상 증가한 것이다. 이는 조선의 다른 큰 도시들에 비해서도 높은 수준으로, 특히 1940년에 인근 나남을 편입하면서는 평양을 누르고 경성, 부산, 대구에 이어 조선 제4위의 대도시로 성장했다. 나진이 1932년에 6,000명이던 인구가 1940년에 3만 5,000명으로 크게 늘어났다지만, 청진에 비길 바는 아니었다. 그러나 도시가 겉으로 이렇듯 비약적으로 성장한 이면에 청진은 '식민 도시'로서 피할 수 없는 굴욕과 불이익도 감수해야 했다. 청진 개발의 주체와 수혜자는 대부분 일본인이었다. 예를 들어 1939년 청진의 일본인 인구가 17퍼센트에 지나지 않았지만, 일본 독점 자본의 지점 회사를 제외한 청진의 본점 회사만 분석해도 자본금과 납입금에서 일본인의 비중이 각각 90퍼센트 이상이었다. 한마디로 일본인들이 청진의 경제를 독점했다고 말할 수 있다.

물론 청진 개발의 수혜자가 된 조선인도 아예 없지는 않았다. 강신재의 중편 「파도」(1963)[2]에 나오는 장달수가 그런 인물로, 소설에서 그는 원진(청진)에서 정어리잡이로 일확천금하여 큰 재산을 쌓은 인물이다. 비록 토박이 무식꾼이 틀림없을 망정, 사무실을 일본인 거리에 두고 일본인 비서까지 거느렸으며, 겨울이면 털외투를 입고 다니는 신분이었다. 집에서 어디를 가더라도 꼭 우편국 옆에 있는 삼일택시회사로 전화를 걸어 노상 털털거리고 달려온 검은 자동차를 타고 다녔다.

함경북도를 대표하던 항구 도시 청진.

화자인 어린 영실이가 사는 곳은 조선인 동네였다. 그곳에는
가파른 비탈에 집들이 게딱지처럼 다닥다닥 붙어 있었다. 거기
서 시가지의 동편으로는 빙 둘러쳐진 산줄기가 바라다보였다.
날카롭고 험준한 봉우리, 거무레한 솔이 덮은 산들이었다. 밤
이면 불빛이 휘황한 일본인 상점가를 지나고 부둣가를 다 빠져

나와 한참 돌아간 곳까지 그 산줄기는 뻗어나갔다. 부둣가에는 성곽 같은 여관들이 늘어서 있었는데, 산 밑은 그 여관들보다 더 육중하고 우중충한 건물이 솟아 있는 유곽 거리였다. 시가지는 모양 없이 기름하기만 했고, 하얗고 굵은 연통을 가진, 일본 고베를 오간다는 기선이며 수없이 많은 똑딱선이 떠도는 바다하고 잇닿아 있었다.

영실이네 동네는 겨울이면 미끄럽고 위험하기 짝이 없었다. 눈이 와서 얼어붙은 위에 또 눈이 오고, 사람들이 딛고 지나간 뒤로 또 얼고 하기 때문에, 비탈길은 강철같이 단단하고 울퉁불퉁한 유리 띠를 펴놓은 듯 매끄러웠다. 길이 좁아지며 한편이 낭떠러지인 곳은 굵은 쇠사슬을 6~7미터나 질러놓았다. 그걸 붙잡으면 털장갑이 쩍쩍 달라붙었다.

작가의 또 다른 단편 「C항 야화」(1951)에는 청진의 그 겨울 풍경이 훨씬 잘 묘사되어 있다. 작가는 청진의 옛 모습을 떠올리면 "꼭 북구의 전설 속에서와 같은 분위기"가 먼저 생각난다고 했다. 그러나 그 '북구의 전설'은 흔히 짐작하듯 아름답고 낭만적인 것하고는 거리가 멀었다.

재빛 하늘 밑에 동굴이 있는, 그리고 매생이 하나 떠돌지 않는 역시 재빛 바다가 흰 거품을 물고 무섭게 포효하는, 그런 풍경 속에서 살아온 듯한 인상을 남겨주고 있군.

조선의 북쪽 끝이니까 몹시 춥고 쓸쓸한 곳이기도 하였다. 시가지의 길이란 길은 거의 다 꽤 급한 비탈길이라서 학교엘 가자면 고개를 너덧 개나 넘어야 했고, 그 고개 꼭대기에 미치기까지 구둣방이니 병원이니 사탕 가게니가 삐국하니 늘어서 있었으니까 참 묘한 거리이기도 하지. 눈이 와서 얼어붙어 미끄러우면 언덕 밑에서부터 꼭대기까지 집집이 도끼나 자귀를 들고 나와 눈을 찍어 층층다리를 만들어놓는 데도 있고, 새끼줄을 매고 등산하듯 붙잡고 오르내리게 해놓은 곳도 있었다. 그 한쪽 편이 낭떠러지라서 중도까지 와가지곤 올라가지도 내려가지도 못하고서, 눈물도 안 나리만큼 혼이 나던 일도 있었지.[3]

작가 강신재의 청진이 만일 북구의 전설 속 마을을 아름답게 연상시킨다면, 그것은 오히려 타지에서 그곳에 온, 「파도」 속 서울병원 집 때문이었다. 그 집은 영실이의 친구 백성아네 집이기도 한데, 그 집 사람들은 영실이네 동네 사람들하고는 너무 달랐다. 누구나 교양이 있었다. 영실이는 마음이 어수선할 때면 딱 한 군데를 가고 싶었는데, 그게 바로 성아네였다. 언덕 꼭대기에 있는 집은 대문이 옥색 페인트로 칠해져 있고, 현관 지붕은 조그만 세모꼴로 언제 보나 아담한 느낌이었다. 유리 창문에는 하얗고 빳빳한 문장(커튼)이 걸려 있어서 영실이는 그것을 볼 때마다 존경심을 품지 않을 수 없었다. 문장이란 것은 학교 교장실에도 걸려 있지 않은 것이었기 때문이다. 성아의 아버지 백 의사는 금테 안경을 쓰고 있었는데 대단한 명의로 소문이 나 있었다. 성아의 어머니는 상냥한 서울말을 썼고, 트레머리에다 가느다란 그물을 씌워가지고 있었다. 할머니는 독실한 예수교 신자였다. 살림채의 방은 어느 것이나 장판지가 깔렸고, 맑고 깨끗했다. 무엇보다 놀라운 점은 거기에는 언제나 과자나 과일이 있다는 점이었다. 과자 중에는 모나카라는 것도 있었다.

'일본 사람 집이라면 모르겠지만….'

성아네에는 이 세상 것 같지 않은 소리를 내는 풍금이란 것도 있었다. 그 집을 갔다 오면 영실이는 행복을 느꼈다. 싸우고 욕하지 않는 사람들, 먹을 것 때문에 성내지 않는 사람들, 그리고 즐거움과 무언지 모를 그리움을 자아내는 옛이야기…. 성아 옆에서 영실이는 문득 자기 몸에서 비린내가 풍긴다고 느낀 적도 있었다.

그렇다면 영실이네와 동네 사람들은 어떤가.

영실이의 아버지는 어부였는데, 몇 해 전 고깃배와 인연을 끊고는 집에만 틀어박혀 있었다. 그 보기에도 울적한 컴컴한 이마 뒤에 무슨 생각을 간직하고 있는지는 아무도 몰랐다. 그는 종종 주먹을 휘둘렀다. 큰딸이자 영실이의 언니 신실이가 그 대상이었다. 신실이는 영실이와 달리 미인이었다. 누구나 곱고 탐스러운 색시라고 했다. 정말이지 함박꽃처럼 소담스러웠다. 맑은 살

결의 볼은 언제나 연한 분홍빛이었고, 쌍꺼풀 진 눈매는 상냥스러웠다. 마음도 온순하고 얌전한 티가 온몸에 출출 흘렀다. 하지만 언제부턴가 요상한 풍문이 돌았다. 낯선 남자하고 같이 있는 걸 봤다든지 하는 풍문. 그때마다 아버지는 소리를 질렀다.

"말으 싹, 못 하겠니? 어디를 싸다녔느야!"

아버지는 신실이를 두들겨 패는 것으로도 모자라 밖에 나가지 못하도록 머리도 홀랑 깎아버렸다. 어머니는 그런 아버지를 말릴 아무런 힘도 의지도 없었다. 매일같이 물지게를 지고 언덕을 오르내리다가 미끄러져 넘어지기 일쑤였다.

순희는 소방대 대장의 딸인데 정어리 공장 화재 이후 그 대장은 머리가 좀 이상해졌다는 소문이 돌았다. 골목 가녘에 사는 귀동녀는 못난이다. 한 번 시집을 갔다 쫓겨온 뒤로는 드물게 열던 말문마저 꼭 닫아버렸다. 그녀가 할 수 있는 일이라곤 어쩌다 잔칫집에 불려가서 쉬지 않고 놋그릇을 닦는 일뿐이었다. 그때마다 힘을 아끼지 않고 비벼대는 까닭에 유기그릇은 대번 은같이 광택이 났다. 이제 되었으니 그만두라고 해도 못 들은 체하고 계속 문지른다. 날이 저물고서야 밥 한술 얻어먹고, 일하던 것을 마당에 내버려둔 채 횡하니 가버리는 습관이 있었다. 품삯은 이튿날 아침에 받으러 오는데, 종이돈은 말고 꼭 동전만 받아서 사람들을 웃겼다. 이발소 집에도, 목사님 집에도 이런저런 문젯거리는 있었으니….

영실이는 성아와는 다르게 그런 사람들 틈에서 살았다. 동네 사람들은 외지 사람들이 아름답다고 말하는 바다에도 관심이 없었다. 고깃배를 타는 사람들을 제외하곤 1년에 한 번도 바다 곁에 가지 않았다는 사람이 대부분이었다. 영실이가 딱 한 가지 동네 사람들하고 다른 점이 있다면 그건 까닭도 없이 유심히 바다를 바라보는 걸 좋아한다는 점이었다. 갠 날, 흐린 날, 바람 부는 날, 그것은 각각 다른 표정을 하고 있었고, 그때마다 다른 말을 하고 있는 듯 보였다.

동네 사람들은 저녁이면 가게 앞 평상에 모여 이런저런 이야기를 나누었다. 아직 어린 영실이도 자주 그 속에 끼어 듣는 귀를 보탰다. 이야기가 좀 낯선 대목으로 넘어갈 때면 어른들이 중간에 영실이를 돌려보냈다. 그래도 영실이는 기분이 나쁘지 않았다. 그럴 때 가슴을 펴고 밤공기를 깊이 들이마셨다. 그러면서 세상에는 여러 가지 처지의 사람이 살고 있다고 생각했다. 팔자인가 운명인가 하는 것이 사람을 휩쓸고 돌아가는 힘도 아닌 게 아니라 대단한 것 같았다. 영실이는 그렇게 모든 사람이 얽매여서 빠져나가지 못하는 갖가지 처지에, 오히려 '조화의 묘'라고나 할 것도 느꼈다.

그래도 소설은 청진이 이렇듯 조선인들만이 조화의 묘를 이루며 살아가는 도시가 아니라 어쨌든 '식민 도시'라는 사실을 일깨워주는 장면도 잊지 않고 배치한다.

청진의 조선인 마을 신암동(1925).

"앗, 저것들 온다!"

"온다니 무시개?"

그들은 걸음을 멈추었다.

둥둥둥둥…. 북소리가 가까워오고 그와 함께 웅얼웅얼 많은 사람이 음성을 합하여 읊조리는 것이 들려왔다.

"남묘호오렝게꼬오…. 나암묘오호오렝…."

하얀 두루마기 같은 옷을 걸치고, 머리에도 흰 헝겊을 뒤집어쓴 일인들이, 수십 명 대열을 지어 눈 속을 걸어오고 있는 것이 보였다. 법화경 신자인 일련종日蓮宗의 사람들인 것이었다. 맨발에 짚신을 신고, 부채 같은 작은북과 북 치는 방망이를 쥔 양쪽 손도, 팔뚝까지 드러난 맨살이었다.

여자도 섞여 있다.

땅속에서 울려 나오는 듯한 무거운 웅얼거림과 박자를 맞추어 두들기는 북소리는, 그들의 차림과 그 엄숙한 표정과 함께, 이 대열을 세상에도 기괴한 인상으로 비치게 하였다.

영실과 봉천은 질린 듯이 한자리에 서 있었다.

처음 보는 것은 아니었지만 보는 때마다 무언지 놀랍고 겁이 나는 것 같다. 소리가 조금 멀어지자 영실은 후유 하고 한숨을 내쉬었다.[4]

아동 문학가 김요섭은 나남 출신이다. 그도 어린 시절 나남에서 일련종파 무리를 목격했다. 정초가 되면 일본인들이 십여 명씩 작은북을 울리며 다녔다. 조선인 아이들은 그들을 '호무랭깽깽'이라고 불렀다. 북을 울리며 그들이 입으로 내던 소리가 그렇게 들렸던 것이다. 어린 김요섭은 그들이 누군지 몰랐다. 나남 사람들이 아니라 어디 아주 먼 곳에서 찾아왔다가 다시 아주 먼 곳으로 가는 사람이겠거니 생각했다. 그만큼 그들은 이질적이었고, 그래서 또 아득했다. 하얗게 눈 쌓인 거리를 머리부터 발목까지 하얀 천으로 휘감고 걸어가던 그 뒷모습 때문에 그렇게 생각했을지도 모른다. 그럴 때 소년은 입시 준비를 위해 펴놓은 책이 눈에 들어오지 않았다. 눈 위에 비쳤던 호무랭깽깽들의 초롱 불빛이 여전히 어른거리고, 끝없이, 이 세상 끝까지 내릴 것 같은 눈 속으로 사라져가는 북소리가 귓가를 슬프게 울렸다. 국경을 향해 달려가는 막차의 기적 소리가 어린 가슴을 파고드는 것도 그쯤이었다.[5]

작가 강신재는 1924년 서울에서 태어났는데, 어렸을 때 의사인 아버지를 따라 청진으로 가서 살았다. 1937년 아버지의 별세로 다시 서울로 올 때까지 북국 도시 청진에서 산 기억을 그녀는 평생 잊지 못했다.

그 청진이 일본인들에게는 한 일본인 청년 히로쓰 쇼지를 통해 기억되기 십상이다. 청진에서 태어나 청진이 고향인 그는 보통학교 졸업 후 나남중학교를 다녔고, 일본의 제5고등학교를 거쳐 1939년 교토 제국대학 문학부에 입학했다. 전공은 철학이었다. 방학 때면 고향으로 돌아왔다. 교토에서 쓰루가 항까지 와서 저녁 일곱 시에 정기 여객선을 타면 이튿날 오후 세 시경에는 어대진을 지나고 네 시쯤에는 고말반도를 우회하여 청진에 입항하게 된다. 배에서 바라보는 청진은 그저 삭막한 항구 도시라는 인상밖에 안겨주지 않았다. 그것도 늠름한 건설항이라기보다 늘 허무적인 그림자가 붙어 다니는 항구로, 그곳에서는 위안 없이 살 수 없는 인간들이 살고 있을 뿐이었다. 그가 쓴 일기를 보면 조선인하고 접촉은 거의 없었다. 조선인들은 먼 '풍경'으로만 존재했다. 나남에 가서 십여 일을 지내고 돌아온 날, 그는 청진이 나남과는 전혀 다른 조선인의 도시라는 사실을 문득 깨닫는다.

> 십 일간이지만 나남의 정적은 나에게 즐거웠다. 밤은 깊어 한국인의 노래가 들려오는데 그것은 안개 낀 밤에 들리는 애조를 띠고 있었으며 듣는 사람으로서 시의 세계에 끌려들어가는 시적 정서가 있었다. 그러나 소란과 무질서가 청진을 메웠다. 그 속에 평범비속이 있다. 청진은 나에게는 결코 그립고 즐거운 곳은 아니다. 내 취호와는 전혀 틀리다고 아니할 수 없다. 청진에는 시가 없다. 그것은 중간 도시에 공통적인 도회지의 애수이기도 하겠지.[6]

1941년 11월 청진항으로 들어오던 상선 게히마루(기비환)가 기뢰에 부딪쳐 조난당하는 사건이 벌어졌다. 연해주에서 흘러 내려온 소련의 기뢰였다.

『아사히신문』이 특종을 내보냈다. 사고 경위와 함께 한 가지 서사를 신화처럼 화려하게 전했다. 게히마루에 바로 청진의 그 교토 제국대학생 히로쓰 쇼지도 타고 있었던 것이다. 구조정이 내려지자 사람들이 다투어 올라탔다. 그러나 그는 뱃전에서 유유히 담배에 불을 붙이고 서 있을 뿐이었다. 선장이 "이 바보야, 빨리 타!" 하고 재촉했지만, 그는 펄럭이는 외투 자락에서 두툼한 책을 꺼내서 내밀었다,

"방학 때 읽으려고 학교 도서관에서 빌려온 책입니다. 제 대신 도서관에 돌려주시면 고맙겠습니다."

그는 그렇게 침몰하는 배와 함께 죽음을 택했다.

"Es ist gut(이것으로 됐어)!"

누구는 그가 이 말을 남겼다고도 했다. 평소 좋아하던 칸트가 죽음을 앞두고 했다는 말인데, 물론 확인할 수 없는 일이었다. 그가 돌려주라고 한 책은 칸트의 『실천이성비판』의 독일어 원서였다. 나중에 그의 일기가 책으로 엮여 나오자 사람들은 그제야 그의 죽음이 어쩌면 당연한 선택이었을지 모르겠다고 생각한다. 그의 일기에는 자주 "인간은 고독에 익숙해야 한다"는 식의 구절이 적혀 있었기 때문이다.

먼 훗날, 그의 죽음이 실은 일본 경찰이 일본인만 배에 타라고 한 야만적 태도에 분개하여 조선인들과 함께 배에 남아 있기를 스스로 선택한 것이라는 증언도 나왔다.[7] 그때 배에는 465명이 승선 중이었는데 구조되지 못한 사람은 235명이었다.

진실이 무엇인지 알기는 어렵다. 분명한 것은 그가 성실한 철학도였다는 사실, 그리고 봄과 고독과 나쓰메 소세키와 나남의 메인스트리트 '이코마쵸生駒町'를 사랑한 청년이었다는 사실이다.

그러나 그와 얽힌 게히마루의 서사 이면을 찬찬히 들여다보면, 그 또한 어쩔 수 없이 일본 제국주의가 구축해놓은 이데올로기에 얽매인, 아직은 미숙한 청년의 모습도 고스란히 드러낸다.

예컨대 1940년 6월 15일자 일기.

독일은 드디어 프랑스의 수도 파리를 점령했다. 세느 강물을 놀라게 하고 샹제리제의 가로수에 몰아치는 태풍의 울부짖음은 새로운 생명의 탄생의 소리이며 오래된 생명의 만가이다. 커다란 생명의 흐름은 조그마한 흐름을 합쳐 영겁의 먼곳에서 영겁의 먼 곳으로 흘러가버린다. 그저 생명의 흐름은 자연의 힘뿐만이 아니다. 자기의 흐름을 지킬 수 없는 문화는 언제나 문화라고 말할 수 없다. 이렇게 해서 큰 문화는 작은 문화를 합쳐버리는 것이다. (중략) 선도 없고 악도 없다. 모든 것을 감싸고 어디에서 와 어디로 가는가. 이 흐름은 조용히 흘러간다. 그것은 늠름한 '생명의 대하'인 것이다.[8]

히틀러의 파리 점령을 새로운 생명의 탄생으로 읽어내는 청년의 미숙한 철학이 안타까울 뿐이다. 청진을 고향으로 둔 그의 시선 속에서 정작 조선인의 청진은 말 그대로 '자기의 흐름을 지킬 수 없는 문화'에 지나지 않았다.

16

눈 오는 밤의
북국

함경북도 나남은 원래 경성
군 오촌리에 속하던 한갓진 마을에 지나지 않았다. 읍내까지는
약 5킬로미터, 청진까지는 약 17킬로미터 거리였다. 그곳이 조
선 북부 지역을 대표하는 군사 도시가 된 것은 1907년 4월부터
였다. 중국 국경인 회령까지는 걸어서도 하루 거리였고, 러시아
연해주와 맞닿은 두만강 하구까지도 100킬로미터 밖에 되지
않았다. 대륙 진출의 야심을 지닌 일제로서는 충분히 매력적인
조건이었다. 배후에 청진이라는 큰 항구를 두고 있어 일본 본
토와 연결되는 교통과 운송이 수월하다는 점도 중요했다. 하지
만 그곳에 사단 규모의 군대가 주둔하기까지 그 사실을 알았던
한국인은 거의 없었다. 일제가 나남을 수용하는 과정은 그 이
전과는 전혀 달랐다.[1] 개항 후 진남포와 원산만, 그리고 진해항
을 군사 기지로 만들 때에는 일단 한국 정부가 나서서 군항 용
지로 지정한 후에 일본 정부가 빌려 쓰는 방식을 취했다. 용산
과 평양의 경우에는 한국 정부로부터 약 300만 평의 용지를 직
접 사들이는 방법을 취했다. 그러나 나남의 경우, 1907년 육군
성이 하달한 명령서 한 장을 앞세워 민간 용지는 군에서 직접
사들이지만 국유지는 아예 무상으로 수용했다. 말이 수용이지

강탈이었다. 그해 3월 일본 군인 셋과 입회인 격으로 한국 관리한 명이 현지로 내려갔는데, 무슨 신묘한 재주를 부렸는지 3월 말에는 모든 민유지 84만여 평에 대한 수용을 끝마칠 수 있었다. 평당 6~7전의 값을 치렀다고 했다. 땅값은 불과 한두 해 사이에 평당 1~2원으로 급등한다.

일본은 1915년 한반도에 2개 사단 증설을 결정한 후 용산에는 제20사단을, 나남에는 제19사단을 배치했다.[2] 이후 제19사단은 시베리아 출병, 3·1 운동 진압, 만주의 독립군 진압, 경신참변(1920) 등을 통해 그 주둔의 목적을 널리 과시했다. 그 후 만주사변(1931)과 중일전쟁(1937)이 벌어질 때에도 '막중한 임무'를 수행하게 된다. 이를 정리하면 제19사단의 임무는 러시아 견제, 중국 대륙 침략과 간섭, 독립군 탄압, 치안 유지 따위로 요약할 수 있겠다.

일본은 나남을 군사 도시로서뿐만 아니라 신도시로서 개발하겠다는 의지도 발휘했다. 한반도 내 기존의 식민 도시의 경우, 조선인 구역과 일본인 구역이 뚜렷하게 구별되는 공간적 특징을 보인다. 그러나 나남은 처음부터 계획 도시로 구상되어, 다른 도시들하고는 완전히 다른 도시 구조를 지니게 된다. 유일하게 비슷한 구조를 지닌 도시는 경남의 진해를 꼽을 수 있을 뿐인데, 그곳 역시 방사형 가로 도시로 설계된 군사 도시였다. 나남도 모든 점에서 가장 중요한 고려 사항은 군사적 목적과 기능이었다. 우선 도시 한복판에 중앙공원을 두고, 그 주위에 군 관사, 군 경리부, 헌병대, 식산 은행, 우편국 등 공공 시설을 배치했다. 도시 규모에 비해 큰 병원을 두 곳이나 둔 것도 그 때문이었다. 도시 외곽에는 유곽도 두었는데, 허가 자체가 다른 도시에 비해 훨씬 빨랐다. 청진-나남 간의 청라 가도를 확장하고 포장한 것도, 1914년에 경성-나남 간에 수동식 궤도차를 운행한 것도 다 군사적 목적이 우선한 결정이었다. 경성-나남 간 궤도차 운행은 곧 함북 철도 건설의 시초가 된다.

나남의 인구는 처음에 일본인의 인구가 압도적으로 많았는데, 만주사변과 중일전쟁을 전후해서는 조선인 인구가 급증했다. 군수품 관련 공장에서 노동력이 많이 필요했고, 아울러 이른바 북선 개발에 따라 특히 청진항의 인구가 크게 느는 것과도 연관이 있었다. 나남의 인구는 1936년부터 2만 명이 넘어간다.

도시의 꼴도 조선의 어떤 도시에서도 보지 못한, 방사형과 격자형을 혼합한 형태였다. 이를 적어도 일본 해군이 주도하는 진해에 뒤지지 않는 도시를 만들겠다는 일본 육군의 경쟁심이 발휘된 결과라고 보는 견해도 있다.[3] 도시 곳곳에 다양한 군부대들이 있었지만, 특히 사단장과 여단장의 관저는 크고 호화로웠다. 폭이 넓은 도로에는 낙엽송과 아카시아 따위가 가로수로

나남 제19사단 본부.
처음부터 방사형 계획 도시로 구축된 나남 시가지.

심어져 있었다. 나남역에서 관공서가 밀집한 관사 거리를 지나 나남교를 건너면 상가가 나오고 그 끝에 유곽이 있었다. 그 3.5킬로미터 정도를 러시아풍 마차가 방울을 울리며 지나다녔다. 버스도 그 길로 지나다녔다. 일본인이 만든 근대적인 도시라 조선식 가옥은 별로 볼 수 없었다. 도시 안에서는 아침저녁으로 군가가 울려퍼지고 공터와 광장에는 전서구가 많았다. 시내에서는 통신병들이 전선을 끌고 다니는 모습이라든지 기마의 울음소리를 종종 보고 들을 수 있었다. 이따금 전차들이 굉음을 울리며 달리기도 했다. 나남초등학교는 읍내 중앙의 벽돌 건물로 1,000명이 넘는 아동이 다녔다. 전입이나 전출자가 하루 서너 명은 되었다. 대부분 군인의 자녀들이었기 때문이다.[4]

  흥남에서 태평양노조 사건에 연루된 일본인 이소가야 스에지가 바로 나남에 주둔한 일본군 제19사단 소속이었다. 정확히는 휘하 보병 제76연대 10중대 소속의 이른바 '황군'이었다. 2년간 복무하고 1930년 4월 제대 후 바로 흥남으로 가서 질소비료 공장의 노동자가 되었던 것이다. 나중에 그는 조선에서의 투쟁 경험을 기록으로 남긴다. 나남에서의 군대 시절도 빠뜨리지 않았다. 하지만 그의 기록을 통해서는 당시 나남 시내의 모습을 되살려보기가 쉽지 않다. 그가 나남에 대해 쓴 내용 중 가장 인상 깊은 것은 행군 훈련 도중 자기에게 물 한 바가지와 달

갈 몇 개의 친절을 베풀어준 경성군 오촌면 남부동의 한 농민 가족과 국경을 초월해 맺은 인연이었다. 그로 인해 그는 제대 후 조선에 머물면서 과수원을 꾸리며 행복하게 살아가겠노라 결심하기도 했다. 당연히 그 꿈을 이룰 수는 없었다.

그리고… 1932년 11월 어느 날, 나남 시내의 한 카페.[5]

함경북도 경성읍 전경.
이효석은 아내의 고향인 경성에서 새로운 창작의 꽃을 피우기 시작했다.

작가 이효석은 아까부터 창밖을 내다보고 있었다. 그 밤, 올
사람이 있을 리 없다. 있다손 치더라도 그처럼 눈 많은 밤에야
쉬이 나타날 재간도 없을 터였다. 제19사단의 정문은 봉쇄되었
고, 묵 내기 화투를 하던 젊은 치들의 발길도 진작 끊겨버렸다.
오직 막차를 기다리는 이효석만이 있을 뿐인데, 정작 그는 막
차가 늦게 떠나기만을 바라고 있는지도 몰랐다. 사실, 그는 '동'
이라는 이름의 카페에서 보내는 모든 순간들이 행복했다.

눈 나리는 고요한 밤.

북국의 눈송이는 유달리 굵다. 그리고 밤의 눈이란 깊은 푸

른빛을 띤다. 창 기슭에 쌓이는 함박 같은 눈송이를 두터운 휘장 틈으로 내다보며 난로와 더운 차에 얼굴을 붉히노라면 감정이 사뭇 화려하게 장식된다. 찬란한 꿈이 무럭무럭 피어올라 가게 안에 찬다. 이효석은 다시 잔에 입을 댄다. 여전히 따뜻하다. 모카의 구수하면서도 달콤한 향이 입안 가득히 퍼진다. 스스로 대견했다. 처음에야 아무 마련도 없던 것이 남양南洋까지 다녀와 커피 맛에 익숙한 친구가 있어 그의 권고로 이제는 적어도 모카, 자바, 믹스트 이 세 가지만큼은 가려내게 되었다. 그러자 생활이 한층 다채로운 향기를 풍기기 시작했다. 옳거니, 생활은 재료만이 아닌 것이다. 중요한 건 향기다. 향기를 빼앗기면 거기 무엇이 남는가. 오직 삭막하게 흘러내리는 모래뿐일 테지….

이렇게 굵은 눈송이가 휘날리는 밤, 작가 이효석이 난로와 차에 몸을 덥혀가며 레코드에서 흐르는 〈제 되 자무르〉의 콧노래에, 혹은 폴 베를렌의 〈샹송 도톤〉에 귀를 기울이는 까닭 또한 그 생활의 향기 때문이었다. 그것을 위해서라면, 세상에서 가장 싫은 일, 즉 경성에서 나남까지 버스로 달리기도 마다하지 않는 것이다. 하물며 빈속에 버스로 고개를 넘는 것이야 말하여 무엇 하랴. 휘발유 냄새가 속을 훑으면 금세 구역질이 치밀었다. 그래도 그는 그 지긋지긋한 고생을 꾹 참고 매번 버스에 오르는 것이다. 눈 딱 감고 길어야 20분의 지옥을 견디면 곧

낙원의 문턱에 저를 내려주었으므로.

때로 타박타박 걸어 넘는 적도 있는데, 그마저 즐거웠다. 서울 같으면 도무지 느낄 수 없는 행복이었다. 게다가 서울에선 어떤 끔찍한 일이 더 있을지도 몰랐다. 남들이 다 부러워하는 경성제대 졸업 후 일이 그렇게 풀릴 줄이야 스스로 전혀 짐작하지 못했다. 생계를 위해서라는 핑계가 남들에게도 먹혀들 것이라 믿었을까. 그는 스승의 소개로 조선 총독부 경무과 도서과에 취직했다. 그리고 한 달 쯤 지났을 때, 광화문 육조 거리를 지나다가 난데없이 봉변을 당했다. 누가 꼭 일부러 건드려 그를 쓰러뜨린 것 같았는데, 귀에 뭔가 불쾌한 소리가 들렸다. 정확하지는 않아도 육두문자나 그쯤 되는 비난이었다. 뒤늦게 깨달았다. 얼굴이 화끈거려왔고 그때부터는 도무지 정신을 차릴 수 없었다. 나중에 드러나지만 상대는 문학 평론가로 카프에도 적을 올린 이갑기였다.

"효석이 총독부의 개가 되었다!"

소문이 발을 달고 빠르게 퍼져나갔다.

이효석은 더 이상 경복궁 정문으로 드나들 수 없었다. 그때 마침 여자를 소개받았고, 그래서 결혼하자마자 달아나듯 아내 이경원의 고향 함경북도 경성에 온 것이었다. 그게 지난해 여름이었다. 그는 경성농업학교에서 영어를 가르치기 시작했다.

이효석은 경성에서 첫 겨울을 넘기고서야 비로소 북국의 매

246

력을 느끼게 된다. 그곳엔 6월 들어서야 봄이 온다는 사실도 처음 알았다. 그러면 뒤늦게 민들레, 오랑캐꽃, 꽃다지가 다투어 피고, 능금이며 앵두나무에 잎이 돋고, 장다리꽃이 벌판 가득 노랬다. 물 길러 오는 젊은 처자들의 허리도 늠름히 길어 보였다. 봄은 누구에게나 비슷한 심사를 불러일으키는 모양으로, 그네들은 채 차지도 않은 물동이를 이고 급스럽게 우물터를 떴다. 그런 그네들의 머리채는 길고, 벗은 다리는 오리발같이 빨갰다. 여름에는 멀리 바다가 시원스레 내려다보이고, 가을에는 고개 밑 과수원에 잘 익은 능금들이 송이송이 전설 속 붉은 별들만 같았다. 겨울에는 한층 공기가 차고 맑아 눈발이 휘날리는 속을 부지런히 걷노라면 몸이 후끈 달아올랐다. 그럴 때면 고개 양쪽의 마을과 거리가 다 제 것인 양 마음이 넉넉해졌고, 귀를 때리는 바람도 크게 사납지는 않았다.

그는 그런 자연을 접하는 것만으로도 서울의 충격에서 꽤 벗어날 수 있었다. 신문은 그런 이효석이 여전히 서울의 트라우마를 지닌 것으로 추측하거나 단정했다. '문단 여문餘聞: 연경병戀京病 걸린 이효석 씨'라는 제목의 기사도 마찬가지였다.

모모 아름답지 못한 일로써 한동안 물의거리가 되던 이효석 군은 그동안 소식이 없더니 측문仄聞한 바에 의하면 함남(함북의 오기: 인용자) 경성농업학교에서 교편을 잡고 있다는데, 어떤 날의 서울이 그리워서 더구나 서울의 모방某房 친구들이 몹시 연연하여 저녁만 필하면 달이야 솟건 안 솟건 창문을 열어제치고 이경원 씨와 서남쪽을 향하고 '기—터' 독창으로써 울울한 마음을 풀기에 애쓴다.[6]

그러나 그는 측문(풍문)처럼 서울을 그리워하는 '연경병'에 걸려 밤마다 울고 짜고 했던 게 아니었다. 경성鏡城은 경성京城과 달랐다. 그리고 그 '북경성' 옆에는 나남이 있었다. 물론 '생활의 향기'를 맡으려면 굳이 나남까지 괴로운 버스를 타고 가야 하는 불편함이 있지만, 그리고 더러 친구들이 보고 싶긴 해도 아직은 견딜 수 있었다.

버스에서 내리면 이윽고 공원 옆 모퉁이에 조촐한 집 한 채가 나타난다. 붉은 칠이 벗겨진 'DON'이라는 글자가 밤에는 푸른 등불 밑에 깊숙이 묻혀버린다. 효석은 그 이름의 유래를 모른다. 물어보지 않았다. 그저 아름다운 이름으로 기억할 뿐이다. '동'의 주인들은 늘 반가운 표정으로 그를 맞이했다.

젊은 남자는 주인인 동시에 삼류급 지방 신문의 기자였다. 걱실걱실 말이 헤프고 자랑이 많았으나 그만큼 속은 날탕인 친구였다. 이름만 대면 누구나 알 만한 여성 작가와 모종의 연애 사건도 있었노라 말했는데, 듣다 보면 허황된 밑천이 쉽게 드러났다. 여주인은 북국의 광산에서 자라난 광부의 딸이었다.

문학 잡지의 대단한 애독자여서, 난롯가에 모여 문학 이야기를 나눌 때에는 누구에게도 빠지지 않았다. 한번은 효석이 어떤 우익 여성 작가의 단편을 칭찬한 적이 있었는데, 부인은 꽤 불만스럽다는 표정을 숨기지 않았다. 부부의 처남이자 남동생은 지식 청년이었는데, 그 또한 거북스러운 객식구로 얹혀살며 카페의 한 풍경을 이루었다. 학창 시절 동맹 휴학을 지도하다 반대파에게 맞았다는 칼침의 흔적을 자랑삼아 몇 번이고 내보였다. 그러나 그건 이미 지나간 과거의 부스러기요, 정작 현재의 그는 단벌 구두 자랑이나 하면서 커피를 내리는 게 주 임무였다.

그들의 이야기를 듣다 보면, 효석은 깜빡깜빡 더 먼 북국에 가 있는 적이 많았다. 원산에서 해삼위(블라디보스토크)까지 캄캄한 선창에 숨어 물 한 모금 못 마시고 밀항했다는 청년이 떠올랐고, 신생 소비에트에 가서 노동자들의 시위에 휩쓸려 함께 노래 부르고 붉은 깃발을 휘둘렀다는 사내도 떠올랐다. 소년으로 변장한 채 압록강을 넘는 국제 열차에 몸을 실었던 계집애는 자신을 늙은 호인胡人에게 팔아버린 당숙의 손아귀를 가까스로 빠져나왔다는 당돌한 모험담을 들려주었다. 물론 항구에서 항구로 쉴 새 없이 꿈을 좇아 떠도는 청춘 남녀들의 이야기도 빠질 리 없었다. 첫 창작집 『노령근해』(1931)는 말하자면 귀로 들은 그런 이야기들을 두루 담아낸 한 폭의 '북국 점묘'였다.

어느 날 아침, 효석은 우편국에 들러 잡지 『삼천리』에 원고를 보냈다. 거기 근무하는 소설가 최정희에게 쓴 편지도 동봉했다.

아침부터 눈이 푸실푸실 나립니다. 눈 오는 북방의 정서, 상상하여보시오. 오늘은 여옥이 생†백 일 만이외다. 선물 사러 나남을 가는 길이외다. 원고를 간신히 보냅니다. 오래간만에 붓을 들었더니 붓끝이 까슬까슬하여 겨우 썼소이다. 일 엽 소설이 두 엽 소설이 되었나 보외다. 펜네임은 원고에 적은 것같이 하였소이다. 앞으로는 그 이름으로 행세하겠소이다. 이제부터는 그 이름을 불러주세요. 겨울에나 가게 되는지요. 못 가면 정희 씨 이곳에 놀러 오시오. 총총하여 두어 자 이만 그칩니다.
–11월 27일 우편국에서[7]

조금은 쓸쓸한 발길로 우편국을 나섰다. 그래도 그는 애써 행복하다고 생각했다. 사실 그는 더 이상 총독부에 취직해 다니던 시절의 참혹하도록 부끄러운 그가 아니었다. 아니, 아니기를 바랄 뿐이었다. 달리 '아세아'라는 펜네임까지 만들어 조금씩 활동을 재개했다. 하지만 그러면 그럴수록 세상도 시치미를 뚝 뗀 채 그런 그를 지켜보는 성싶어, 효석은 어쩐지 제 발길이 그런 세상을 피해 자꾸 달아나는 것만 같았다.

250

경성에서 이효석은 새로운 창작의 꽃을 피우기 시작했다. 과거의 생경한 지식인적 사유와 관념 대신 농촌에서 발견한 작은 서사들을 작품 속에 풍성하게 얽어냈다. 경성농업학교에서의 체험을 반영한 「약령기」(1933), 「돈」(1933), 「수탉」(1935) 등은 「메밀꽃 필 무렵」(1936)으로 이제 곧 다가올 그의 문학적 절정을 위한 디딤돌 구실을 한다.

이효석의 북국 시절을 아름답고 풍성하게 만들어주었던 카페 동이 아동 문학가 김요섭에게는 전혀 다른 장소로 기억에 남는다.[8] 그는 1927년 나남에서 태어난 토박이였다. 이효석과는 꼭 스무 살 층하가 졌다. 김요섭은 조선인들만 다니는 보통학교 때 줄곧 우등생이었다. 중학교는 나남중학교를 선택했다. 일본인들이 주로 다니는 학교로 조선 학생은 몇 명 되지도 않았다. 면접 때 일본인 시험관은 김요섭의 이름을 가지고 시비를 걸었다. 기독교인이었기 때문이다. 그가 물었다.

"아마테라스 오오미가미(일본의 최고신)하고 예수 중에서 어느 쪽이 훌륭한가?"

김요섭은 1초도 주저하지 않고 대답했다.

"예수님이 더 훌륭하다고 생각합니다."

그는 당연히 떨어졌다.

친구가 찾아와 김요섭을 불러냈다. 위로를 해주겠다는 거였다. 둘이 간 곳은 중앙공원에서 가까운 '동'이라는 상호의 음식점이었다. 둘 다 우동집인 줄 알고 들어갔던 것이다. 거기서 단팥죽을 시켜 먹었다. 다른 좌석에도 허겁지겁 단팥죽을 먹는 손님들뿐이었다. 김요섭은 나중에야 그곳이 이효석이 나남에 오면 즐겨 들르던 카페였다는 사실을 알게 된다. 그리고 이효석의 수필을 읽고서도 '동'이 무슨 뜻인지 몰랐다가, 해방 후 소련 작가 미하일 숄로호프의 대작 『고요한 돈강』을 읽고서야 비로소 그 상호의 뜻을 짐작할 수 있었다. 그곳이 사회주의 사상을 지닌 일본 병사들을 위한 아지트가 되었던 까닭도 그 때문이었다.

17

백석의 함경도

평안도 정주 사내 백석이 함흥에 간 것은 1936년 4월이었다.[1] 낯선 풍광과 낯선 사람들이 한꺼번에 다가왔다. 얼마 지나지 않아 그는 500년 오랜 역사를 지닌 큰 고을 함흥이 유난히 서늘하다고 느꼈다.[2] 함흥평야가 막힌 데 없이 툭 터진 곳에 동해 좋은 바다가 곁들이고, 뒤로는 신흥·장진 쪽에서 산맥을 넘어온 바람이 신선했다. 어디서든 만나는 아카시아와 백양목 그늘도 좋았다. 하늘에 구름은 깨끗하고, 땅에 샘물은 차고 또 달다. 이러매 백석에게 함흥은 분명히 "서늘업게 태어난 고장"이었다. 성천강은 맑고 깨끗한 모래톱을 끼고 흐르는데, 강둑은 버들 방천으로 푸르렀다. 그 둑길을 걷다가 문득 눈을 들어 쳐다보면 흰 눈을 애애하게* 머리에 얹은 관모봉이 함흥 사람의 온몸을 오싹하게 만든다. 성천강 넓은 강에 만세교는 한없이 길다. 거기 난간에 기대 바라보면 함흥벌 변두리가 태곳적같이 아득하고, 장진 산골 날파람이 강물을 스쳐와 문득 선경인 듯싶다. 그래도 낮보다는 밤이었다. 낮이 기울고 개밥바라기 별이 떠서부터 모작별**이 넘어

---

* 애애(靄靄)하다: 서리, 눈 따위가 내려서 깨끗하고 희다.

** 모작별: 초저녁 서쪽 하늘에 비칠 때의 금성. 개밥바라기라고도 한다.

가는 밤 동안 만세교 위를 지중지중 거니는 것은 함흥 사람만의 특권이려니, 아마 누구라도 서울 사람의 경복궁하고 바꾸지 않을 터였다. 함흥의 서늘함은 거기서 그치지 않는다. 영생여학교 뒤로 서양인 선교사들의 집들이 있는데, 공자묘 뒷담벽을 따라 반룡산을 올라타면 벌써 날아갈 듯한 바람이 휙휙 귓전을 스친다. 그때쯤이면 함주 연산의 빼어난 풍광과 동해의 말쑥하고 새뜻한 모습이 오장육부의 더위마저 싹 몰아내게 마련이다. 거기 아무데나 낙엽송이나 적송 좋은 그늘을 찾아 앉아 함흥산 소주를 한잔 기울이는 것은 서늘함의 극치를 이루리라.

백석은 조선일보사를 그만두고 함흥으로 떠나온 것인데, 영생고보에서 영어를 가르쳤다. 처음 그가 학교에 왔을 때 운동장을 가로질러 오던 그에게 학생들은 창 너머로 환호를 보냈다. 머리는 올백으로 빗어 넘긴 데다가 두 줄 단추가 가지런한 감색 양복에, 역시 광이 반짝반짝 빛나는 가죽 구두를 신었다. 누가 보더라도 유행의 최첨단을 가는 모던 보이가 분명했다. 학생들은 서울에서 온 멋쟁이 선생에게 금방 빠져들었다. 백석은 며칠 지나지도 않아 출석부에 적힌 학생 쉰 명의 이름을 다 외워 불렀다. 학생들의 입이 쩍 벌어진 것은 두말 할 나위도 없었다. 그 학생들 중에는 장차 민중 신학의 개척자가 되는 현영학과 기독교방송 사장을 지내고 1970년대 민주화 운동에 앞장서는 김관석도 끼어 있었다.

함흥 영생고보에서 영어를 가르치던 시절의 백석.

백석은 처음에 학교 가까운 시내 중심가 운흥리에서 하숙을
잡았다. 묘지와 감옥과 교회당 사이에 있어서 스스로 "생명과
죄와 신을 생각하기 좋은 곳"이었노라 했다. 나중에 행정 구역
상으로는 함주군에 속하는 천원면 중리로 거처를 옮겼다.[3] 제
자 고희업의 집이었다. 성천강을 건너 그리 멀지 않은 곳이되,
그곳만 해도 여전히 옛 마을의 모습이 짙었다. 백석은 마을의

좌우로 하얀 담이 길게 맞물고 늘어선 좁은 골목이 무척 마음에 들었다. 밤꽃 냄새마저 하얘지는 느낌이었다. 거기서 그는 나귀를 생각했다. 나귀를 한 마리 사서 일없이 왔다 갔다 하는 꿈을 꾸었다. 학교까지는 5리밖에 되지 않으니, 나귀 타고 다닐 수도 있겠다 싶었다. 내친김에 아예 사자고 나섰다. 우시장도 가보고 마시장도 가봤다. 나귀는 없었다. 학교에서 촌아이들에게 물었더니 수소문해도 나귀 파는 집은 없노라 했다. 한 아이가 대신 토종 조선 말이면 어떻겠냐고 의견을 물어왔다. 값은 한 5원이면 되겠다는 것. 백석은 그 말로 할까 어쩔까 고민을 하다가 그래도 나귀 쪽으로 마음이 더 기울었다.

중리는 장진 땅이 지붕 너머로 있느니만큼 완전한 시골이었다. 거기서도 골짜기에 박힌 집을 구해, 그는 부러 깊은 골을 찾아 들어갔다. 골이 다한 산 밑자락에는 꿀 치는 농가도 있었다. 돌능와집(너와집)이었다. 주인 말이, 자기 벌들은 여름내 장진 산골에 가서 꽃을 핥았다고 했다. 백석은 겨울 한철을 그곳에서 났다. 기장 감자에 기장 차떡이 흔한 곳이었다. 산골에서 노루 새끼를 데리고 온 사람도 있었다. 막베로 만든 등거리와 잠방등에(잠방이)를 입은 그 산골 사람은 노루 새끼를 꼭 닮았다. 값으로 서른다섯 냥을 불렀다. 약에 쓴다는 소리를 듣기라도 한 듯이 노루 새끼는 산골 사람의 손을 핥았다. 백석은 그 노루 새끼의 눈을 원 없이 들여다보았다. 나중에 시를 썼다. 백

257

석의 유명한 「함주시초」(1937) 연작이 그렇게 해서 나왔다.

당시 영생고보에는 시인 김동명도 교사로 있었다. 그는 서호진 뒷산 언덕에 따로 집을 지어놓고 유유자적한 생활을 즐겼다.[4] 시간이 더 지나서의 일이지만, 시집 『파초』(1938)에 전원 시인으로서 그의 면모가 고스란히 담긴다. 언젠가 문학 평론가 백철이 함흥의 또 다른 작가들 한설야, 김송 들과 함께 찾아가자 그는 집에서 기르던 닭을 잡고 심부름하는 애를 시켜 소주를 사오게 하여 손님을 치렀다. 그는 꽤 과묵한 편이었다. 도대체 세상이 어찌 돌아가나 하는 데에는 관심이 없어 보였다. 백철은 1938년 여름에 어떤 친구를 따라 함흥 서호진에 와 지냈는데, 그때 김경채라는 문학소녀를 소개받았다. 아침 이슬을 머금은 한 떨기 봉선화를 연상시켰다. 그 김경채가 바로 영생여고보 출신이었다. 두 사람은 8월 하순 일사천리로 결혼한다. 백철은 결혼 후 풍호리 처가에서 한동안 머물렀는데 거기서 곧 물난리를 겪기도 했다.[5] 하지만 두 사람은 제대로 결혼 생활의 즐거움을 맛볼 틈도 없었다. 백철이 서울로 올라간 뒤[6] 김경채는 1939년 5월경 홀로 아이를 낳다가 유산을 했고 그 산후풍으로 6월 17일 밤 유명을 달리하고 마는 것이다.[7] 함남고보 출신의 김송은 함흥에서 서점을 했다. 제법 잘되는 편이었다. 그는 희곡집도 내고는 있었지만 아직 이름이 중앙에 알려진 편은 아니었다. 그래도 서점에는 늘 문학청년 두서넛은 들러서 이야기를 나누었다. 김송은 그들의 후원자 역할도 했다. 김송은 백철이 함흥에 있는 동안 극진히 대접을 잘해주었다. 백철이 경제 문제 때문에 김경채와 결혼을 주저할 때 결혼을 독려한 것도 한설야와 김송이었다. 풍패루에서 열린 결혼식 날, 백석과 당시 함흥방송국에 와 있던 소설가 이석훈은 물론이고 지역의 많은 문인들, 그리고 멀리 서울에서 임화·이현욱 부부까지 참석해 그들의 앞날을 축하해주었다.[8] 그 축복을 받고도 백철과 김경채 부부의 인연은 너무나 짧았다. 김송은 한때 서울로 올라가 하숙을 치기도 했다. 1941년 5월부터 9월까지 연희전문을 다니던 윤동주가 후배 정병욱과 함께 약 다섯 달쯤 머물렀던 누상동 9번지 하숙집의 '요시찰 인물' 주인이 바로 그였다.

학교에서 백석은 김동명을 도와 영생고보 교지를 만들었고, 교내 연극반도 맡았다.

백석은 함경도의 산들을 좋아했다. 가까이는 고찰 귀주사가 있는 함흥의 설봉산을 좋아했고, 멀리는 매일같이 학교를 오갈 때 지붕처럼 혹은 모자처럼 늘 제 이마 위로 걸리는 장진의 높은 산들도 좋아했다. 고향 정주를 떠올리게 해서 더더욱 그랬을 것이다. 「산중음」(1938) 연작을 쓰면서는 고향 평안도 땅을 한층 더 그리워했다. 사실 장진에서는 평안도 땅이 지척이었다. 그래도 관서(서북) 지방과는 또 다른 관북 혹은 북관의 풍정이 그의 시심을 꽤 흔들었다.

일제 강점기 함흥의 중심가.

함흥의 여자들이 특히 낯선 풍정의 상당 부분을 차지했다.
아닌 게 아니라 당시 함흥에 처음 오는 사람들은 여자들이 장
거리를 가득 메운 광경에 놀라고, 공사판 같은 데에서도 남자
들에게 전혀 뒤지지 않게 일을 해나가는 모습에 또 놀랐다. 일
찍이 북관에서 선교 활동을 한 로버트 그리어슨(구례선)은 함
흥에서 여자들만 모여서 장을 이룬 광경을 보고 놀랐다는 사실
을 전하기도 했다. 그때 큰다리 쪽에서 1,000명도 넘어 보이는

여자들이 빨간 테를 두른 하얗고 예쁜 모자를 쓰고 바삐들 움직였노라 했다.[9]

이석훈은 직업 관계상 라디오 드라마에 출연할 여배우를 구하는데 다른 곳 같으면 마땅한 지원자가 적어 애를 먹곤 했다. 하지만 함흥에서는 여고 출신 이상의 인텔리 여성들이 남자들과 당당히 자리를 겨룰 만큼 용감했다고 썼다.[10]

아닌 게 아니라 함흥 여자는 씩씩했고 또 아름다웠다.

> 북관에 계집은 튼튼하다
> 북관에 계집은 아름답다
> 아름답고 튼튼한 계집은 있어서
> 흰 저고리에 붉은 길동을 달아
> 검정치마에 받쳐입은 것은
> 나의 꼭 하나 즐거운 꿈이였드니
> 어늬 아츰 계집은
> 머리에 무거운 동이를 이고
> 손에 어린것의 손을 끌고
> 가파러운 언덕길을
> 숨이 차서 올라갔다
> 나는 한종일 서러웠다
> –백석,「절망」(1938)

1886년에 함경도를 지나 러시아 연해주로 돌아가던 러시아 상인 델로트케비치는 원산을 지나면서부터 여자들이 예쁘기는 커녕 단정한 사람조차 단 한 명도 보지 못했다고 썼다.[11] 설사 인상이 좋은 사람을 만났다고 하더라도 대부분 천연두를 앓아 보기 흉한 얼굴이었다고도 썼다. 세월도 꽤 오래전이고, 게다가 여행 내내 엄청난 호기심을 지닌 조선인들 때문에 시달릴 대로 시달린 한 색목인의 시선이라지만, 보는 눈 자체도 꽤 달랐을 것이다. 물론 조선 사람들 입장에서는 '남남북녀'가 대세였고, 대개 그렇다고 믿었다.

백석의 북관이 여자들로만 구성되는 건 아니다. 그는 장날에 만나는 말상의, 범상의, 족제비상의 '녕감'들이 "투박한 북관 말을 떠들어대며/쇠리쇠리한 저녁해 속에/사나운 즘생들같이"(「석양」, 1938) 사라지는 것도 지켜보았고, 산속 여인숙에 가서 하룻밤을 잘 때는 "구석에 데굴데굴하는 목침들을 베여보며/이 산골에 들어와서 이 목침들에 새까마니 때를 올리고 간 사람들"(「산중음」 중 '산숙')을 생각하기도 했다.

하루는 몸이 아팠다. 의원을 찾아갔는데 그는 마침 제 고향의 어른과 막역지우였다. 「고향」(1938)이라는 명편이 그런 만남을 통해 나왔다.

나는 북관에 혼자 앓아 누워서

어느 아침 의원을 뵈이었다.

의원은 여래如來 같은 상을 하고 관공關公의 수염을 드리워서

먼 옛적 어느 나라 신선 같은데

새끼손톱 길게 돋은 손을 내어

묵묵하니 한참 맥을 짚더니

문득 물어 고향이 어데냐 한다.

평안도 정주라는 곳이라 한즉

그러면 아무개 씨 고향이란다

그러면 아무개씰 아느냐 한즉

의원은 빙긋이 웃음을 띠고

막역지간이라며 수염을 쓴다

나는 아버지로 섬기는 이라 한즉

의원은 또다시 넌즈시 웃고

말없이 팔을 잡아 맥을 보는데

손길은 따스하고 부드러워

고향도 아버지도 아버지의 친구도 다 있었다

백석이 함흥에서 기생 김진향을 만난 일은 널리 알려져 있다.[12] 영생고보를 떠나는 어떤 교사의 이임식 자리를 함흥에서 제일 큰 요릿집 함흥관에서 가졌는데, 거기서 둘은 운명처럼 만났다. 김진향은 문학소녀였다. 그날부터 두 사람은 하루가 멀

다고 만났다. 성천강을 건너오는 차가운 바람도, 거친 눈보라도 그들을 막지 못했다. 백석은 이태백의 시 「자야오가」에서 따와 그녀에게 '자야子夜'라는 이름을 지어주었다. 중국의 작가 마오둔이 1933년 격동의 상하이를 배경으로 『자야』라는 제목의 장편 소설을 쓴 바 있다. 거기서는 '자야'가 글자 그대로 '한밤중'처럼 세상이 험악하다는 뜻이며, 동시에 새로운 계급이 그 난관을 돌파해 곧 여명을 맞이할 거라는, 다시 말해 밤이 깊었으니 새벽은 멀지 않았다는 뜻도 있었다. 그러나 백석과 자야는 그들이 원했던 새벽을 끝내 함께 맞이하지 못한다.

백석은 1938년 영생고보를 그만둔다. 서울에서 열린 전국 축구 대항전에 지도 교사 자격으로 영생고보 선수단을 데리고 갔는데, 밤에 학생들이 몰래 시내를 돌아다니다가 발생한 소란 때문이었다. 학교 이사회에서는 징계 위원회를 열고 그를 영생여학교로 전보 발령했다. 영생여학교에는 연희전문을 나와 미국 컬럼비아 대학에 유학까지 다녀온 정태진도 교사로 있었다. 그는 1931년 귀국해서 학교로 돌아와 1940년 5월까지 근무했다. 그는 무엇보다 조선어 과목 자체가 폐지된 현실에 절망했을 것이다. 그 후 그는 조선어학회의 권유로 사전 편찬 작업에 뛰어들었다. 하지만 1942년 그가 가르친 제자의 일기가 문제가 되어 홍원경찰서에 끌려가 모진 고문을 받고 구속된다. 조선어학회 사건이 그렇게 해서 시작되는 것이다. 그는 함흥감옥에서

2년간 옥고를 치르게 된다. 그의 제자로 나중에 소설가 된 임옥인은 학창 시절 정릉의 송림에서 그가 들려주던 「귀주사」라는 자작시의 여운을 오래 기억했다.[13]

백석은 9월에서 12월까지 두어 달쯤 더 학교에 다니다가 겨울 방학이 되자 즉시 짐을 꾸려 서울로 돌아갔다. 그의 함경도 시절은 그렇게 끝이 났다. 그리고 다시 얼마 지나지 않아 백석은 훌쩍 만주로 떠난다. 1940년 2월 초였다. 자야는 그와 함께 떠나지 않았다. 백석은 그녀에게 함흥 시절을 떠올리는 시 한 편을 건넸다. 한국 문학사에 길이 남게 된 명편 「나와 나타샤와 흰 당나귀」(1938)였다. '나타샤'가 누구인지 따지는 것은 부질없다. 다만 백석은 그가 산만큼이나 좋아하던 북관의 바닷가에서 어여쁜 백계 러시아인 처녀들을 만난 적이 있는데(「무지개 뻗치듯 만세교」), 그때 받은 강렬한 이국적 인상이 시를 쓰게 한 실마리가 되었을 거라고 추측해볼 수도 있다.

가난한 내가
아름다운 나타샤를 사랑해서
오늘밤은 푹푹 눈이 나린다

나타샤를 사랑은 하고
눈은 푹푹 날리고

나는 혼자 쓸쓸히 앉아 소주를 마신다
소주를 마시며 생각한다
나타샤와 나는
눈이 푹푹 쌓이는 밤 흰 당나귀 타고
산골로 가자 출출이 우는 깊은 산골로 가 마가리에 살자

눈은 푹푹 나리고
나는 나타샤를 생각하고
나타샤가 아니 올 리 없다
언제 벌써 내 속에 고조곤히 와 이야기한다
산골로 가는 것은 세상한테 지는 것이 아니다
세상 같은 건 더러워 버리는 것이다

눈은 푹푹 나리고
아름다운 나타샤는 나를 사랑하고
어데서 흰 당나귀도 오늘밤이 좋아서 응앙응앙 울을 것이다

한설야는 "흙냄새 나고 오줌 냄새 나고 살냄새 나고 혼향魂香이 풍기고 그리해서 구수하고 향긋하고 재치 있는 시를 주던 시인 백석이 설사 낭만이 없는 거리가 싫어서 가버린 것인지는 몰라도, 이 꿈을 잊은 관북의 소조蕭條한 거리로 보면 그가 간 것

266

은 암야에 별을 잃은 것같이 서운한 일"이라고 백석이 가버린 뒤의 쓸쓸한 소감을 썼다.[14] 나중에 한설야의 딸이 그녀를 일방적으로 쫓아다니던 한 사내의 칼에 찔려 죽었을 때, 백석은 서울에서 마침 『여성』 잡지사에 다시 몸을 담고 있었다. 백석이 위로하며 참척의 슬픔을 당한 아비의 심정을 써달라고 청탁하자 한설야가 이를 받아들였다. 글에서는 "내가 붓을 가진 것을 행으로 여깁니다" 하고 제 찢어지는 심정을 토로했다.[15]

18

조선의 알프스,
부전호수

「감비 천불붙이」에서는 세상의 윤리적 잣대로는 용납하거나 이해하기 어려운 행위가 서사의 핵심을 이룬다. 종섭이가 가장 친한 친구 덕구의 아내를 범하고, 덕구와 만길네는 갓 낳은 아이를 버리고 세상으로 내려가며, 정분이는 처녀로서 그 아이를 거두며 형부, 즉 죽은 언니의 남편 종섭이네와 한집에서 살기를 선택한다. 작가는 문명과 동떨어진 채 살아가던 두 가족에게 닥친 갈등과 위기조차 어쩌면 자연의 거대한 섭리로 간주하는데, 작가의 이런 도전이 크게 어색하지 않은 것은 바로 개마고원이라는 특수한, 그야말로 원시적인 자연환경이 뒤를 받쳐주고 있기 때문이다. 「감비 천불붙이」의 속편인 「뚜깔리」*에서는 종섭이네가 '감비 천불붙이'를 떠나 '뚜깔리'로 이사를 떠나왔지만, 고원이긴 마찬가지였다.[1] 두 소설 모두 개마고원에서도 특히 부전호 일대가 배경인데, 「감비 천불붙이」는 호수의 북쪽 끝인 동상면 한대, 「뚜깔리」는 남쪽 끝 도안이 주요 무대였다. 도안은 인공 호수와 발전

---

* 원작은 1978년에 발표한 「쇳비리」였으나 1989년 전집에 묶을 때 전면 수정하고 제목도 「뚜깔리」로 바꾸었다. 뚜깔리는 떡깔나무를 가리키는 뚜깔나무에서 나온 지명이다.

소를 만든 후에 새로 생긴 호반 마을이었다. 장도 커서 포목상이며 식료품점 따위 큰 가게도 있었다. 호숫가 숲속에는 지붕이 빨갛고 벽이 하얀 별장이 몇 채 있었는데, 서양인들이나 돈 많은 일본인들이 와서 쉬어가는 집이라고 했다. 한대에 살던 종섭이네가 이주한 뚜깔리는 도안에 속하고 그 아래 장마당 원풍하고도 더 가까우니 적어도 그만큼은 문명에 가까워진 셈이다. 그래서일까, 이제 소설에서는 산을 벗어나 아랫세상으로 내려가려는 정분이의 걷잡을 수 없는 욕망이 서사의 중심을 이룬다. 그로 인해 결국 몇 사내의 운명마저 갈린다.

부전호는 1926년 10월에 착공한 부전강 댐이 5년 만인 1931년에 완공되면서 생긴 인공 호수다. 해발고도 1,200미터 지점에 자리 잡고 있고 둘레는 76킬로미터에 이른다. 이 호수의 물은 길이 28킬로미터, 직경 3.64미터의 터널로 부전령을 통과해 동해 쪽 성천강으로 빠진다. 이때 무려 1,000미터에 달하는 낙차가 발생하는데, 수력 발전에는 더없이 좋은 조건이어서 해마다 20만 킬로와트의 전력을 생산했다. 이 전력으로 동양 최대 규모라는 흥남질소비료공장을 가동했다. 원래 북쪽으로 흐르는 강물을 동쪽으로 돌려 발전하는 것이기에 이를 유역 변경 발전이라 부른다. 부전강발전소는 장진강발전소가 등장할 때까지는 한반도에서 최초이자 유일한 유역 변경식 발전소였다.

1928년 신흥−송흥 구간에 철도가 개통되었고, 5년 후인

개마고원 부전강 댐 건설 공사.
이 공사로 거대한 부전호가 생겨났다.

1933년에는 송흥역-부전호반역 구간도 개통되었다. 이를 신흥철도 영북선이라 불렀다. 1,445미터의 그 험한 부전령을 넘어 더 북쪽으로 간다는 뜻이겠다. 이로써 산중의 거대한 인공호수인 부전호는 단번에 조선 최고의 관광 명승지라는 명성을 얻게 된다. 호수도 호수였지만, 거기까지 가는 구간에 설치된

부전고원 소개 책자에 실린 인클라인과 부전호수.

인클라인 철도 역시 관광객들의 커다란 호기심을 자아냈다. 인클라인은 레일 위에 설치된 차량을 밧줄로 끌어올려 운행하는 철도로 강삭鋼索·쇠밧줄 철도 혹은 케이블 철도라고도 한다. 부전호에 이르는 인클라인은 총 연장 6.5킬로미터로 특히 수직으로 치솟는 기울기 때문에 공포감마저 자아냈다.

카프, 즉 조선프롤레타리아예술가동맹의 맹장 한설야가 의외로 겁이 많아 그 공포를 실감나게 표현했다.[2]

송흥에서 경철輕鐵에 내려 인크라인을 바꿔탔다. 강삭선鋼索線이란 글자에 보이는 그대로 가느다란 강철사를 수십 겹으로 드린 강철선인데 그 끝에 조고만 경편차를 달아 1백 마력의 권양기로 달아내리는 것이다. 그런데 이 강삭선이 놓인 가파른 절벽을 쳐다보라. 실로 한 발이 비쭉하면 일순간에 가루로 만들어줄 험한 낭떠러지와 바위가 있고 사람이고 차체고 냉큼 집어삼켜버릴 천인千仞* 구렁이 무시로 검은 입을 벌리고 있다. 그러니 그젠 벽 같은 산등성이로 차가 올라가다가 강삭이 툭하는 날에는 어찌 될까. 그렇게만 생각해도 벌써 다리가 오금이 저려난다. 안계眼界를 막는 이 높고 높은 준봉을 바라보며 그만 돌아가버릴 생각을 한 것이 한두 번이 아니다. 그야말로 여러 사람이 일련탁생一蓮托生**으로 다같이 죽을 것인데 무어 그리 무서운가만 그래도 나는 먼저 다 이루지 못한 내 뜻과 일을 생각하였다. 그것을 위해서 좀 더 살고 싶다. 나는 이 강삭선이 위험하다는 말을 벌써부터 들었고 또 이 위험성을 제除하기 위해서 근년에 설비와 장치에 대개량을 가하였다는 말도 들었다. 즉 강삭이 끊어지는 날에는 기관차 바퀴에 달린 장치가 잽싸게 궤

---

* 천인(千仞): 1,000길이라는 뜻으로, 산이나 바다가 매우 높거나 깊음을 이른다.
* 일련탁생(一蓮托生): 죽은 뒤에도 함께 극락에서 같은 연꽃 위에 왕생한다는 뜻의 불교 용어.

조軌條를 물어서 전락轉落을 면한다는 거다. 그래서 나는 이리로 여행 오는 때면 반드시 그 장치를 내 눈으로 보리라 하였다. 그런데 어찌된 일인지 그것도 볼 새 없이 나는 이미 차중의 인이 되었다. 강삭은 벌써 서서히 매분에 550척, 약 17미터씩 차를 끌어올리고 있다. 아마 사람은 주검보다 제 하다던 일에 더 골몰해지는 버릇이 있는 듯하다.

그러나 쳐다보면 볼수록 아슬아슬하다. 장진호 가는 황초령 인크라인을 타본 기억이 아직 새롭건만 그따위는 아무것도 아니다. 차체는 부단히 삐익삐익하는 애처로운 소리를 내고 기관차에는 낮 전등이 켜지고 조고만 전화기가 달려 만일의 경우를 경계하고 있는 듯하다. 가파른 산등으로는 아름드리 철관로(수로)가 네 줄로 내려놓여 있다. 차가 천구암 홍엽곡 사이의 네 개소의 수도隧道*를 지나갈 때까지는 아직 그렇게 급경사가 아니었는데 그다음 붉은 쇠기둥으로 만든 두 개의 홍살문을 지나서부터 차는 맨 가파른 절벽으로 잡아들었다. 차가 조곰만 삐닥해지고 무슨 요상한 소리가 쩍 나기만 하면 솜털이 오싹 떨리곤 한다. 가다가 절벽이 끊어진 데는 철교를 놓았는데 그 아래는 천야만야하다. 내려다보자면 시선이 맨 밑까지 닿기 전에 눈 속이 먼

* 수도(隧道): 터널.

저 뱅글뱅글 돌아간다. 쳐다뵈는 봉이 바로 해발 5,700여 척 (1,741미터)의 백암산인데 이것이 부전령의 최고봉이다.

모윤숙은 함흥이 집이어서 부전호수에 몇 차례 갈 수 있었다. 한번은 친구와 함께 올랐다. 그녀도 한설야처럼 "서 있던 나는 어느새 자세를 바로 잡을 수 없으리만치 뒤로 앞으로 삐뚤어지고 어지럽고 하여 발밑이 어디 의지할 곳을 모르겠다"고 했지만, 곧 두려움보다는 과학의 힘, 인공의 위력이란 얼마나 위대한 것인지 새삼스레 감탄한다.[3] 그들은 부전호반의 예쁜 호텔에서 하루를 묵었다.

모윤숙이 북간도에서 돌아와 잡지 『동광』에 「검은 머리 풀어」란 시를 발표했다. 1933년이었다. 그 시를 춘원 이광수가 읽고 그녀를 불러 칭찬했다.[4] 신예에겐 엄청난 격려였다. 그 후 모윤숙은 이런저런 기회에 춘원을 종종 만났다. 여름이라 함흥 집에 내려가 있을 때였다. 8월 중순인데 누가 찾아와 "춘원 선생이 함흥에 와 계신데 함께 부전호수를 가자십니다"고 기별했다. 모윤숙은 아버지의 기꺼운 허락을 받고 친구와 함께 한달음에 달려갔다. 춘원은 몸이 쇠약해져서 휴가차 왔노라 했다. 그들은 곧바로 부전호수에 올랐다. 하늘엔 목화송이 같은 구름이 유독 하나 눈길을 끌었다.

"아무리 높은 고개에 올랐어도 저 구름송이를 잡을 재주는 없지. 사람이란 아무것도 아니야. 그러면서도 재주가 있는 체, 명예와 지체를 가진 체하는 거지."

"선생님은 구름을 잡으려고 그러세요. 이렇게 쳐다보면 좋지 않아요?"

"윤숙이, 호 하나 지어줄까? 고개 위에 떠가는 구름! 영운嶺雲이라면 어떨까?"

모윤숙은 그렇게 해서 호를 얻었다.

나중에는 두 사람의 관계가 뭇사람들의 말밥에 오르기도 한다.

1933년 5월, 일본질소의 노구치는 자신이 전액 출자하여 장진강수전을 설립했다.[5] 부전강발전소만으로는 전력을 충당하기 어렵게 되었기 때문이다. 장진강의 경우에도 부전강의 경우처럼 강압적으로 토지 매수를 시도했다. 이번에는 지주들이 조직적으로 반대하고 또 신간회도 반대를 해, 매수 자체가 쉽지 않았다. 그렇지만 일본질소는 토지 매수를 마무리 하지 않은 상태에서도 공사를 밀어붙였다. 그에 따라 충돌이 끊이지 않았다. 총독부는 토지수용령을 발동했다. 결국 1933년 10월 댐 공사를 시작한 후 불과 2년이라는 짧은 시간에 제1발전소를 준공, 14만 4,000킬로와트의 발전력을 확보할 수 있었다. 이후 1938년까지 제2, 제3, 제4발전소를 차례로 완공하여 장진강발전소는 총 발전량 32만 킬로와트를 확보하게 된다. 장진강

발전소의 경우 부전강발전소보다 건설비가 낮아 1킬로와트당 250엔에 불과했는데, 발전 단가로 환산하면 일본 5대 수력 발전소의 평균보다 거의 10분의 1 수준이었다.

장진은 함경남도와 평안북도가 만나는 곳에 있는데, 장진강 발전소 건설과 맞물려 1934년 철도가 개통되었다. 함흥에서 장진호의 사수리까지 이르는 70.9킬로미터 길이의 장진선으로 협궤 철도이며, 부전호 쪽으로 가는 송흥선과 마찬가지로 인클라인이 설치되었다.[6] 만일 함흥에서 출발한다면 오로역에서 두 노선이 갈라진다. 장진 쪽으로 가려면 왼쪽의 황초령을 넘는 노선을 택해야 한다. 오로를 지나면 상통에서 작은 기관차가 끄는 기차로 옮겨 타는데, 그때부터는 힘에 부친 듯 연기를 내뿜으며 비탈을 오르기 시작한다. 용수역에는 장진강 제3발전소가 있고, 하기천역에는 제2발전소가 있다. 이어 삼거역에서 다시 기차를 갈아타는데 이때부터가 인클라인 구간이다. 말이 기차였지, 한 이용자는 제가 탄 케이블카가 어디서 누가 내버린 것을 주워왔는지 그렇지 않으면 돌이나 흙 같은 것을 운반하던 차 같다고 투덜거렸다. 차가 너무 낡아 중간에 줄이 끊어지지 않을까 걱정이 곱으로 는다고도 했다. 보장역에 제1발전소가 있다. 그 위로는 더욱 경사가 급해지는데, 승객들의 입에서 비명이 터져나오는 것도 이때쯤이다. 해발 1,200미터의 황초령을 그렇게 넘으면 함주 땅을 벗어나 장진 땅이다. 기차는 장진읍을 거쳐 사

장진강 수력 발전소.

수역까지 이어진다. 거기서 배를 타고 한 시간가량 호수를 가로
지르면 거대한 제방이 나타나고 다시 산장 두 채를 만난다. 산
장에서 댐을 내려다보면 장진호가 얼마나 거대한 인공 호수인
지 실감할 수 있다. 그곳에서 다시 부전호로 갈 수도 있는데, 그
때는 자동차를 이용해야 한다. 차가 나아갈수록 길이 험한 만큼

눈에 담겨오는 경치는 훨씬 훌륭하다. 하늘은 손에 닿을 듯 가깝고, 주변은 대낮에도 어둑할 정도로 깊은 밀림 지대이다. 부전호의 절경을 감상할 수 있는 부전산장에서 하루를 묵는 것은 필수이리라. 여정이 바쁘다면 이튿날 다시 모터보트를 타고 부전호반역까지 가면 된다. 부전호반역 다음이 도안역이다.

시인 백석이 영생고보 시절 부전호를 다녀간 모양이다. 그가 쓴 시에 흔적이 묻어난다. 물론 그가 이용한 건 함흥에서 신흥을 거쳐 오른쪽으로 부전령을 넘어가는 신흥선(고원선)이었다.

> 고원선 종점인 이 적은 정차장엔
> 그렇게도 우쭐대며 달가불시며 뛰어오던 뽕뽕차가
> 가이없이 쓸쓸하니도 우두머니 서 있다
>
> 해빛이 초롱불같이 희맑은데
> 해정한 모래부리 플랫폼에선
> 모두들 쩔쩔 끓는 구수한 귀이리차를 마신다
> 칠성고기라는 고기의 쩜벙쩜벙 뛰노는 소리가
> 쨋쨋하니 들려오는 호수까지는
> 들쭉이 한불 새까마니 익어가는 망연한 벌판을 지나가야 한다.
> ─「함남 도안」(1939)

279

19

주을온천과
백계 러시아인

한반도에는 좋은 온천이 많
았다. 거리 관계상 조선시대의 임금들이 자주 이용한 온천들
은 온양이나 유성, 수안보처럼 주로 남쪽 지방에 있었다. 하지
만 한반도 북쪽 지방에도 좋은 온천이 꽤 있었으니, 강원도의
금강산온천, 황해도의 배천온천, 평안남도의 양덕온천 등이 특
히 유명했다. 이런 온천들은 근대 문인들의 작품에도 종종 등
장한다. 금강산 외금강의 온정리온천이야 당연히 예부터 문인
들의 큰 사랑을 받아왔고, 일명 대탕지온천이라고도 불리던 양
덕온천은 김동인의 소설 「대탕지 아주머니」(1938)에 등장했
다. 생활에 쫓겨 온천에서 돈을 벌 요량으로 왔다가 워낙 얼굴
이 못나 뭇 오입쟁이들로부터 외면받는 여급 다부코를 주인공
으로 내세웠다. 여성에 대한 경멸적인 시선은 여전히 김동인답
다. 소설에서는 양덕온천을 아예 "평양 오입쟁이, 원산 오입쟁
이, 장거리 오입쟁이, 본바닥 오입쟁이…" 등 천하의 오입쟁이
들이 몰려드는 곳으로 명토를 박는다. 황해도 배천온천은 특히
1933년 이상이 결핵으로 요양차 화가인 벗 구본웅과 함께 찾
아간 곳인데, 이상은 거기서 운명의 여인 금홍이를 만난다. 그
때문에 배천온천은 한국 근대 문학사에서 결코 홀홀히 다룰 수

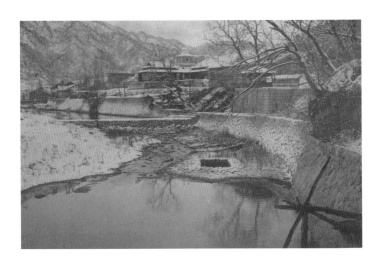

함경북도 주을온천.
이효석과 김기림을 비롯해 조선의 문인들이 즐겨 찾던 곳이다.

없는 주요한 무대가 된다. 가령 「봉별기」(1936) 속에서는 생긴 지 얼마 되지 않아 한적한 B온천(배천온천)으로 나오는데, 거기서 젊은 나이에 각혈을 해서 밤이면 늘 억울하다고 생각하는 '나'와 열여섯에 머리 얹어서 열일곱에 딸을 낳아 죽인 경험이 있는 시골 기생 금홍이가 만나 기괴한 사랑의 줄다리기를 시작하는 것이다.

그러나 함경북도 경성에 있는 주을온천만큼 특별한 관심의 대상이 된 온천은 드물다. 이 온천은 경성읍에서 남쪽으로 지척 거리에 있는 주을역에서 주을천을 따라 상류 쪽으로 10킬로미터가량 들어가는 지협* 혹은 산골 분지에 자리 잡고 있다. 길을 따라 들어가다 보면 "사시나무와 자작나무와 개울이 있는 것은 하필 주을의 오지만은 아니겠으나 그곳의 것처럼 유수하면서도 현대적 감각을 갖춘 곳은 드물다." 소설가 이효석의 말이다. 그는 정작 온천이 아니라 그 지협에 대한 예찬만으로도 훌륭한 수필 한 편을 썼다.

개울가로 내려가면 청렬한 산골 물이 바위와 고비를 따라 푸른 웅덩이를 이루었다 급한 여울이 되었다 하면서 굽이쳐 흐른다. 폭포가 되어 소를 이룬 고비에서는 물연기가

---

* 지협(地峽): 두 육지를 연결하는 좁고 잘록한 땅.

서리고 이슬이 뛴다. 그 기슭에 도라지꽃이나 새발고사리
가 피어 있어서 이슬을 맞고 흔들림을 볼 때 시원한 맛 이
에 지남이 없다. 사람의 그림자가 뜸할 때 노루나 사슴의
떼가 내려서 가만히 물 마시는 곳은 아마도 그런 곳일까
한다.

그런 개울가 산식당에서 보낸 몇 시간을 나는 잊을 수 없
다. 창밖에는 안개가 서리었고 요란한 물소리에 방구석에
꽂은 새풀의 이삭이 흔들흔들 떨렸다. 푸른 그림자 속에
사무친 방 안은 마치 몇 세기를 묵은 지하실 같고 벽에 걸
린 인물들의 초상들도 묵은 세기의 것인 듯한 웅장하고 낡
은 맛이 있었다. 그런 곳을 내놓고 어떤 곳에서 선경仙境을
구할 수 있을까.

지협의 소요逍遙에 지쳤을 때 오 리 길만 걸으면 다시 거리
에 내려와 여관 온천물에 잠길 수 있다.[1]

주을온천은 역사가 오래되었는데, 수질도 좋고 광물질을 다
량 포함하고 있어 건강에 좋다고 널리 소문이 났다. 수온은 58도
이상으로 따뜻하며 용출량은 하루에 8,000리터에 이르러, 고
온과 용출량에서 전국 제일이었다. 그런데 근대에 들어와 주
을온천이 특히 더 유명해진 데에는 그 지방에서 '네눈이' 혹
은 양코프스키로 알려진 백계 러시아인들의 존재가 크게 영향

을 끼쳤다. '네눈이'는 눈이 네 개인 것처럼 사냥을 잘한대서 붙은 별칭이다. 양코프스키는 그곳에 살던 러시아인의 이름이다. 위 인용문의 앞부분에서 이효석은 주을 지협에서 깨끗하게 정돈된 별장을 만나는데 그곳이 바로 그들의 거주지 일명 노비나였다. 개울가 산식당도 아마 그들이 운영하는 식당이었을 것이다. 노비나는 인용문에도 나오듯 흔히 주을온천을 대표하는 온보 혹은 온포에서 산쪽으로 1킬로미터 쯤 들어간 숲속에 자리잡고 있었다.

백계 러시아인이란 1917년 러시아혁명 이후 벌어진 내전 당시 붉은 소비에트, 즉 볼셰비키에 맞섰던 세력을 두루 일컫는 말이다. 당연히 구 차르 체제에서 귀족 계급에 속했던 이들이 주축이었다. 1922년 가을 내전이 끝나자 그들은 살길을 찾아 세계 도처로 흩어졌다. 그해 10월 31일에는 함경남도 원산항에도 백계 러시아 군인과 그 가족 9,000여 명이 입항해 9개월간 머물렀다.[2] 총독부 당국은 그들의 상륙을 금지했다. 부상자와 병자를 위해 부두의 창고를 내줬을 뿐이다. 그새 질병과 굶주림 등으로 221명이 사망했다. 그 원산수용소마저 폐쇄되자 더 이상 버틸 수 없었다. 그들은 타고 온 배를 헐값에 팔아 여비를 마련했다. 상하이와 하얼빈으로, 다시 거기서 미국과 서유럽으로 떠났다. 아주 소수의 러시아인들만이 조선에 남았다.

비슷한 시기, 함경북도 청진으로 따로 넘어온 백계 러시아

노비나에서 양코프스키 가족.
그들은 사냥에 능해 '네눈이'라는 별명을 얻을 정도였다.

인 가족도 있었다. 러시아 동쪽 끝 시지미반도에서 크게 농장을 경영하던 양코프스키 일가였다.[3] 이주한 첫해는 몹시 힘들었다. 가지고 온 모든 것을 팔아 겨우겨우 버텨내야 했다. 그래도 그들은 진작 일본에 군마를 팔면서 쌓은 인연이 있었다. 청진에서 작은 흙집을 두 채 구입해 첫 겨울을 났다. 불안한 망명생활을 이어나가던 중 행운이 찾아왔다. 청진에서 약 40킬로미터 떨어진 온보 지역에 땅과 집을 마련할 수 있었던 것이다. 그들은 일본군에게 식량을 제공하는 계약을 체결했고, 이를 통해 꾸준히 재산을 불려갔다. 특히 가장인 유리 양코프스키는 사업 수완이 뛰어났다. 그는 뛰어난 사냥꾼답게 '극동에서의 호랑이 사냥'을 내세워 세계 각지로부터 수많은 호사가들의 발길을 끌어당겼다. 또 유럽과 미국의 박물관과 수집가들을 위해 나비와 딱정벌레 같은 곤충을 대량으로 잡아서 팔았다. 나중에는 먼 친척인 브리너 일가에게서 돈을 빌려 주을의 땅을 더 구입했다. 거기에 일종의 망명촌 노비나를 세웠다. 양코프스키 일가는 영지를 농장, 가축 사육장, 사냥터, 혹은 휴양지로 제공해서 돈을 벌었다. 일본 식민 당국과 우호적인 관계를 유지한 그들의 사업은 1920년대 말부터 한층 번성했다. 1930년대에 들어서면서 노비나는 비단 조선과 일본에서뿐만 아니라 멀리 하얼빈과 베이징, 상하이 등지까지 소문이 난 휴양지가 되었다. 노비나를 찾은 하얼빈의 한 잡지 기자는 그곳을 화강암과 자작나무 그리고 수천 가지 아름다운 꽃이 가득한 낙원처럼 묘사하기도 했다. 세계 도처에 흩어져 살던 망명 러시아인들이 몰려들었다. 그들에게 노비나는 어느덧 사라진 조국과 사라진 꿈을 의미했다. 노비나의 존재만으로도 향수를 달랠 수 있었다. 내방객들을 위해 러시아 전통 춤과 노래 따위로 짠 공연 프로그램을 운영하기도 했다.

1937년, 브리너 가문의 청년 율 브리너가 들어와 주을에서 호랑이 사냥을 했다. 그는 훗날 전 세계의 수십억 관객을 사로잡는 대배우가 된다. 그의 아버지 보리스 브리너는 대한제국 말기에 압록강 주변에 산림 채벌권을 취득한 사업가이기도 했다.

이효석은 당대 어떤 작가보다도 주을온천을 좋아했다. 결혼 후 서울을 떠나 아내의 고향인 함경북도 경성으로 가기로 결심했을 때, 그의 머릿속에는 분명히 주을도 들어 있었을 것이다.

> 4년 전 이맘때[*]—첫여름이었다.
> 미흡하고 어리석은 일신상의 실책으로 인하여 주위로부터의 오해·험구·욕설을 받아 우울의 절정에 있을 때였다.
> 답답한 심사를 견딜 수 없어 쇠약한 건강도 회복할 겸 한약을 한 재 지어가지고 혼자 주을온천을 찾았다. 물론 그 길이 스스로 피서차도 되었던 것이다.[4]

"미흡하고 어리석은 일신상의 실책"은 1931년 조선 총독부에 취직했다가 겪은 그 춘사를 말한다. 이후 그는 함경북도 경성 여자 이경원하고 결혼했고, 결국 아내의 고향까지 오게 되었다. 그때부터는 주을온천도 자주 찾을 수 있었다. 나중에 평

---

[*] 이 글이 발표된 게 1934년이었으니, "햇수로 4년 전 이맘때" 혹은 "3년 전 이맘때"라고 했어야 한다.

양으로 이주해가서도 주을은 그의 마음속에서 떠나지 않았다. 그러기에 가족과 함께, 때로는 홀로 먼 길 마다않고 주을을 찾곤 했던 것이다. 1937년 여름에는 떠날까 말까 망설이다가 불시에 떠났는데, 경의선을 타고 서울에 와서는 딱 8분 만에 함경선으로 차만 갈아타고 다시 주을까지 내달렸다. 무려 스물여섯 시간이나 걸린 여정이었지만, 그래도 그는 "일단 와놓고 보니 오기를 잘했다"고 말하게 된다.[5]

이효석은 주을에서 양코프스키를 직접 만난 적도 있었다. 그 때도 그는 여름 한철 하얼빈이나 상하이에서 모여드는 피서객을 목표로 일종의 객주업을 하고 있었다. 놀라운 것은 노비나가 생활에 필요한 거의 모든 것을 자급자족하는 체제를 갖추고 있었다는 사실이다. 젖소를 길러 우유를 짜고, 꿀벌을 쳐서 봉밀을 얻고, 과수와 채소를 심어 식탁에 올렸다. 그뿐인가, 여름에 쓸 얼음을 저장하는 빙고가 있었고, 수십 마리 사슴을 키워 녹용을 얻었다. 겨울에는 깊은 산중으로 들어가 사냥을 해서 고기는 물론 가죽도 얻었다.

주지하듯 이효석은 동시대 작가들 중에서 이국 취미에 가장 많이 젖어 있던 작가였다. 평소 입버릇처럼 북국의 낭만을 이야기하곤 했는데, 첫 번째 단편집 『노령근해』(1931)는 표제작부터가 벌써 이국적인 것에 대한 동경을 짙게 드러낸다. 「북국점경」, 「북국사신」 등과 같은 작품에서 말하는 '북국'도 당시 유행하던 사회주의 이념에 대한 지향과 무관하다고 할 수는 없겠지만, 그보다는 훨씬 더 큰 부분을 이국 취미에 기대고 있었다. 경성에 와서 쓴 수필들은 거의 대부분 이 같은 정서를 반영한다. 그걸 '북국주의'라고도 할 수 있다면, 그건 곧바로 또 '서국주의'이기도 하다. 다시 말해 그의 '이국'은 외국으로서 서국(서양)이고, 지리적으로는 남국이 아니라 북국이어야 한다. 1940년대에 그가 하얼빈을 소설의 주요 무대로 삼은 것이 이를 입증한다. 하얼빈은 이국이자 서국이고 북국이었다.

　주을도 그런 의미에서 '이국'이었다. 그때 그것은 당대가 강요하는 시대적 상황과 맞물려 일종의 탈출구 혹은 도피처로 기능하게 된다. 1937년 중일전쟁 이후에는 더더욱 그러했으리라. 전망은 보이지 않는다. 카프도 구인회도 답이 아니다. 토속적 세계로 파고들어도 빈자리가 크게 남는다. 그에게 생활의 행복을 안겨주었던 평양 시절도 끝나가기 시작한다. 학교가 먼저 문을 닫았다. 이제 남은 건 북국 혹은 꿈밖에 없다. 북국의 꿈! 도무지 식민지 조선을 배경으로 했다고 보기 어려울 정도로 낯선 욕망의 서사가 뒤엉키는 장편 『화분』(1939)[6]을 태연히 쓰는 것도 이런 배경에서였다. 소설에서 평양의 별장 혹은 별세계 같은 '푸른 집'에 살던 식구들은 피서를 겸한 도피처로 '당연히' 주을온천을 선택한다. 지인 죽석이 그곳에 있는 별장을 그들에게 빌려주었던 것이다.

이효석의 장편 소설 『화분』
후편의 표지.

죽석들의 별장은 온천과 노비나 촌과의 중간쯤 되는 언덕
허리에 있었다. 그렇기 때문에 노비나 촌사람들과 어울릴
필요도 없었고 온천 거리의 번잡한 속에 휩쓸릴 것도 없어
서 흡사 한적한 곳에 독립된 왕국을 이룬 감이 있었다. 온
천까지는 물을 맞거나 양식을 살 때 내려가면 그만이요,
사람이 그리우면 노비나 촌에 가서 멋대로 근처를 거닐면
그만이었다. 노비나까지는 두어 마장가량의 거리밖에는
안 되었다.

그 '독립된 왕국'에서 등장인물들이 일궈내는 서사는 당대 현실을 고려하면 그야말로 비조선적이거나 몰조선적이거나 탈조선적이다. 『화분』의 작가가 「메밀꽃 필 무렵」의 그 작가와 동일한 작가인지 얼마든지 고개를 갸우뚱할 수 있겠다. 좋게 말하면 인간의 성과 도덕적 한계 사이의 갈등을 최대한 집요하게 물고 늘어졌다고 하겠지만, 쉽게 비판하자면 마치 우리 시대의 흔한 막장 드라마의 원조처럼 읽힐 가능성도 크다.

나중에 영훈과 미란은 구라파(하얼빈)행을 선택하는데, 작가의 페르소나라 할 피아니스트 영훈은 평소 심지어 "흰 것과 초록과 어느 것이 더 아름답습니까. 흙과 뻥끼와는 어느 것이 더 아름답습니까. 흰 것이나 흙은 문화 이전의 원료이지 아름다운 것이라구 발명해낸 것은 아니"라고 주장하던 인물이었다. 그런 영훈에게 조선의 모든 것은 오직 환멸일 따름일 터. 미란이 묻는다.

"그런 환멸 속에서 어떻게 사세요."

영훈은 대답한다.

"그러게 예술 속에서 살죠. 꿈속에서 아름다운 것을 생각하면서 살죠. 그것이 누구나 가난한 사람의 사는 법이지만. 주위의 가난한 꼴을 보다가두 먼 곳에 구라파라는 풍성한 곳이 준비되어 있다는 것을 생각하면 신기한 느낌이 나면서 그래두 내 뺄 곳이 있구나 하고 든든해져요."

이효석 식의 기준을 따르자면, 김기림은 누구보다 북국인에 가깝다.[7] 함경북도 성진에서 나서 학교를 다녔고, 나중에 다시 돌아와 경성에서 영어 교사로 교편을 잡기도 했다. 그러나 그의 북국은 갑자기 쏟아지는 폭설처럼 좀 낯설기는 해도 아주 딴 나라의 정서로 독자들을 이끌고 가지는 않는다. 그가 아무리 댄디즘의 세례를 받았다 하더라도「북행열차」(1931)에는 어쨌거나 이민자들이 함께 타고 있었다. 주을온천도 마찬가지로, 이효석이 거의 절대적인 동경의 눈으로 보았던 똑같은 풍경을 그는 거꾸로 거의 안쓰러운 눈길로 바라보는 것이다. 그는 아마 그 호사스러우면서도 생경한 백계 러시아인들의 별장촌에서 진작 무너져내린 조선의 어느 궁궐 기둥이나 서까래를 떠올렸을지도 모른다.[8]

김기림 또한 이효석과 마찬가지로 양코프스키 일가를 만난다. 그가 만난 사람은 양코프스키의 딸인데, 빅토리아라는 이름의 그녀는 갑자기 나타난 여행객에게 대뜸 여러 권의 두터운 앨범을 들고 와 보여준다. 그 속에는 지나간 날 그들의 호사스럽던 생활의 면모가 고스란히 남아 있었다.

시베리아를 지동 치는 혁명의 눈보라에 휩쓸려서는 그는 온 가족과 그리고 수많은 말들과 자동차들을 끌고 이곳으로 피난해 온 것이다. 양코프스키의 아우는 제정 러시아

최후의 비행중위로서 시베리아에서 혁명을 맞아 체코 병과 함께 싸워서 필경 열두 곳의 상처를 몸에 받아가지고 역시 이곳으로 왔다는 것이다. 혁명은 성공하였고 오늘 그들은 멀리 쫓겨나서 길이 돌아가지 못하는 신세가 된 것이다.

"고국에 가고 싶지 않소?" 하고 물었더니,

"갈 수나 있다구요?" 하고 미스 양코프스키는 쓸쓸히 머리를 흔든다.

김기림이 주을온천에서 마음이 더 동한 것은 차라리 도중에 만난, 천생 조선 토종의 것일 수밖에 없는 산천이었다. 이름이 없어도 좋겠다 싶은 산이나 바위와 강이 두루 그의 마음을 끌었다. 특히 유난히 마음을 잡아끈 바위가 있었는데, 어느 건방진 옛사람이 있어 오심암^{悟心岩}이라 이름을 붙였고, 그보다 조금 겸손한 사람은 세심암^{洗心岩}이라 불렀다는 잘생긴 바위였다. 아무튼 버스를 타고 지협을 빠져나올 때, 그는 그런 마음마저 뒤에 두고 나온다.

（20）

북으로 가는
이민 열차

1932년 3월 1일 일본은 청 나라의 마지막 황제 푸이를 앞세워 이른바 만주국을 건립했다. 겉으로는 독립 국가임을 내세웠으나 하나부터 열까지 모든 것 이 일본 제국주의의 의도에 놀아나는 꼭두각시 국가에 지나지 않았다. 수도를 신징(신경, 현 창춘/장춘)에 둔 만주국은 오족협 화五族協和의 왕도낙토王道樂土를 국가 이념으로 표방했다. 오족협 화란 만주족과 몽고족, 한족, 일본인, 조선인의 다섯 민족이 협 력해서 평화로운 국가를 만든다는 것이며, 왕도낙토란 서양의 패권주의에 반대하여 아시아의 이상적인 정치 체제(왕도)를 기 반으로 한 유토피아(낙토)를 건설한다는 의미였다. 1932년 국 제연맹의 리튼 조사단은 "만주국은 일본의 괴뢰 정권이며, 만 주는 중국의 주권 아래 있어야 한다"고 주장하는 중국의 입장 을 지지하고 일본을 비난했다. 이 때문에 일본은 1933년 국제 연맹에서 탈퇴하게 된다. 중국은 이후 만주국을 말할 때 반드 시 '위僞'라는 접두사를 붙여서 말하기 시작했다. '가짜'라는 뜻 이다.

만주국은 만주사변 이후 일제가 새롭게 내세운 이른바 동 아신질서의 이념을 철저히 구현했는데, 관동군과 만철과 동척

(동양척식주식회사)이 그 실제적인 역할을 떠맡았다. 오족협화를 표방한 만큼 외형적으로는 이민자의 나라 미합중국을 모델로 한 것처럼 보였다. 이제 일제는 조선에 대해서는 "조선과 만주는 하나"라는 이른바 선만일여鮮滿一如 정책을 내걸어 국책 이민을 적극 장려하기 시작했다. 만주국 건국 이전인 1931년에 4,300만 명 정도이던 인구가 10년 후에는 5,000여만 명으로 증가한 것도 이런 정책의 결과였다.

일제는 특히 조중 연합의 무장 단체인 동북항일연군의 주요 활동 지역에 조선인의 집단 이주를 집중적으로 시도했다. 가령 조선 총독부의 지령에 따라 1933년 동양척식주식회사가 투자하여 북하마탕, 태양촌, 중평촌, 춘흥촌, 세린하, 장인강, 토산촌, 청산리, 낙타하자 등지에 세운 아홉 개 집단 부락의 경우 조선인 900여 세대를 받아들였다. 1937년 3월부터는 만선척식주식회사가 취득한 황무지에 조선인을 대거 이주시키기 시작했다. 이런 식으로 해서 1943년까지 만주로 집단 이주한 조선인은 9만여 명에 달했다. 물론 개별적으로 만주로 들어가 정착하는 조선인들은 쉽게 통계를 내기도 어려울 만큼이었다. 사실 '국책'을 따르기 이전에 제 땅에서는 당장 먹고살 방도가 없어 눈물을 머금고 압록강과 두만강을 넘는 경우가 훨씬 많았다.

함경북도 북청 출신의 시인 이찬은 카프 계열이었는데, 1932년 일경에 체포되어 옥살이를 한 후 1934년 만기 출소했다. 이후 생

근대 초기, 두만강변 회령의 나루터.

계를 위해 고향에서 인쇄소와 양조장 등에서 일했다. 1937년
그는 한 편의 기행 수필을 발표하는데, S군에 들렀을 때 이제
곧 국경을 넘으려는 집단 이민자들을 만난다.

　S군청의 R군이 이민 안내역으로 만주행이라 야단이다. 그

도 바래줄 겸 차부까지 따라가니 놀랍다. 나란히 늘어선 네다섯 대 트럭 위에 마치 하물荷物처럼 만적한 노소남녀, 장 속에 갈망했던 단 한 벌 치장 옷이리라. 겉만은 모조리 살때 오른 청·황·적·흑 가지가지 색복으로 성장을 하고 있다. 큰 보따리 작은 봇짐 들고 안고 지고 끼고 그들은 약속이나 한 듯이 모두 무겁게 입을 다물고 주위의 이곳저곳만 응시하고 있다. 시선을 따라 돌아보매 거기는 친척인가? 지구*인가? 여저기 옹기종기 모여 앉기도 하고 혹은 우굴쭈굴 몰려들 서 그들 역시 묵묵히 이편을 바라보고 있을 뿐이었다.

이윽고 계원의 점검이 끝나고 차가 발동을 시작하니 어인 일인가? 소위 낙천지樂天地로의 장한 등정에 터져 나오는 이 울음소리는! 차상에서 느껴 우는 소리, 지상에서 목 놓아 울부르는 소리, 조그만 S시가 금시 이 소리에 자지러질 것만 같다. 어디서 나타났는가? 일견 머슴인 양한 젊은이 하나 오른손에 사이다 병 한 개 왼손에 큰 종지 한 개를 들고 맨 꽁무니 차로 다가들더니 같은 풍모의 차상 친구께 연해 잔을 들어 마시기를 권한다. 잔을 받는 차상 친구의 손길은 떨리며 한편 주먹으로 이따금 눈두덩을 씻곤 한다.

---

* 지구(知舊): 지인과 친구.

엿반대기를 들고 오는 노파가 있다. 꽁꽁 매어 있는 두루
주머니를 끌러 동전 몇 푼을 억지로 들이미는 중년 여인이
있다.

"게삼아! 잘 가거라!"

"잘 가거라! 초년아!"

하는 나이 찬 계집애들의 목멘 부르짖음이 들린다.

이것저것 가림 없이 차는 떠난다. 차는 속력을 가한다. 몽
몽한 연기 속에 구슬픈 울음의 꼬리를 끄을고….

아아, 선발된! 이민들은 고향의 봄을 등지고 밍얼거우^{明月溝}
로 밍얼거우로….¹

이찬은 이 글을 3월에 혜산에서 썼다고 밝힌다. 그의 여정이
북청에서 후치령을 넘었으니 S군은 필시 삼수군이리라. 거기서
는 서쪽 신갈파까지 가거나 아니면 동쪽 혜산으로 가 압록강을
건널 터였다. 원래 연길현 옹성라자촌이 1933년 돈화−도문 간
철도가 개통하면서 밍얼거우(명월구)가 되었다. 조선인들이 일
찍부터 많이 이민을 가 자리 잡은 곳이지만, 그만큼 만주 일대
에서 활약하던 여러 무장 독립운동 단체들의 활동이 활발한 곳
이기도 했다. 따라서 일제는 1938년 이후 만주국에 이들과 맞
설 간도 특설대를 설치 운영하게 된다.²

이찬이 혜산에서 언제 어떻게 돌아왔는지 모르지만, 그의 노

정 내내 국경 일대는 소란스러웠다. 만주에 근거를 둔 이른바 조중 항일 연군의 활동이 점점 그 범위를 넓혀가고 있었기 때문이다. 김일성이 주도하는 조국광복회가 성립한 것도 비슷한 무렵(1936.6)이었다. 김일성은 장백 근거지를 건설하고 재만 한인의 조국광복회 조직을 조선 국내로까지 전개할 계획을 세웠다. 1937년 6월 4일 자정 김일성 부대는 항일 연군 6사 대원 90명을 인솔해 뗏목으로 압록강을 건넜다.[3] 그들의 목표는 보천보였다. 함경남도 갑산군 보천면의 보천은 압록강으로 흘러 들어오는 가림천변의 작은 벽촌이었다. 마을에는 일본인이 26호에 50명, 조선인이 280호에 1,323명, 중국인이 2호에 열 명 살고 있었다. 경찰은 한 개의 주재소에 다섯 명뿐이었다. 지역 자체는 군사적으로 중요한 거점이 아니었다. 그럼에도 김일성 부대가 이곳을 국내 진공의 목표로 삼은 것은 최소의 비용으로 최대의 심리적 효과를 거둘 수 있다고 판단했기 때문이다. 즉, 철도가 다니는 혜산진으로부터 20킬로미터 거리에 있는 이 보천보를 성공적으로 친다면 일제는 물론 조선 민중에게도 항일 연군의 존재와 위력을 생생하게 과시할 수 있을 터였다. 과연 보천보 침공 작전은 대성공이었다. 부대는 밤이 오기를 기다려 주재소를 습격하여 각종 무기를 탈취했고, 요리점, 잡화상, 의원 등에 침입하여 현금과 물자를 탈취했다. 그 과정에서 경찰의 어린 자녀 한 명이 오발로 죽었고, 일본인 요리점 주인 한 사람이 살해되었다. 부대는 밤 11시 퇴각했다. 뒤늦게 소식을 접한 혜산진서의 추격대가 퇴로를 차단하려고 출동했다가 오히려 전사자 일곱 명, 부상자 열네 명의 막심한 피해를 입었다.

사건의 충격과 파장은 엄청났다.

그때 손기정의 베를린 올림픽 일장기 말살 사건으로 인한 정간에서 막 풀려난 『동아일보』는 6월 5일 호외를 시작으로 연일 그 사건을 대대적으로 보도했다. 『조선일보』도 마찬가지였다.

보천보 습격 사건 속보

추격 경관과 충돌

양방 사상 칠십여

혜산 신갈파 호인 등 3서 경관 총출동

-『동아일보』(1937.6.6)

150여 군경 추격 중에 대격전

경관 측도 사상자 16명

보천보 사건의 후보後報

-『조선일보』(1937.6.6)

보천보 습격 사건 피해 판명

우편소, 면사무소와 삼림 보호구 전소

소방조, 보통학교도 연소 회진

총 피해 5만여 원

추격 경관 7명 사망, 6명은 부상, 쌍방 사상자 다수

–『동아일보』(1937.6.7)

참담한 보천보 시가

피난자 속출 상태, 6일까지 7백여 명

순직자 호위코 추격대 일부 귀환

–『조선일보』(1937.6.7)

『동아일보』는 6월 9일 기자를 직접 특파하여 취재한 사진과 함께 생생한 기사를 내보냈다.

재습의 공포에 떠는 주민

남부여대로 피난

철옹성의 국경선에 처처의 참적慘跡

피습된 보천보

김일성의 이름이 국내 신문에 실리기 시작한 것은 이미 1936년 9월부터였다. '공산군 김일성 일대'라든가 '동북인민혁

명군 김일성 일대', '김일성 일파 공비' 등으로 불려왔는데, 보천보 사건을 계기로 그 이름은 한층 널리 알려진다. 비록 일시적이었지만 식민지 조국의 땅을 조선인의 군대가 직접 진공해 되찾았다는 점에서 그 상징적 의미는 엄청나게 컸다.

간도 빨치산과 관련하여 기억해야 할 일본인이 있다.[4] 마키무라 고라는 좌익계 시인으로 그는 1932년 2월 『대중의 벗』이라는 잡지에 「숨 쉬는 총칼: 만주 주둔군 병사들에게」라는 서사시를 발표한다. 이 시는 일제의 만주 침략을 통렬히 비판하면서 일본 병사들에게는 제국주의자들의 "숨 쉬는 총칼"이 되기를 포기하고 그 총부리를 오히려 포악한 일본 제국주의자들에게 돌리라고 호소한다. 마키무라는 1932년 4월 초 일본공산당에 가입했다. 그리고 곧 체포되어 잔인한 고문을 받았다. 옥중에서는 일체의 필기도구를 박탈당한 상태였지만 순전히 머릿속으로 쓰고 그것을 수십 번 외고 또 외고 하는 식으로 시를 썼다. 그의 시 중에서 가장 유명한 것은 장편 서사시 「간도 빨치산의 노래」로, 제목이 말해주듯이 간도를 무대로 활동하는 항일 빨치산들의 투쟁을 소재로 한 것이다. 그는 한 번도 일본 본토 바깥으로 나가본 적이 없었지만 당시 함께 투쟁하던 조선인 활동가들의 이야기를 참고하여 이 한 편의 격정적인 서사시를 집필했다.

시의 첫 배경은 함경도 산골 마을이다.

한반도의 산세를 형상화한 바탕에
조선만몽 국경 경비의
노래 가사를 인쇄한 엽서.

'나'는 누이와 함께 어렵게 살아간다. 서울에서 온 최 선생이
밤마다 우리를 가르친다. 러시아 민중이 악독한 차르를 물리치
기 위해 어떻게 싸웠는지 하는 러시아 혁명 이야기도 들려주
었다. 하지만 최 선생은 안타깝게도 폐병에 걸려 죽고 만다. 곧
3·1 운동이 터졌다. 집집마다 태극기가 내걸렸다. 자유의 노래
가 함경도의 봉우리봉우리마다 메아리쳤다. 나 역시 소리 높여
독립 만세를 외쳤다. 그러나 자유의 기쁨은 너무나 짧았다. 적
들의 탄압으로 고향 마을은 초토화가 된다. 남자들은 총검으로

벌집 쑤시듯이 하여 산 채로 불에 던져졌다. 여자들에게 그리고 노인과 아이들에게 가해진 만행은 참으로 끔찍해 차마 말로 전할 수도 없는 것이었다.

결국 나는 도저히 살 수 없어서 사랑하는 부모와 누이를 남겨둔 채 고향을 떠나야 했다. 두루미가 날아가는 북쪽 만주로. 자유의 나라를 향해. 그렇게 두만강을 넘은 지 어언 13년.

나는 이제 한 사람의 당당한 전사가 되어 이렇게 외친다.

"동방혁명군" 군기에 볼 비비며 한 그 맹세 내 어이 잊을 소냐.
우린 간도빨찌산,
목숨 바쳐 쏘베트 지키는 무쇠팔뚝,
생사를 붉은 기와 함께하는 결사대!
오늘도 장백의 령을 넘고 넘어
혁명의 진군가 온 누리에 울리거니
—바다도 우리 전진 막지 못하리,
—자, 싸우자! 떨쳐 일어나자!
—아, 인터나쑈날은 우리들의 것이여라!···

마키무라는 1936년 12월 인민전선사건에 연루된 혐의로 다시 투옥되는데, 병이 심해 보석으로 나온다. 그의 몸은 이미 손

306

쓸 수 없을 정도로 망가진 상태였다. 결국 그는 1938년 스물여섯 나이로 최후의 숨을 거두고 말았다.

한편, 이찬이 목격한 것은 트럭을 이용해 개마고원을 넘는 이민자들이었지만, 함경선이 완공된 후에는 철도를 이용해 두만강을 직접 넘는 이민자들도 많았다.

북청 출신 소설가 전광용은 어린 시절 매일같이 집 앞을 지나가는 열차를 보며 자랐다. 그는 양화보통학교를 나와 북청농업학교를 다녔다. 그의 집 앞 길 건너에는 커다란 돌각담이 있었다. 거기 올라서면 아득히 먼 동해 바다가 눈에 들어왔다. 그가 선 아래쪽으로는 기름진 벌판이었다. 그 벌판은 학교와 면사무소와 우체국, 그리고 장터가 있는 큰 거리를 거쳐 바닷가 솔밭까지 10여 리쯤이나 뻗어나갔다. 그리고 그 벌판 동쪽 가장자리 산기슭으로 서울에서 북만주 목단강까지 이어진다는 함경선 철길과 1등 국도가 느릿느릿 해안선을 끼고 사라졌다.[5]

한인택은 함경남도 이원군 출신이다. 이원은 북청을 지난 함경선 열차가 함경북도로 넘어가기 직전의 고장인데, 한인택도 단편 「춘원」[6]에서 이 함경선에 얽힌 슬픈 사연을 다루었다. 도리동에 살던 분섬이네는 도저히 고향에서 먹고살 수가 없어서 이민을 떠났다. 다만 이제 다 큰 처녀가 된 큰딸 분섬이는 떠나기 직전 한동네 총각 용돌이에게 시집을 보내 고향에 눌러 있게 했다. 처음에 분섬이는 울며불며 함께 가겠다고 했다. 그러나 아버지는 용돌이가 그나마 여비를 마련해주어서 겨우 떠난다고 사정을 설명하며 만류했다. 떠나는 날 용돌이는 정거장으로 배웅을 가자고 했지만 분섬이는 몸이 아프다는 핑계를 대고 가지 않았다. 도저히 이별 장면을 견딜 수 없을 거 같아서였다. 하지만 기차가 떠날 시각쯤 되자 분섬이의 발길은 절로 집 뒤뜰 돌배나무 밑으로 다가갔고, 분섬이는 거기서 마침 다가오는 북행 열차를 지켜본다. 그때 차창 바깥으로 어머니와 동생들이 팔을 휘저으며 분섬이를 불렀다. 분섬이도 연신 어머니를 부르며 달려갔다. 하지만 기차는 벌써 저만큼 사라져버렸다. 분섬이의 귀에는 목 놓아 제 이름을 부르던 어머니의 목소리가 언제고 떠나지 않았다. 소설은 그렇게 결혼한 분섬이의 행복이 그리 오래가지 않게 됨을 보여준다.

나중에 시인이 되는 이용악은 경성군 수성동 출신인데, 1928년에 부령보통학교를 졸업하고 이듬해 5년제 경성농업학교에 입학한다.[7] 그는 1932년 열아홉의 나이로 학교를 중퇴하고 일본으로 유학을 떠난다. 1939년에 귀국해서는 한동안 서울에서 최재서가 주관하던 잡지『인문평론』에서 근무했지만, 1942년에 완전히 귀향한다. 그는 첫 시집『분수령』(1937)과 제2시집『낡은 집』(1938)을 통해 한국 근대 문학사에서 이른바 북방파를 대표하는 시인으로 명성을 얻게 된다. 특히 그의 '북방'은 중국/만주보다는 아라사(러시아)/시베리아하고 더 연관이 깊었다. 그의 조부와 부친이 일찍부터 연해주를 오가며 장사와 밀수를 했는데 가족의 그런 이력이 작용했을 것이다.

"저는 어릴 때 어머니에게 업혀서 우라지오(블라디보스토크)나 허바리깨(하바롭스크) 같은 델 다닌 일이 있는데 밑엣동생이 생긴 뒤로는 어머니를 동생에게 빼앗기고 어머니가 아라사에서 돌아오시는 날을 기다리는 일이라든지, 어머니가 돌아오시는 날엔 새벽부터 누나랑 소 술기(수레)를 타고 배 닿는 청진으로 가던 일이라든지, 오실 때마다 으레 갖다주시던 흘레발(러시아 빵)을 그때 아래윗집에 살던 신동철(시 쓰는) 군과 나눠 먹으면서 좋다고 뛰어다니던 일이라든지 모두 그립습니다."[8]

가족의 생계를 위해 국경을 넘나들던 그의 아버지는 낯선 땅에서 유언 한마디 남기지 못한 채 객사한다. 미술 학도였던 형은 술과 아편에 취해 살다가 아버지처럼 길에서 생을 마쳤다. 어머니는 국숫집을 힘겹게 꾸려가면서 식구들이 무사하기를 밤마다 빌고 또 빌었다. "달빛 밟고 머나먼 길 오시리/두 손 합쳐 세 번 절하면 돌아오시리/어머닌 우시어/밤내 우시어/하아얀 박꽃 속에 이슬이 두어 방울"(「달 있는 제사」, 1941)—그 비참한 가족사가 이용악의 북방이었다.

그런 눈으로 그는 떠나는 자들을, 또 그들이 떠나버려 폐허가 된 '낡은 집'을 바라보았다.

날로 밤으로

왕거미 줄치기에 분주한 집

마을서 흉집이라고 꺼리는 낡은 집

이 집에 살았다는 백성들은

대대손손에 물려줄

은동곳도 산호관자도 갖지 못했니라

재를 넘어 무곡을 다니던 당나귀

항구로 가는 콩실이에 늙은 둥글소

모두 없어진 지 오랜

외양간에 아직 초라한 내음새 그윽하다만

털보네 간 곳은 아무도 모른다

(중략)

그가 아홉 살 되던 해

사냥개 꿩을 쫓아다니는 겨울

이 집에 살던 일곱 식솔이

어데론지 사라지고 이튿날 아침

북쪽을 향한 발자국만 눈 위에 떨고 있었다

더러는 오랑캐령 쪽으로 갔으리라고

더러는 아라사로 갔으리라고

이웃 늙은이들은

모두 무서운 곳을 짚었다

지금은 아무도 살지 않는 집

마을서 흉집이라고 꺼리는 낡은 집

제철마다 먹음직한 열매

탐스럽게 열던 살구

살구나무도 글거리만 남았길래

꽃피는 철이 와도 가도 뒤울안에

꿀벌 하나 날아들지 않는다

-「낡은 집」(1938)

　두만강을 넘는 이민자들의 고생은 이루 말할 수 없었다. 현재 중국에서 조선족이라고 부르는 우리 민족의 역사는 열에 아홉은 다 그런 과정을 통해 구성되었다.[9]

　때는 동짓달이었는데 두만강이 이미 땅땅 얼어 있었다. 가만, 그러니깐 그것이 1937년도 11월 7일이다. 간도 땅을 건너오구 나니 입은 게란 게 있는가. 추워서 어쩔 수 없었다.

간도로 이주하는 함북 무산 주민 가족.

헌 삿갓에 홑옷 바람이었다. 또 일본놈들 감시가 어찌 심
한지 매를 맞으며 두만강을 겨우 건너왔다.

−조봉학(1925년생, 함경북도 갑산)

그때 회령에서 삼봉까지, 삼봉에서 노두구까지 철길이 놓
여 있었다. 조선 사람들은 먼 길 떠날 때면 미숫가루를 만
든다. 우리는 집에 있는 쌀을 박박 긁어서 미숫가루를 만

들어 메고 이 빠진 쪽박 두어 개 차고 북으로 걷기 시작했다. 길주 장백면부터 걸어 명천·나진을 지나 회령까지 걸었다. 옹근 엿새를 걸었다. 길에서 먹은 것이란 냉수에 미숫가루였고, 잠은 길옆에서 쪼그리고 잘 때도 있었고 사람 없는 농막에 들어가 잘 때도 있었다. 우리는 가지고 떠난 여비 몇 푼으로 회령에서 차를 타고 삼봉까지 왔다.

－권봉희(1922년생, 강원도)

내가 열네 살 되던 해, 즉 1938년 정초에 우리 경상도에서 개척민을 뽑아 만주로 집단 이주를 보내는 바람이 일어났다. 왜놈들은 만주에 가면 땅이 많고 집도 있어 잘살 수 있다고 버쩍 선동하였다. 나의 부모는 땅 없는 고생을 모면하고 참말 '낙토'가 있겠는가 하여 이주민으로 떠날 것을 신청하였는데 과연 며칠 후 인차 비준이 내렸다. 우리 집에서는 나의 부모, 나, 나의 여동생, 동생 모두 다섯 식솔이 떠났다. 나의 조부모는 정든 고향이 하도 아쉬워 떠나지 않았고 여러 자손들과 눈물로 석별하였다. 우리는 고향 월계리에서 15리 걸어서 가희면에 이르렀고, 거기서 트럭에 실려 200리가량 떨어진 대구에 도착하여서야 기차에 몸을 실었다. 그때 가지고 떠난 가산이란 절구 방아, 쪽지게, 호미, 쪽박 같은 것뿐이었다. 협천(합천: 인용자)군에서 40세대 떠났는데 대구시에 모인 것이 도합 200세대였다. 대구에 이르면서부터 열 세대씩 한 반을 묶어가지고 개별 행동을 취하지 못하게 하였다.

기차 타고 사흘이 지난 뒤에야 두만강 건너 개산툰에 이르렀다. 3월이라 하지만 산 설고 물 선 만주의 땅은 눈보라 몰아치는 백설의 산야였다. 베옷과 무명옷 바람으로 떠난 우리는 추위에 떨며 후회와 원망의 눈물을 뿌리었고 기편당해 이국땅에 오는 망국노의 설움을 가슴 아프게 느꼈다. 안도현 명월구에 와서 기차에서 내린 다음 만척 회사 마당에 모여 갔다.

—이교영(1925년생, 경상남도 합천)

'왕도낙토'는 새빨간 거짓말이었다. 궁핍은 거기까지 따라다녔다. 그새 가족은 뿔뿔이 흩어졌다. 누구는 죽고, 누구는 끌려갔고, 또 누구는 아편쟁이가 되고 말았다. 하다하다 못 견디면 딸을 팔고 아내를 팔았다. 최서해의 간도가 죄 그런 비극의 다른 이름이었다. 강경애의 간도라고 무엇 하나 다르지 않았다.

이용악의 북방 또한 이국 취미하고는 크게 관계가 없다. 당대의 현실을 고스란히 반영하기 때문이다. 정든 고향을 등지고 남부여대 먼 길을 떠나온 이민자들은 혹은 걸어서 혹은 트

도문선 전체 개통 기념 엽서(조선총독부 철도국, 1933).
도문에서 조선의 남양을 바라본 장면이다.
도문선은 함경도 쪽 이민 행렬을 실어나르는 가장 중요한 통로였다.

력을 타고 혹은 또 기차를 타고 진작 사라진 나라의 국경선을
건넌다. 그리하여 두만강 앞에 섰을 때, 누구 하나 죄인이 아
닌 자 없었다. 모두 코끼리처럼 말이 없었다. 강 건너 바람은
이리처럼 날뛰어 그들의 가슴은 더욱 차갑게 얼어붙었다. 일
제 강점기를 되새길 때 반드시 기억해야 하는 이용악의 명편
또한 이렇듯 쓰린 역사 속에서 탄생한다.

나는 죄인처럼 수그리고
나는 코끼리처럼 말이 없다
두만강 너 우리의 강아
너의 언덕을 달리는 찻간에
조고마한 자랑도 자유도 없이 앉았다

아모것두 바라볼 수 없다만
너의 가슴은 얼었으리라
그러나
나는 안다
다른 한 줄 너의 흐름이 쉬지 않고
바다로 가야 할 곳으로 흘러내리고 있음을

지금
차는 차대로 달리고
바람이 이리처럼 날뛰는 강 건너 벌판엔
나의 젊은 넋이
무엇인가 기대리는 듯 얼어붙은 듯 섰으니
욕된 운명은 밤 우에 밤을 마련할 뿐

잠들지 말라 우리의 강아

오늘 밤도

너의 가슴을 밟는 뭇 슬픔이 목마르고

얼음길은 거츨다 길은 멀다

길이 마음의 눈을 덮어줄

검은 날개는 없느냐

두만강 너 우리의 강아

북간도로 간다는 강원도치와 마조앉은

나는 울 줄을 몰라 외롭다

―「두만강 너 우리의 강아」(1938)

(21)

함경선을 탄 작가

1939년 10월, 조선문인협
회가 발족한다. 중일전쟁 이후 전개되는 시국의 변화 양상에
문인들도 적극적으로 대응하자는 취지를 내세웠다. 새로운 국
민문학의 건설과 내선일체의 구현이 구체적인 목표였다. 이광
수가 초대 회장을 맡았다.

평안북도 정주 출신 소설가 이석훈은 1940년 12월 조선문인
협회가 기획한 대중 강연대에 참여하여 함경도 지역으로 문예
보국 순회 강연을 다녀왔다. 그는 이 경험을 토대로 3부작 소설
「고요한 폭풍」(1941~1942)을 썼다.[1] 이 작품은 일제에 저항하
는 일이 참으로 어려워진 상황에서 문인들이 과연 어떤 태도를
견지할 수 있었을까를 따질 때, 마치 하나의 시금석 같은 작품
으로 의의를 지닌다.

실제의 강연대는 네 개 반으로 구성되었다. 1반은 경부선, 2
반은 경의선, 3반은 호남선, 4반은 함경선. 이석훈은 극작가 함
대훈, 경성제대에서 영문학을 전공한 데라모토 기이치, 스기모
토 나가오와 함께 4반에 들어간다.

그런데 소설에서는 바로 이 함경도행 4반이 문제가 된다. 다
른 반은 무난하게 지원자를 채웠는데 유독 함경선만은 지원자

자체가 아예 없었던 것이다.

"함경선은 어째서 이렇게 인기가 없을까요?"

"추우니까요."

"추워서라기보다는 무서워서예요."

"거기는 좀 깐깐해요."[2]

스스로 무명작가라고 생각하는 박태민은 이런 말을 듣자 스스로 함경선을 지원한다.

박태민이 누구보다도 먼저 함경선을 희망한 데는 그 나름대로의 이유가 있었다. 그의 고향이 경의선에 있어 고향에 금의환향하는 허영심으로 말하자면 경의선에 참가하고 싶었다. 그러나 현실에 대한 심각한 기분이 그런 허영심을 이겼다. 수상한 시대의 흐름이 모든 감상과 편견을 배제한 새로운 역사를 창조하고 있었다. (중략) 이 기회에 나를 단련해야지. 나는 지금 방황하고 있어. 어떻게 해야 할지 모르고 있다. 이번 시련이 내가 가야 할 방향을 가르쳐줄지도 몰라. 나를 단련하기 위해서는 시련이 필요하다. 함경도 방면은 사상적으로 거친 경험을 가진 지방이다. 그런 지방으로 가서 부딪쳐보는 거야. 내가 그들을 가르친다기보다는 오히려 내 단련을 위해 떠나보자. 이것으로 나도 방황에서 구원받을지도 모르니까. 박태민은 실제 시련에 맞서고 싶다는 엄숙한 기분으로 인기 없는 함경선을 희망한 것이다.

실제로 함경도는 조선의 사상운동에서도 독특한 위상을 차지하고 있었다. 아마 오래도록 중앙과는 동떨어진 채 변방의 삶을 견뎌야 했던 고단한 역사가 함경도 사람들의 밑바닥 정서 형성에 주요하게 작용했을 터였다. 아울러 지리적으로도 만주와 시베리아와 가까워 그만큼 외부에서 들어오는 새로운 시대의 흐름에 민감할 수밖에 없었을 것이다. 앞서 언급했듯이 1930년대 초 다른 지역에 견주어 특히 이 지역에서 적색 노동조합과 농민조합 활동이 왕성했던 이유 역시 사회주의 사상을 쉽게 받아들일 수 있는 지리적 특성과 무관치 않았다. 그러다 보니 같은 사상범 사이에서도 함경도 사람들을 포함해 북방 출신들의 존재는 돌올했던 모양이다. 김남천과 김광섭은 서대문 형무소에 있을 때 만난 북관이나 만주 사내들에 대해 말할 때 거의 존경에 가까운 표현을 아끼지 않았다. 심훈이 장편 소설 『불사조』에서 간도 출신 ○○단 일파에 대해 경외감을 드러낸 것도 마찬가지 차원에서 살필 수 있겠다.

홍룡이가 갇힌 감방에는 다행히 잡범은 없었다. 간도 ○○당 일파요, 그중에는 강도 살인 및 폭발물 취체 위반 같

은 무시무시한 죄명을 걸머진 직접행동패들이었다. 그중
에는 만 일 년 반이나 예심에 걸린 채 재판소 구경도 한 번
못해 본 사람도 있다. 그 나머지는 ○○사건에 앞장을 서던
기골이 장대한 북관의 청년들이다. 오랫동안 꺼둘러다니
며 경찰서에서 심한 취조를 당했건만 그래도 그 기상과 그
태도는 조금도 변함이 없다. 정강마루까지 오는 두루마기
를 입고

"○○의 말이 옳지 않는 게 아이라 회관을 설하고 동지를
양하여…"

하고 함경도 사투리를 써가며 아침만 지나면 굵다란 목소
리로 기염을 토한다. 미리 잡혀올 줄 알고 솜바지를 둘씩
입은 굼튼튼한 친구들이다.[3]

　다시 이석훈의 소설로 돌아가면, 준비 모임에 참가하고 돌아
오는 길에 박태민은 어느 잡지사에 들렀다가 신진작가 고영목
이 시국을 비판했다는 혐의로 도경찰부에 검거되었다는 소식
을 듣는다. 집에 돌아온 그는 그 소식을 아내에게 이야기했는
데, 놀란 아내는 박태민도 조심하라고 하면서 이 기회에 그가
갖고 있던 러시아어 책들도 없애버리라고 말한다. 그날 밤 박
태민은 아내의 말을 좇아 러시아어 책들을 모두 불태워버린다.
　강연대에 참가한다는 소식이 신문에 보도되자 문인들은 박

태민에게 노골적으로 차가운 시선을 보냈다. 대놓고 고개를 돌리는 이들도 많았다. 박태민은 그런 태도가 "소심하고 겁이 많은 주제에 남보다 허영심이 많고 줏대가 없는" 문단 사람들의 특징이라고 생각했다.

소설의 제2부에서는 박태민 일행의 함경선 일대 강연 활동이 본격적으로 전개된다. 그들의 여로는 함흥을 거쳐 성진, 청진, 나남으로 북행했다가 도로 남하하여 원산을 거쳐 서울로 돌아오는 것이었다. 함경선 기차를 타고 가는 도중 박태민은 차창을 통해 눈에 담기는 동해를 일본해라고 부른다. 그런 그의 태도가 지극히 자연스럽다. 함흥은 그가 직장 관계로 1년여 근무했던 곳이기도 했다. 하지만 그곳에서 한 첫 강연은 그에게 큰 실망만 안겨주었다. 청중들은 강연 도중 반도 넘게 회당을 빠져나갔던 것이다. 조소와 야유마저 들어야 했다. 그날 밤 박태민은 예전에 좌익운동을 했던 여성 문사 나성희를 만났다. 그녀는 강연에서 박이 실제 속마음을 드러내지 않았을 거라고, 진심은 아닐 거라고 말하는데, 박태민은 외려 그게 제 신념이며 양심을 걸고 한 강연이었노라 대꾸한다. 나성희는 그런 태도를 보이는 박태민을 조롱한다.

이후 성진에서도 청중은 중간에 우르르 빠져나갔다. 강연 후에는 어느 신문 기자와 함께 술을 먹는다. 기자는 박태민의 강연이 진심에서 우러나온 것은 아닐 거라고 말한다. 박태민은 양심을 걸고 한 말이라고 대답했다. 그때부터 기자의 태도가 달라졌다. 그는 평소 존경하던 문사가 이런 태도를 보이다니 실망했다면서, '일본주의'를 주장하는 것이야말로 양심을 팔아먹는 행위라고 비판했다. 박태민은 화가 나서 이렇게 쏘아붙였다.

"자네가 애독하지 않아도 돼. 자네가 애독하는 박태민은 쇼와 15년 11월에 죽어버리고 새로운 박태민이 태어난 거야. 자네 정도의 양심은 나도 있어! 자기가 아니라도 상관없어. 나는 진실을 살아가는 평범한 인간으로 충분해. 자네야말로 위선자잖아. 동포의 운명에 눈을 가리는 교활한 에고이스트잖아. 그런 주제에 명예도, 지위도, 돈도 원하지. 부자나 관헌들에게 아부를 하고 전전긍긍하는 건 바로 자네야. 난 양심이 명하는 대로 행동할 뿐이다. 난 자네와 더 이상 이야기하지 않겠어. 난 가겠네."

그러자 기자는 박태민의 옆구리를 세게 걸어찼다.

제3부에서 박태민 일행은 함경선의 강연회를 마치고 돌아오는 길에 원산에서 또다시 청년들로부터 '집요한 환영'을 받는다. 그들은 환영회를 열어준답시고는 연사들을 놔둔 채 자기들끼리 서양 노래만 불러댔다. 그러더니 나중에는 기생들을 붙여준다고까지 했다. 박태민은 참지 못하고 돌아섰다. 조선 청년들은 그런 박태민을 억지로 붙잡아 놓고 집단 구타를 하려는데

마침 박태민의 일본인 일행이 나타나 실패한다.

서울에 돌아온 박태민은 일본인 편집자 기타하라 여사가 주관하는 잡지 『생활의 깃발』에 일본어로 글을 부탁받는다. 스스로 무명에 가까운 문인이라고 생각하던 그는 그 기회를 거부하지 않았다. 그는 조선어 대신 국어(일본어)로 당당하게 글을 쓴다. 서툰 문장에 서툰 작품이었지만, 의욕만큼은 새로운 의지를 분명히 밝힌 작품이었다. 그 글을 쓰고 나자 우선 어둡고 비틀린 태도로 민족의 비원을 노래하던 조선 문학의 구태에서 벗어나 앞으로는 밝고 건강하고 여유로운 작품을 쓰겠다는 열의가 불타올랐다. 이후 창씨개명이 이루어지자 박태민은 두 번 생각하지도 않고 모리 도오루라고 성과 이름을 바꾼다. 기타하라 여사는 그런 그에게 내지 견학의 기회를 주선한다. 일본에 가서 평소 가보고 싶었던 여러 곳의 '성지'를 두루 둘러보게 된 그의 신념은 한층 굳어진다.

10년 전의 외래 사상이 폭위를 떨치던 당시의 동경에서의 학창 시절과 비교하여 이번의 성지 순례는 수십 배는 더 '일본'에서 귀중한 무엇인가를 얻은 것만 같았다. 울창한 삼림에 묻힌 수려하고 안정되고 정돈된 농촌, 숲이 있는 곳마다 반드시 신사가 있는 경건한 신앙 생활, 신궁의 숭엄한 분위기, 겸손하고 과묵한 주민들, 아름답고 정숙한 여자들, 이들 모두가 그의 마음에 깊이 새겨져 존경과 동경을 품게 하는 것이었다. 이번에 일본에 오길 정말 잘했다는 생각이 들었다. 즉, 자신이 강연회를 통해 대중 앞에서 외친 말들이 절대로 허위나 아부가 아닌 진실이라는 확신에 도달한 것이었다.

자신감에 가득 차 조선에 돌아온 그는 '영원히 잊을 수 없는 12월 8일'을 맞이한다.

진주만 기습!

이제 모리 도오루가 된 박태민은 어린 시절 평양에서 보았던 광경을 상기한다. 평양 서쪽 일각에 이국적인 색채가 농후한 양촌이라는 선교사 마을이 있었는데, 거기서 소를 먹이던 한 소년이 로버트 교장으로부터 채찍으로 사정없이 두들겨 맞던 광경이었다. 그 광경을 목격한 어린 박태민은 교장을 보고 "유배드 맨!"하고 소리쳤다. 그리고 그날 이후 복음을 전한다는 선교사들에게 묘한 적개심을 품게 되었다. 진주만 기습이 성공하자, 그는 그 시절의 원한까지 모두 풀리는 것 같아 후련함을 느꼈다.

진주만 이후 얼마 지나지 않아 조선에도 2년 후에는 징병 제도가 실시된다는 발표문이 나왔다. 모리 도오루는 아아, 드디어 조선이 여기까지 왔구나, 감격에 젖지 않을 수 없었다. 제가 옳

왔던 것이다. 2,700만 조선의 동포들도 일본을 통해 영원히 구원을 받을 거였다.

한 점의 회의도 필요 없다. 한순간의 망설임도 금물이다.
앞으로 나아가자! 태양을 향해 똑바로 전진하라!

그는 가슴 벅찬 감격을 쉽게 가눌 수 없었다.
주변 사람들의 태도도 일변한다. 함흥의 그 잘난 나성희도, 성진의 그 당당하던 기자도 어느새 자신들의 '묵은 잘못'을 뉘우치고 새 시대의 대열에 동참하겠노라 고백하는 것이었다.
훗날 김재용은 이석훈의 「고요한 폭풍」을 예로 들어 일제하 일부 작가의 친일 협력이 비단 외부의 강압에 의해서만 이루어진 게 아니라는 사실을 입증하고자 했다. 그에 따르면, 친일은 철저히 자발적이었다. 따라서 자발적이지 않다면 친일 협력이라고 부를 수 없다는 논리 역시 성립한다.[4]

(22)

두만강을 기억하는
다른 방식

서수라는 함경도에서도 동 북쪽 끝이다. 1,300리를 쉬지 않고 달려온 두만강이 동해 바다 와 만나는 조산만에 있어 말하자면 우리나라 최북단의 어항이 다. 상허 이태준의 등단작인 「오몽녀」(1925)의 배경이기도 하 다. 소설은 거기서도 10리쯤 북쪽으로 더 들어가 두만강가요 동해변인 삼거리에 살던 눈먼 점쟁이 지 참봉과 아홉 살 때 그 에게 30몇 원에 팔려온 오몽녀가 벌이는 애욕의 이야기다. 짧 지만 국경의 거친 삶의 모습을 느끼기에는 충분히 길다. 내용 만이 아니다.

"무쉴에 객보르 앙이 함둥? 쇠쟁이 뇌했습데. 아무렇게나 내 좋을 데루 말하겠으꼬마. 시얼히 뇌히겠습지. 과히 글탄으 마십 껑이."

마치 외국어 같은 이런 말을 알아들을 수 있는 독자가 당시 에도 많지는 않았을 것이다.

겨울철 두만강변은 눈과 얼음의 별세계였다.

눈이 왔다 하면 며칠을 두고 밤이고 낮이고 퍼붓기 일쑤였 다. 길이란 길은 모두 사라지고 집들도 죄 눈에 파묻혔다. 까치 도 지척을 몰라 울부짖었다. 눈보라가 사납게 불고 난 아침, 부지런한 아이들은 하늘에 길을 내고 다니다가 길 잃고 죽은 까치의 시체를 발견했다. 까치가 얼어 죽으면 북쪽 그 눈 나라에서도 무서운 추위라 했다. 그런 때면 어느 고개 밑에서 길손이 앉은 채 죽었다는 이야기도 들려왔다.[1]

밤이면 얼어붙은 두만강 위로 이리의 울부짖음 같은 바람이 날뛰는데, 밀수꾼들이나 독립군들은 오히려 그런 밤을 노려 강을 건넜다. 그런 북국에도 봄은 온다. 그 봄은 어느 날 새벽잠을 깨우는 쩌엉쩡 소리와 함께 찾아오는데, 몇 자나 꽁꽁 얼어붙었던 두만강의 얼음장이 그렇게 터지는 것이다. 그리고 다시 며칠 후 무심코 눈길을 던지면 강은 언제 언 적이 있었냐는 듯 시치미를 뚝 떼고 조는 듯 잠자는 듯 느릿느릿 동으로 흘러갔다.[2] 조금 더 부지런하면 거울같이 맑은 강물에 화사한 아침 햇살이 쏟아져 두만강 전체가 보석처럼 빛나는 장관을 눈에 담을 수도 있었다.

최인훈의 「두만강」(1970)은 이렇게 시작된다.

1943년의 H읍, 북쪽의 대강大江 두만강변에 있는 소도시다. 육진의 한 고을로 군내에는 여진족도 살고 있다. 일제 '조선군'의 세 연대 가운데 한 연대 고사포대, 야포대, 군마 보급대, 비행대가 집결한 군사 도시다. 주민 분포에서 일인이 차지하는 비율이 이만큼 높은 도시는 조선 안에는 없었

두만강.

을 것이다. 근교에 양질의 유연 탄광이 있고, 백두산 일대에서 베어낸 목재가 뗏목으로 흘러내려 H읍에 집산한다. 제재제지 공장도 당연히 있게 마련이다. 조선인 소학교가 넷, 일인 소학교 하나, 상업 학교가 하나, 여학교가 하나, 캐나다 선교부, 도립 병원, 유명한 도자기의 산지, 밝고 단단한 벽돌도 구워낸다. 강 건너 만주 쪽과의 정正·밀密무역이 성해서 물산 객주 집과, 거기 붙어사는 프티 암흑가, 주민의 인종별을 보면, 조선인·일본인·여진족·중국인·백계 러시아인·캐나다인이다. 백계 러시아인은 양복집, 모피상, 화장품 가게 같은 걸 한다. 여진족은 화전, 숯구이 따위, 중국인은 야채 재배, 그리고 어디서나 하는 호떡집, 요릿집. 일인은 군·관과 그 가족, 그리고 상인, 지주, 나머지가 조선인이다. 기간 주민이니, 위에 든 여러 인종의 직업 전부에 걸쳐 있다. 조·만·소 국경에 위치한 곳이라 특고와 헌병, 특무의 그물이 거미줄 같다. 한말 이래 의병, 독립군, 빨치산 따위 항일 각파에 의한 대소 사건이 연달아 이곳을 무대로 삼았다.[3]

H읍은 함경북도 회령이다. 최인훈은 1936년 회령에서 태어났다. 그가 작품의 머리에 내건 회령에 대한 설명은 역사적 사실에 대체로 부합한다.[4] 예부터 회령은 두만강변에 자리 잡은

332

국경의 요지였다. 세종 때 여진을 물리치고 육진을 둔 것도 그 때문이었다. 여진의 흔적은 회령뿐만 아니라 함경도 곳곳에 이른바 재가승 마을 형태로 남아 있었다. '재가승在家僧'이란 육진 개척 당시 귀화하여 조선에 살던 여진족의 후손을 두루 일컫는 말이다. 외모는 조선인과 구별되지 않았지만 대개 깊은 산중에 몰려 살았다. 당시 일반 평민조차 그들을 천대했기 때문인데, 조선 초기 억불 정책과 맞물려 그들을 천한 승려에 비유해 그런 이름이 붙었을 것이다. 1919년경의 한 조사에 기대면 회령에는 재가승이 360호, 약 2,300명 있었다. 당시 회령의 전체 인구가 3만 623명이었으니 7.5퍼센트라는 적잖은 비율을 차지한 셈이다. 물론 출신을 숨긴 이들까지 합하면 그 비율은 더 커질 것이다. 그들은 산속 깊이 살면서 주로 화전을 일구었으며, 그 밖에 땔나무를 해서 팔거나 숯과 자기를 구워 팔아 생계를 꾸렸다. 파인 김동한의 저 유명한 서사시 「국경의 밤」(1925)에 등장하는 여성 화자 순이네가 바로 재가승(집중) 집안으로 여진의 후예였다. 그리고 여진은 여진끼리만 혼인할 수 있다는 불문율 때문에 순이를 좋아하던 한 마을의 소년은 홀연히 자취를 감춘다.

지정학적 측면에서 회령의 중요성은 근대에 들어와서도 조금도 줄어들지 않았다. 두만강을 끼고 중국, 러시아, 조선이 지척에서 서로 이마를 맞대고 있는 형국이기 때문이다. 이 때문

두만강변의 국경 도시 회령읍 전경(1933).

에 대륙 진출을 노리는 일본과 이를 저지하려는 러시아의 이해 충돌은 불가피했다. 러일전쟁 당시 회령은 러시아군이 차지하고 있었다. 1904년에 회령에 들어왔다가 전쟁 막바지까지 주둔했다. 전쟁으로 인한 피해는 곳곳에 남았다. 강제로 전쟁에 동원되었다가 애꿎게 목숨을 잃은 사람들도 많았다. 무엇보다 러시아군이 한 마을을 점령해 그곳의 남자들을 전부 내쫓고 여자들을 집단으로 유린해 나중에 혼혈아가 수십 명이나 태어난 비극도 있었다.

회령을 방문한 어떤 기자가 그 사태를 두고 참으로 허망하게, 또 참으로 어처구니 없게 말을 보탰다.

그 촌락에는 열녀도 없었던지 양인洋人 남편을 바꾸어 모시고 살았다. 총검 끝에야 인정이 있었을 이치가 없다. 하향궁촌*의 부녀자가 난리가 나면 그런 강제 생활도 당연하다고 생각하였을 것도 무리는 아니다. 일청전쟁 시 일병 통과하는 서슬에 피난 가던 서울 사람도 있었다. 남은 타국을 정복하려 출병하는데 피난 가는 도회인이 있으니 국경 촌민을 허물할 수 없다.[5]

물론 전쟁 당시 일본군의 부녀자 겁탈도 빈번하게 발생했다. 하지만 세월은 속절없이 흘렀다.

소설이 설정한 시간은 1943년이다. 러일전쟁으로부터는 근 40년이 흘렀고, 일제의 공식적인 식민 지배도 이미 33년째로 접어든 상황이었다. 그새 회령은 어떤 도시가 되었을까. 러일전쟁 직후 회령에 보병 1개 대대의 수비대를 배치했던 일제는 1920년부터는 나남에 사령부를 둔 제19사단 휘하 제75연대를 주둔시켰다. 공병 제19대대, 헌병 분대, 육군 창고 출장소, 육

---

* 하향궁촌(遐鄕窮村): 멀고 외딴 곳의 가난한 마을.

군 연습장 등도 있었다. 일제는 그만큼 회령이 동아시아 정치·군사 지형에서 차지하는 중요성을 인식하고 있었던 것이다. 그뿐만 아니라 회령은 식민지 조선 내부에서 끊임없이 이어지는 독립에 대한 민족주의적 열망과 이를 억지하려는 일본의 이해가 정면으로 충돌하는 현장이기도 했다. 3·1 운동과 경신참변 (1920) 이후에는 무장 독립운동 세력이 다양한 형태로 국내 진공을 시도하며 긴장을 조성했다. 1930년대에 들어와서는 특히 공산주의 독립운동 세력의 움직임이 활발하게 전개되어, 일제는 국경 경비를 한층 강화하지 않을 수 없었다. 예컨대 만주사변이 발발하자 1931년 12월에는 만주 연길현 명월구에서 중국과 조선의 공산주의자들이 십여 일에 걸쳐 이른바 명월구 회의를 열고 동만에 항일 유격대와 항일 유격 근거지를 만들 것을 결정했다.[6] 그때부터는 실제로 동만 각지에 항일 유격대가 구축되어 적극적인 무장 투쟁을 벌여나갔다. 이들 대부분은 조선인 부대였다.

하지만 회령이 이처럼 조선 안팎의 여러 무력이 충돌하는 현장이었던 것만은 아니다. 회령은 육진 중에서도 그 지리적 여건 때문에 무역의 거점이기도 했다. 1628년(인조 6년)부터는 이른바 북관 개시開市가 열려 국경 최대의 무역 도시로 성장해 왔다. 근대에 들어서도 두만강 양안 무역의 중심지로서 그 기능을 다했는데, 이에는 물론 정무역뿐만 아니라 밀수까지도 포함된다.

파인의 서사시 「국경의 밤」이 두만강의 밀무역을 소재로 하고 있다는 것은 주지의 사실이다.

"아하, 무사히 건넜을까,
이 한밤에 남편은
두만강을 탈없이 건넜을까?

저리 국경 강안을 경비하는
외투 쓴 검은 순사가
왔다―갔다―
오르명내리명 분주히 하는데
발각도 안 되고 무사히 건넜을까?"

소금실이 밀수출 마차를 띄워놓고
밤새가며 속태우는 젊은 아낙네
물레 젓는 손도 맥이 풀어져
파! 하고 붙는 어유魚油 등잔만 바라본다.
북국의 겨울밤은 차차 깊어가는데.

참고로, 파인의 첫 부인 신원혜는 원산 출신인데, 서울에서 정신여고보를 졸업한 후 1922년 캐나다 선교회가 운영하던 회령의 보흥여학교에 와 6개월간 교원 생활을 했다.[7] 이후 해삼위와 용정 등지에서 교원 생활을 계속하다가, 1926년 파인과 결혼한다.

조선의 입장에서 보면 회령은 변경 교통의 요지이기도 했다. 읍 자체는 두만강변의 평야 지대에 자리 잡고 있었다. 그렇더라도 남쪽의 험준한 산악 지대 때문에 특히 남쪽으로 이동하는 교통은 크게 불편할 수밖에 없었다. 1908년 청진이 개항하면서 국경 도시 회령의 중요성도 그만큼 커졌다. 이에 따라 1914년에는 청진-회령 간에 1등 도로가 개설되었고, 1917년에는 기왕의 군용 철도를 보완하여 청회철도도 개통했다. 이 청회철도 개통으로 종래 지린과 블라디보스토크를 경유해 조선으로 오던 만주 지역의 화물이 대부분 회령을 통해 직접 반입될 수 있었다. 동시에 청진항의 일본행 수출 역시 그만큼 편리해졌다. 함경선까지 개통되면서 회령은 더 이상 변경의 오지가 아니었다. 시간은 걸리더라도 서울에서 직접 철로만 타고도 회령에 올 수 있었으며, 거기서 다시 1920년 회령-도문 간에 개설된 도문선 경편 철도를 이용하여 간도에 들어갈 수도 있었다. 1933년 가을에는 만주와 조선을 연결하는 가장 대표적인 길회선이 완전히 개통된다.

예전부터 국경 무역의 요충지였던 만큼 회령의 조선인 중에는 재력 있는 상인이 적지 않았다. 주민의 살림살이도 조선의 다른 도시들에 비해 나쁜 편이 아니었다. 그러나 1920년대 중반 이후에는 일본인과 중국인이 주요 상권을 장악하여 조선인들은 상대적으로 침체를 면하지 못했다.

최인훈의 경우, 아버지가 벌목 산판과 제재소를 가지고 있었기 때문에 어린 시절 경제적으로 특별히 어려움을 겪지 않았다. 회령은 예로부터 주변 산악 지대에서 생산된 목재의 집산지로서 압록강 하구의 신의주와 더불어 제재 공업의 쌍벽을 이루었다. 회령에 모인 나무는 가공되어 탄광용 갱목이나 펄프 원료로 공급되거나, 두만강의 뗏목이나 철도를 이용하여 다른 지역으로 반출되었다. 소설에서는 여주인공 현경선의 아버지 현도영이 제재소 사장으로 나온다. 사업은 호경기였다. 특히 군부대에서 쉴 새 없이 주문이 들어왔다. 현은 제재 공장에서 쓰는 원목을 상류에서 내려오는 나무에만 의존하지 않고 근처에 따로 조금 갖고 있는 산판의 것도 쓰기 때문에 크게 문제가 없었다. 어떤 때는 주문하는 쪽에서 병력까지 직접 산판 채벌 현장에 투입해 바쁜 일손을 도울 정도였다.

1943년, 최인훈의 소설 속에서 그의 페르소나처럼 등장하는 소년 한동철은 소학교 3학년생이었다. 그는 무엇 하나 부족함이 없었다. 그의 아버지는 목재상이 아니라 일본에서 공부하고 돌아와 개업한 의사로 등장한다. 가정적으로도 무척 자상했다. 아버지는 저녁에 신문을 들여다보며 아내와 둘째 아들 동철에게 "허, 오늘도 또 적의 구축함이 침몰되었군"하고 말한다. 신문—한국어 신문들이 진작 다 폐간된 후 유일하게 남은 건 『매일신보』 하나뿐이었다—에는 큰 제목으로 '○○해전에서 아我 해군 대승'이라고 쓴 기사와 격침된 '적'의 군함 사진도 있었다.

그러자 동철이가 아버지에게 묻는다.

"아버지, 우리 일본이 꼭 이기지요?"

"이기구말구. 우리 일본군은 세계에서 제일 강한 군대야. 미국과 영국 군대는 싸움하기를 싫어하고 목숨을 아껴서 힘껏 싸우려 하지 않고 내뺄 궁리만 하니 목숨을 초개같이 여기는 우리 충용무쌍한 일본군에게 감히 당할 수 있나. 전쟁은 곧 끝날 거야."

"미국 놈들은 자기네가 전쟁에 이기면 우리 일본 사람은 모조리 죽이고 만다지요?"

"그렇지. 미국의 루즈베루또(하고 그는 일본식으로 발음한다)와 자찌루는 세계를 자기네 노예로 만들고 자기네 민족만 잘살고 잘 먹고 하려고 하였거든, 그래 동양의 맹주로서 동양 사람들이 잘사는 길을 위해 힘쓰고 있는 일본을 눈엣가시처럼 미워했단 말이야. 그리고 이런 일본의 뜻을 모르고 일본의 사업에 방해하는 중국의 쇼까이세끼를 자꾸 도와줘서 일본을 어려운 입장에 놓으려고 했단 말이야. 여기서 일본은 더 참을 수 없어서 오소레 오오꾸모 덴노오헤이까(황송하옵게도 천황 폐하)…."

루즈베루또는 루즈벨트, 자찌루는 처칠, 중국의 쇼까이세끼는 장개석이다. 아버지는 천황의 이름을 말할 때 자세를 바로잡는다. 어린 한동철도 아버지처럼 허리를 펴고 무릎에 손을 올려놓는다.

"덴노오헤이까의 뜻을 받들어 드디어 미영과 싸움을 벌이게 된 것이야."

아버지 한 의사는 평상시에도 집에서 일어를 쓰게 했고 모든 법도를 일본식에 따랐다.

최인훈의 『두만강』은 독자들을 당혹시킨다. 소설에서는 한동철과 그 가족, 그리고 한동철의 형과 사귀는 연인 현경선과 그 가족이 서사를 이끌어간다. 그들 중 상당수는 훗날 너무나 당연시된 민족주의라는 그물만으로는 결코 포착할 수 없는 캐릭터들이다. 다시 말해 1943년 그들의 정체성은 이미 조선인이 아니라 '우리 일본', '우리 일본군', '우리 일본 사람'이었다. 천황의 이름을 말할 때 자세를 바로잡는 것은 그들이 새로운 DNA를 꽤나 깊이 형성해가던 중이라는 하나의 증거였다.

따라서 최인훈 소설의 두만강·회령은 한국 근대 문학이 그동안 구축해온 두만강·회령의 이미지하고는 전혀 다른 모습으로 등장한다. 독립운동이라든지 밀무역의 무대라는 설명만으로는 부족했다. 또 최서해가 직접 겪었듯이 고난의 서사를 집약한 무대도 아니었다. 예컨대 최서해에게 두만강·회령은 식민지 민중의 처절한 고통 그것에서 한 치도 벗어나지 않았다. 그는 간도로 갔다가 도저히 버티지 못해 다시 두만강을 건너 귀국한다. 짧은 단편 「고국」(1924)에 기대면 그때가 1923년 3월 어름이었다. 그는 사동탄에서 강을 건넜는데, 지키는 순사는 어디 거진가 하여 그를 거들떠보지도 않았다. 「고국」의 주인공 운심이는 한때 독립군에 뛰어들어 배낭을 지고 총을 메었다. 그러나 그 이듬해 간도 소요를 겪은 후로 독립당의 명맥이 일시 기운을 펴지 못하게 되자 군대도 해산되다시피 사방에 흩어졌다. 운심이도 배낭을 벗고 총을 집어던진 채 표랑한다. 머리는 귀밑을 가리고 검은 낯에 수염이 거칠었다. 두 눈에는 항상 붉은 핏발이 섰다. 어떤 때에는 아편에 취하여 중국 사람 골방에 자빠진 적도 있었다. 마침내 그는 자신이 "점점 어둑한 천인갱참에 떨어져들어가는 줄 모르게 떨어져들어감"을 깨닫고 귀국을 선택한다. 찾아갈 곳도 없고 기다려주는 이도 없건마는 '알 수 없는 무엇'이 그를 돌아오도록 이끈 것이었다. 그렇게 해서 운심이는 처음 회령 땅을 밟았다.

실제로 최서해는 그때부터 근 2년간 회령에 머문다. 주로 "서울역을 줄여놓은 것 같은, 하얼빈역 비슷하다는 말"[8]을 듣기도 하는 회령역에서 곡물 짐을 나르는 인부 일을 했다. 「무서운 인상」(1926)은 그때의 체험을 고스란히 반영한다. 회령역에서 한 추레한 할머니가 일을 하고 있었다. 운반 과정에서 떨어진 콩을 쓸어 담는 것인데, 그것도 아무나 할 수 있는 일은 아니었다. 감독에게 잘 보여야 겨우 자리를 얻을 수 있었다. 하지만 할머니의 경우 감독의 눈에 들 만한 어떤 조건도 갖추지 못했다. 그래도 그녀는 줄곧 거기서 이른바 '콩쓸이'로 일을 해왔고, 조선인 인부들 역시 할머니에게 인사라도 건네며 지낸다. 나중에 드러나지만, 그녀의 남편은 가족을 떠나 회령역에서 홀로 일하다가 관격*이 되어 죽고 말았다. 소식을 듣고 회령을 찾아온 모자는 주변의 도움으로 정거장을 무대로 살아가기 시작한다. 그러다가 어린 아들 역시 목도꾼으로 일하던 중 그만 나무에 깔려 죽는다. 불행은 그것으로 끝이 아니었다. 천하에 혼자가 된 그 '쓰레기 노친', 즉 콩쓸이 할머니조차 눈이 펑펑 내리던 어느 날 기차에 치여 즉사하고 마는 것이다.

이럴진대 최서해에게 회령은 눈 쌓인 하얀 선로에 흩뿌린 붉은 선혈과 조금도 다를 바 없었다. 「무서운 인상」의 화자인 '나'는 그 사건에 충격을 받고 역을 떠난다. 사실 그건 나만의 문제도 아니었다. 「백금」에 나오듯, 회령역에서 일하던 조선인 노동자들에게 닥친 '단체적인 운명'이었다. 계해년(1923) 흉년으로

---

* 관격(關格): 먹은 음식이 갑자기 체하며 생기는 위급한 증상.

343

말미암아 회령역을 경유하여 일본으로 수출되는 간도의 대두가 끊어졌다. 그 때문에 겨울 한철에 대두 일로 먹고살던 회령역의 노동자들도 출출히 마르게 되었던 것이다.

최인훈의 두만강·회령은 전혀 다르다. 착취와 모멸, 억압과 분노의 풍경이 아니다. 두만강은 젊은 연인 현경선과 한성철이 들놀이를 가는 도중에 만나는 강이다. 식민지에도 사랑은 움트고, 아름다운 청춘은 그걸 누릴 권리가 있다. 두림 마을 너머에 두만강의 느릿한 흐름이 있다. 햇살이 뜨거웠다. 그들은 거기서 쉬어가기로 한다. 경선은 낭떠러지 아래로 몸뻬 입은 다리를 드리운다. 그때 함께 온 어린 동철이가 "떨어진다!"하며 떼미는 시늉을 했다. 자리를 잡고 앉아서 땀을 닦느라고 손수건을 꺼내려던 경선은 깜짝 놀라서, "어머나!"하고 곁에 앉은 성철의 팔에 매달렸다.

사실 두만강은 경선의 방에서도 보였다. 그녀의 방은 새로 지은 양관의 2층에 있고 하나가 아니라 두 개였다.

경선은 서재를 지나 침실로 들어갔다. 침대 머리맡으로 난 창 앞에 서서 커튼을 열었다. 이 방에 서면 앞산 모퉁이를 비껴 멀리 두만강이 보인다. 눈이 쌓인 까닭으로 강 몸을 분간할 수는 없었다. 경선은 창틀에 팔굽을 괴어 두 손으로 턱을 받치고 몸을 앞으로 굽혀 강 쪽을 내다보았다. 희디흰 벌판을 건너 경선의 눈길은 국경을 넘어 저편으로 달린다. 벌판이 막힌 저편 만주의 땅에는 무딘 산줄기가 낙타의 등처럼 달리고 있다. 경선은 그 벌판을 곱슬곱슬이 머리를 틀어박고 풀을 뜯어나가는 양들의 모습을 언제 또 볼 것 같지 않다. 이렇게 왼통 흰눈으로 덮인 산천이 어떻게 눈이 시린 푸른 들과 뭇 들꽃과 그 모두를 젖 먹이는 말 없는 어머니 두만강의 느릿한 흐름을 만들어낼 수 있을까 싶었다. 경선은 계절에 대한 천성의 천치이기나 한 것처럼 그런 계절의 바뀜이 올 것이 믿어지지 않았다. 이 겨울은 언제까지나 영구히 H읍을 다스릴 것 같았고 자기는 언제까지나 이렇게 그 두만강을 내다보고 있지 않으면 안 될 것 같다.[9]

제재 공장을 운영하는 부유한 집의 외동딸인 경선만 '계절의 바뀜이 올 것'이 믿어지지 않은 게 아니었다. 러일전쟁이 터지던 1904년도, 안중근의 장한 의거 소식이 들려오던 1909년도, 만세 운동의 들불이 이 변방에까지 활활 타오르던 1919년도, 그리고 그로 인해 만주 벌판에 온통 대참변이 일어난 경신년(1920)도, 그 후 두만강 안팎에서 무수히 벌어지던 크고 작은 무장 투쟁의 시기도 옛날이야기처럼 다 지나갔다. 2층 깔끔한 제 방에서 두 손으로 턱을 받치고 창밖을 내다보는 경선이나 H

345

읍의 다른 조선인 주민들도 이제 다른 풍경일랑 볼 수도 생각할 수도 없었다. 왜냐하면, 1943년이었으니까!

H읍 사람들은 일본 사람에 대하여 새삼스레 어떻다는 감정을 가지고 있지 않다.

자기네들끼리 몇 집씩 무리를 지어 조선 사람의 집과 처마를 잇대어 살고 있는 일본인의 집이라든가 경찰서 앞에 경찰서가 무색할 당당한 이층 콘크리트로 된 이오모도라고 하는 일인 지주의 사무소라든지 재판소와 군청 주위에 있는 일인 관사라든지 번화한 상점가를 지나 읍의 동서쪽에 있는 연대 앞에 규칙 바르게 늘어선 장교 관사라든지 이 모든 것은 동물적 친근감—같은 하늘 아래에서 같은 수돗물을 길어다 먹고 같은 날에 같은 국기를 게양하기를 한 삼십 년만 하면 대개 생기는 감정이다—이라든지 경제적 우월에 대한 당연한 존경, 관료적 위엄에 대한 절대적 복종, 군사적 위력에 대하 은근한 신뢰, 이런 감정을 일으키는 건전한 역할을 하는 데 도움이 될 뿐이다. 일본 사람이 이렇듯 모든 자리에서 자기들보다 우월한 지위에 있다고 생각하는 것은, 사실 그런 생각도 하지 않는 것이었으나 H읍 사람들에겐 조금도 이상하거나 하물며 불쾌할 일이 아니었다.[10]

회령 읍내. 일본인과 조선인이 어울려 살고 있다.
최인훈의 소설 속 주인공들 역시 이런 풍경에 익숙한 모습을 보인다.

가령 어린 동철도 마찬가지였다. 그는 학교에서 저를 괴롭히는 조선 아이들하고는 잘 어울리지 못하는 반면, 일부러 일본 학교까지 찾아가 오래 기다린 끝에 만난 여자아이 마리코하고 놀 때는 행복감을 느낀다.

물론 소설에서 예컨대 현경선의 아버지 현도영이 창씨개명도 하지 않고 조선식 생활을 고수한다든지, 헌병대에 잡혀 들어간 인부를 꺼내올 때 모욕을 당한다든지 하는 식으로 약간의 '균열'이 감지되지 않는 것은 아니다. 그렇지만 전체적으로 소설을 지배하는 것은 "엄청난 봄을 앞에 두고도 예삿봄의 징후"로밖에는 파악하지 못하게 하는 아지랑이, 그리고 그 아지랑이 속에서 이미 '내면화된 식민지'에 대한 H읍 사람들의 '동물적 친근감'이었다.

「두만강」은 월남한 최인훈이 1952년 대학교 신입생 때 처음 쓴 소설이다. 그때 제목은 「H읍」이었다. 발표는 훨씬 뒤 1970년에야 한다. 그런 창작과 발표의 정황을 감안하여 한 평자는 「두만강」이 1960~1970년대 한국 사회에 보내는 '식민주의적 무의식에 관한 보고서'라고도 말한다.[11] 35년의 식민 지배는 다시 또 얼마나 많은 세월 동안 그 무의식으로 '두만강'을 가릴 것인가.

사실, 얼음도 얼고 그 위에 눈도 쌓이면 두만강 '이쪽'과 '저쪽', '네 나라'와 '내 나라'를 분별하는 것조차 쉽지 않았다.

현도영이 자기 사무실에서 바깥을 내다보고 있었다. 현장에 있는 그의 사무실이다. 보통 때엔 그래도 두만강의 흐릿한 흐름이 소리 없이 흐르고 있어서 아무리 강 이쪽에서 저쪽으로 소리를 지르면 족히 들을 거리기는 해도 네 나라 내 나라 분별이 서지만 강이 얼어붙고 그 위에 눈마저 오고 보면 이쪽을 구별하기는 막연하다.[12]

결국 최인훈은 훗날 이렇게 고백할 수밖에 없었다.

아버지가 집안을 일으켜 시골읍의 조촐한 성공자가 된 것은 일본 점령의 마지막 10년 시기였다. 아버지한테는 그 시기가 인생의 황금기였고 그의 가족들은 거기서 나오는 여유에 대한 자각 없는 수혜자였다. 지금 질서가 자연스럽다고 믿어지는 가장 자연스러운 계층에 우리 가족은 속해 있었다. 나의 주변에는 이 질서에 대해 무서운 심판의 말을 들려줄 사람은 아무도 없었다. 그 질서가 무너지자 우리는 H를 떠나야 했다.[13]

해방 그리고
인간 존엄의 잔등殘燈

1945년 8월 8일, 소련은 일본에 선전 포고를 한다.[1] 얄타 회담에서는 대일전에 참가하는 조건으로 극동 지역에서 옛 러시아 제국이 누렸던 이권들을 다시 확보할 수 있다고 약속을 받았다. 사할린과 그 부속 도서의 반환도 포함된 이권이었다. 소련은 일본 관동군을 공격하기 위해 3개 전선을 조직했다. 그중 극동 전선 1군은 연해주 지역에서 만주로 진격했다. 조선에 진격한 소련군은 1군 중 치스차코프 대장이 지휘하는 제25군이었다. 이들은 8월 26일 평양에 총사령부를 설치했고, 이어 각 도와 시군에 경무 사령부를 설치했다. 이들은 지역의 일본군에게 항복을 받고 무기를 접수했으며, 각종 행정·사법 기관 및 경찰서와 일본인 소유의 기업과 은행 따위를 관리했다. 북한에 진주한 소련군에는 조선인이 다수 섞여 있었다. 그들 대부분은 동북 항일 연군 교도려(일명 88여단) 소속이었다.

북한의 공식 역사에 따르면, 8월 9일 동북 항일 연군 선발대가 웅기 상륙 작전에 참가해 서수라의 일본군 토치카를 공격했고, 이후 나진과 청진으로 진격한 것으로 되어 있다.[2] 나진이 이후 선봉시로 이름이 바뀌게 되는 근거도 여기에 두었다. 8월 15

351

일에는 소련군 제25군의 선봉대가 청진에 진격했고, 이어 8월 18일에는 나남의 제19사단으로부터 항복을 받았다. 이로써 북조선에서 일본군은 군사적 실권을 완전히 박탈당했다.

1941년 1월 무렵 10여 년 만에 함흥형무소에서 석방된 이소가야 스에지는 얼마 후 일본인 소유의 장진강제재소에 가서 일을 했다.[3] 신흥철도의 종점 사수라는 곳이었다. 그는 과거의 동지들하고 어떤 형태로든 만남을 유지했다. 해방을 맞이한 곳도 장진이었다. 그 직후 그는 과거의 동지들이 중심이 되어 조직한 인민위원회에도 관여하는 한편, 패전 일본인들의 귀환 문제에서도 크게 역할을 하게 된다. 형무소에 있을 때 간수들이나 교화사들로부터 "60만 재조선 일본인 중 단 한 명의 비국민"이라는 소리를 들었던 그는 8·15 직후 함흥의 정국을 주도한 주인규·주선규 형제라든지 송성관·도용호 같은 수많은 공산주의자들과 그야말로 생사고락을 같이한 거의 유일한 일본인이었다. 그들은 해방 직후의 극심한 혼란기에도 이소가야에게 절대적인 신의를 보였다. 가령 주인규는 도 감찰부에서 발부하는 신분 증명서를 만들어주었는데, 거기에는 "이 증명서를 지참하는 자는 우리의 동지이며 각 기관은 필요에 따라 충분한 편의를 주어야 한다"고 적혀 있었다. 이소가야는 함흥 일본인 위원회를 결성해 패전 국민으로 전락한 일본인들의 귀환 작업에 전력했다. 그렇지만 질병과 굶주림은 물론이고, 분노한 조선인들

이 일본인들에 가하는 각종 형태의 폭력과 약탈을 완전히 막아
내기에는 힘이 부족했다.

그즈음 때마침 우기였기 때문에 그들의 생활은 말로 할 수
없는 비참함을 더했다. 비오는 밤, 그들은 쌀도 없고 또 밥
지을 도구도 없이 머나먼 조선인 부락에서 피어오르는 저
녁 연기를 바라보며 서로 부둥켜안고 울었다. 운명은 실로
옥리보다도 더 차갑게 그들 혹은 그녀들의 곁에서 사랑하
는 자들을 서서히 빼앗아갔다. 그리고 그들은 시체를 덮을
상포도 관도 없었다. 어떤 어미는 외동딸을 끝까지 죽음으
로부터 지키기 위해 싸웠지만 결국 죽게 하고 말았다. 그
녀는 죽은 딸의 푹 젖은 기모노만이라도 바꿔주고 싶다며
어느 조선인 집에 옷을 갈아입을 장소를 요구했지만 무심
히 거부당했다. 피압박 민족의 적개심이라는 것은 보통은
그런 것일지도 모른다.[4]

함흥에는 일제 패망 직전 8,000여 명 정도였던 일본인 인구
가 8·15 직후 불과 1개월 사이에 그 열 배인 8만여 명으로 급
증했다. 만주에서, 혹은 함경남북도 도처에서 쏟아져들어온 이
들은 집도 직장도 없이 함흥 시내를 유령처럼 배회했다. 굶주림
과 병으로 쓰러지는 일본인들이 속출했다. 도처에 시체가 널렸

패전을 전후해 만주와 조선을 떠나 일본으로 돌아가는 귀환자들.

다. 연말까지 일본인 약 4,400여 명이 죽었다. 하루 평균 36명
의 사망자가 나오는 실정이었다.

북조선에서, 36년의 식민 지배는 그런 식으로 청산되고 있
었다.

백석이 "그 맑고 거룩한 눈물의 나라에서 온 사람이여/그 따
사하고 살틀한 볕살의 나라에서 온 사람"(「허준」)이라고 불렀
던 소설가 허준은 만주 신경(장춘)에서 해방을 맞이했다. 그는

원래 평안북도 용천 출신이므로 귀국을 한다면 안동을 거쳐 압록강을 건너는 게 상식이고 또 가장 빠른 길이었다. 그러나 그는 두만강을 건너기로 작정하고 길을 떠났다. 자전적 소설이라 할 중편 「잔등」(1946)⁵에 기대면, '나'는 길림을 거쳐 회령까지 오는 데 무려 스무하루가 걸렸다. 내가 이 길을 택한 데에는 봉천을 거쳐 가는 안봉선보다 비교적 안전하다는 경험자의 권고 때문이기도 했지만, 여정을 반으로 뚝 끊어서 청진이나 주을쯤에서 일단 때를 벗고 가자는 배부른 속셈도 작용했다. 특히 주을이 큰 유혹이었다. 생각만 같아서는 열흘이고 스무 날이고 온천물에 푹 잠겨서 만주의 때를 말끔히 빼낸 다음 움직이고 싶었다. 하지만 정작 조선 국경 안으로 들어섰어도 돈과 추위, 그리고 무엇보다 불규칙한 기차 편이 점점 그런 희망을 옅게 만들었다. 나는 회령에서 동행인 방과 헤어지고 말았다. 지붕 꼭대기까지 사람들로 가득 찬 군용 화차에 내가 미처 올라타지 못한 탓이었다. 대신 나는 때마침 지나가던 트럭을 타고 불과 서너 시간이 못 되어 청진에 도착할 수 있었다. 정확히는 청진을 한 정거장 앞둔 수성이었다.

나는 바닷가에서 고기를 잡는 소년을 본다. 구릿빛 얼굴의 소년은 삼지창 끝에 꿴 뱀장어를 뽑아선 모래 위에다 패대기를 치고 다시 바다로 들어갔다. 대가리가 깨진 뱀장어는 꿈틀거릴 때마다 피를 뿜어냈다. 그럼에도 모래와 반죽이 된 그 온몸 토막토막이 다 생명이라는 듯 잠시도 가만히 있지 않았다. 바다를 찾는 것이었다. 나는 제 생명이 찾아야 할 그 본능의 정확성에 감탄했다. 얼마 후 강을 건너 청진 쪽으로 가려다가 불에 탄 건물을 목격했다. 산말랭이 동떨어진 곳에 있는 외딴 집인데 그것만 골라 폭격을 한다는 게 영 이상했다. 아까 고기 잡던 소년을 다시 만나서야 사정을 알게 된다. 그건 학교였는데 '일본 놈들'이 물러날 때 불을 지르고 달아났다는 것이다.

내가 물었다.

"학곤데 왜 일본 놈이 불을 놓구 달아나?"

"약이 오르니깐 불을 놓구 달아났지요, 뭐."

소년의 그 조략한 말이 너무나 신선했다.

소년의 입을 통해 마을에 머물던 일본인들의 근황을 알 수 있었다. 마을에는 '위원회'가 들어서서 일본인들을 한군데 몰아넣고 달아나지 못하게 감시하던 중이었다. 그래도 악착같이 내빼는 자들이 있는데, 소년은 한밤중 몰래 달아나던 어업 조합 조합장 부부를 발견해 위원회의 김 선생에게 일러주었다고 자랑스럽게 말했다. 그 부부는 결국 실컷 매를 맞고 고무산으로 붙들려갔다. 나는 이제 초라한 패전국의 국민으로 전락한 일본인들이 마치 아까 소년이 잡아 모래 바닥에 패대기를 친 뱀장어와 다르지 않다는 생각이 들었다. 목숨을 걸고라도 탈출하려는 그 단말마적 발악이라니!

나는 일본인에 대한 소년의 원초적인 증오에 대해서도 무어라 비판할 수 없었다.

청진에서는 기차를 기다리다가 국밥집에서 주인 할머니의 이야기를 듣는다. 할머니는 아이들을 이래저래 다 잃고 마지막 하나 남은 아들만 데리고 힘겹게 살아갔다. 그러나 공장에 다니던 그 아들마저 잡혀서 감옥에 들어가고 말았다. 이제 할머니는 그 아들이 5년 형을 받고 들어간 형무소만 바라보며 살 수밖에 없었는데, 어느 날 난데없이 죽은 아들의 시체를 인수해 가라는 기별을 받았다. 해방을 고작 한 달 앞두고 일어난 일이었다. 억장이 무너졌지만 할머니는 장사를 포기하지 않았다. 그러면서 거지꼴이 다 된 일본인들에게 국밥을 말아주는 것이었다. 할머니는 그들이 밉다고 했다. 이가 갈린다고도 했다. 하지만 그때마다 아들이 감옥에서 들려주었던 말을 기억했다. 같이 잡혀간 동지들 중에 가토라는 일본인이 있었다는 것. 아들은 그가 아무런 죄가 없는 사람이라고 했다. 그의 죄라면, 일본 사람은 일본 바다에서 나는 멸치만 잡아먹어도 넉넉히 살아갈 수 있다고 말한 것뿐이라고 했다. 할머니는 아들의 그 말을 두고두고 곱씹었다. 가토의 행방은 알 수 없었다. 죽지 않았다면 해방 직후 옥문을 나왔을 터였다. 할머니는 청진 거리에서 오도 가도 못 하고 빌어먹는 "저것들이 저, 업고, 잡고, 끼고, 주렁주렁 단 저 불쌍한 것들이 가토의 종자인 것을 모른다고 할 수

357

없겠으나 어떻게 눈물이 아니 나…"냐고 했다. 그러면서 마침 국밥집 문밖에서 어슬렁거리던 일본인 여자에게 국밥을 말아 주는 것이었다.

할머니의 죽은 아들하고 가깝게 지내던 젊은이들은 해방 후 모두들 '무엇들'이 되어서 이제 혼자 남아 고생하는 할머니를 부득부득 모셔가려 했다. 할머니는 거부했다. 새삼스러운 호사 는 바라지도 않았다. 그저 국밥집에서 늘 하던 대로 질긴 고기 나 좀 더 써먹다 죽으리라 생각했는데, 이렇게 비렁뱅이가 된 일본 사람들에게 국밥이라도 한 그릇 말아줄 수 있게 되어 다 행이라고도 했다. 나는 낮에 본 광경을 떠올렸다. 거지꼴을 한 채 아이들 셋을 달고 선 한 일본인 여자가 배를 파는 노점 앞 에서 사지도 못할 배를 손가락으로 가리키고만 있었던 것이다. 나는 그래도 이제 좀 편히 살아야 하지 않겠느냐고 묻지 않을 수 없었다. 할머니는 이렇게 대답했다.

"이렇게 피난민이 우글우글하고 눈에 밟히는 것이 많은 때에 무엇이 즐거워서 혼자 호사를 하자겠습니까?"

나는 죄송하단 말 밖에, 더 이상 할 말이 없었다.

피난민도 형지 없이 어지러웠고 일본 사람들도 과연 눈을 거들떠보기 싫게 처참하지 아니함이 없었으나 생각하면 이것을 혁명이라 하는 것이었다. 혁명은 가혹한 것이었고,

358

또 가혹하여도 할 수 없을 것임에 불구하고 한 개의 배장사를 에워싸고 지나쳐간 짤막한 정경을 통하여 지금 마주 앉아 그 면면한 심정을 토로하는 이 밥장사 할머니에 이르기까지 그것이 어떻게 된 배 한 알이며, 그것이 어떻게 된 밥 한 그릇이기에 덥석덥석 국에 말아줄 마음의 준비가 언제부터 이처럼 되어 있었느냐는 것은 나의 새로이 발견한 크나큰 경이驚異 아닐 수 없었다. 경이보다도 그것은 인간 희망의 넓고 아름다운 시야를 거쳐서만 거둬들일 수 있는 하염없는 너그러운 슬픔 같은 곳에 나를 연하여주었다.

나는 할머니로부터 큰 감동을 받았다.

얼마 후 나는 방을 다시 만나게 되었고, 그와 함께 기차를 타고 여정을 이어나갔다. 청진을 뒤에 두고 달리던 열차에서 나는 국밥집 할머니를 떠올리지 않을 수 없었다. 국밥집 그 깜빡이던 희멀금한 불빛 속에서 인생의 깊은 인정을 누누이 이야기하며 밤 새도록 종지의 기름불을 졸이고 앉았던, 온 일생을 괴정하게 늙어온 할머니의 그 정갈한 얼굴—그 비길 데 없이 따뜻한 큰 그림자에 가리운 내 눈은 어느덧 뜨겁게 젖어들고 있었다.

누군가 우리의 해방은 도둑처럼 찾아왔다고 했다. 그렇게 여길 수도 있겠지만, 그 말을 다 옳다고 할 수는 없다. 사실 얼마나 많은 이들이 해방의 그날을 위해 하나밖에 없는 목숨마저 기꺼이 내바쳤던가를 생각하면 그렇게 말해서는 안 될 것이다. 해방 직후의 얼마간은 모든 게 어수선했고 강퍅했고 어떤 면에서는 씁쓸했다. 그것만은 사실이리라. 하지만 그때, 청진 역전의 국밥집 할머니가 일본인 피난민들에게 말아주던 그 따뜻한 국밥 한 그릇이 있어서 우리의 해방은 참으로 의연한 어떤 것일 수 있었다. 비록 화려한 횃불은 아니더라도 할머니의 국밥집에 까물거리던 잔등, 그 희미한 불빛은 해방이 그저 족쇄로부터 풀려남을 넘어서 어째서 인간 존엄의 그것이어야 하는지를 훌륭하게 웅변한다.

하지만 그것은 남을 핥아 없애이기도 아니하고 제 자신 꺼져 없어지는 법도 없이, 다만 사람의 가슴속에 무엇인지 모르는 은근한 한 줄의 불안을 남겨놓으면서 조용한 가운데 타고 있을 따름이었다.

책 뒤에

먼저 한국 문학의 근대를 전문적으로 다룬 수많은 선행 연구자들의 작업에 경의를 표한다. 딱 하나만 예로 들자면, 서울편에서는 유진오의 미발표 장편『민요』를 발굴한 백지혜 님의 기여가 없었다면 북촌에 대해 들려줄 이야기가 몹시 앙상했을 것이다. 이 자리를 빌려 심심한 감사의 뜻을 표한다. 다른 학자들에게도 일일이 고마움을 전하지 못하는 점, 이해를 구한다.

이 책을 쓰는 동안 동아시아의 근대 문학사를 의미 있게 만든 여러 작가들을 함께 만난 '아시아의 근대를 읽는 시간'의 동료 작가들에게 고마움을 표한다. 엄정한 코로나 시국임에도 그들의 진지한 열정이 나로 하여금 먼 길을 지치지 않고 달려올 수 있게 만들었다. 우리들이 편히 공부할 수 있게 여건을 만들어 준 익천문화재단의 길동무 김판수, 염무웅 두 어른과 송경동 시인에게도 감사의 인사를 전한다. 신의주의 염상섭이라든지 청진의 강신재에 대해서는 염무웅 선생님의 조언이 큰 도움이 되었다. 코로나 때문에 도쿄에서 오도 가도 못한 채 꼬박 2

362

년을 갇혀 지내면서도 힘든 학위 과정을 마무리한, 그 와중에
도 이것저것 번역을 도와준 아들도 고생했다는 말을 받을 자격
이 있다. 물론 아내의 격려가 없었다면 이렇게 네 권이나 되는
책을 쓸, 그러느라 집안 살림엔 눈을 감은 채 이런 따위 무식한
욕심을 품을 생각일랑 하지 못했을 것이다. 어서 건강해지기만
을 바랄 뿐이다. 학고재 출판사는 지난번 『어제 그곳 오늘 여
기: 아시아 이웃 도시 근대 문학 기행』(2020)에 이어 이번에도
손해가 불 보듯 뻔한 이 작업에 기꺼이 손을 내밀어주었다. 대
표님은 물론이고, 까다롭고 어지러운 편집 작업을 섬세하게 잘
마무리해준 구태은 씨를 비롯한 편집부 식구들에게 다시 한 번
고마움을 전한다. 책마다 추천의 말을 써준 학계의 벗들에게도
이 자리를 빌려 감사드린다.

　지금은 곁에 안 계신 부모님이 몹시 그립다.

　내가 소설가로나 한 사람의 시민으로나 맥을 추지 못하고 있
을 때, 새삼 '읽는 사람'으로서의 의무는 물론 즐거움도 함께
일깨워주신 고 김종철 선생님(1947~2020)이 아니었다면 이런
기회조차 없었을 것이다. 당신의 빈자리, 따끔한 질책조차 그
립다.

사진 및 지도 출처

18 서울역사박물관

25 위키피디아

27 위키피디아

36 모펫 코리아 컬렉션(Moffett Korea Collection)

42 국립중앙박물관

58 서굉일·김재홍,『규암 김약연 선생』(고려글방, 1997)

64 게이오 대학 미디어센터 디지털 컬렉션

71 국제일본문화연구센터(国際日本文化研究センター) DB

81 최용신기념관

89 모펫 코리아 컬렉션

90 모펫 코리아 컬렉션

96 국제일본문화연구센터 DB

99 국제일본문화연구센터 DB

101 국제일본문화연구센터 DB

104 『매일신보』

106 朝鮮総督府鐵道局 編,『半島の近影』, 1937.

114 국제일본문화연구센터 DB

115 한국학중앙연구원

122 국가보훈처

130 『동아일보』

142 한국민족문화대백과

165 위키피디아

170 국제일본문화연구센터 DB

185 국사편찬위원회

191 『동아일보』

197 국제일본문화연구센터 DB

198 국립중앙박물관

218 국제일본문화연구센터 DB

211 정재정,『일제침략과 한국철도』(서울대학교출판부, 1999) 참고

225 국제일본문화연구센터 DB

231 국제일본문화연구센터 DB

241 국제일본문화연구센터 DB

243 국제일본문화연구센터 DB

244 국제일본문화연구센터 DB

256 위키피디아

260 국제일본문화연구센터 DB

271 Minekoの窒素肥料株式會社

272 笹沼末雄,『(咸興案內)名勝寫眞帖』, 笹沼寫眞館, 1936.

278 Minekoの窒素肥料株式會社

282 국제일본문화연구센터 DB

286 위키피디아

291 한국민족문화대백과

298 국제일본문화연구센터 DB

305 한국학중앙연구원

312 국립중앙박물관

315 국제일본문화연구센터 DB

334 국제일본문화연구센터 DB

347 국제일본문화연구센터 DB

이밖에 출처를 밝히지 못한 사진들은 추후 확인 후 증쇄 때 이를 반영하고 통상의 자료비를 지불할 것임.

펴내며

1 이경훈 편역, 「군인이 될 수 있다」, 『진정 마음이 만나서야말로』, 평민사, 1995. 381쪽.

2 「동경대담」. 김윤식 편역, 『이광수의 일어 창작 및 산문선』, 도서출판 역락, 2007.

3 E. 사이덴스티커, 허호 역, 『도쿄 이야기』, 이산, 1997.

1 옛이야기 속을 사는 사람들

1 가린 미하일롭스키, 이희수 역, 『러시아인이 바라본 1898년의 한국, 만주, 랴오둥 반도』, 동북아역사재단, 2010.

2 국립문화재연구소 문화유산연구지식포털.

3 잭 런던, 윤미기 역, 『잭 런던의 조선 사람 엿보기』, 한울, 2011.

4 혼마 규스케, 최혜주 역주, 『조선잡기』, 김영사, 2008.

5 가린 미하일롭스키, 앞 책, 259쪽.

6 앞 책, 289쪽.

7 가린 미하일롭스키가 채집한 한국 민담의 한국어 번역본은 『백두산 민담』 (창작과비평사, 1987, 전2권)과 『조선설화』(한국학술정보, 2006) 두 종류 가 있다.

2 윤치호가 마주친 함경도의 민낯

1 국사편찬위원회, 『국역 윤치호 영문 일기』(한국사료총서 번역서 4), 제4집 (1897~1902), 온라인.

2 안수길, 『정통 한국문학대계 14: 통로 외』, 어문각, 1996.

3 한설야, 『탑 외』(한국소설문학대계 10), 동아출판사, 1995.

4 함흥시지편찬위원회, 『함흥시지』, 1999, 250~251쪽.

3 함경도 월강곡

1   김성덕 편저,『함북대관』, 정문사, 1967. 102~104쪽.

2   안수길,『북간도』(상), 삼중당, 1991. 12쪽.

3   앞 책, 52쪽.

4   중국조선족청년학회 수집 정리,『중국조선족 이민실록』, 연변인민출판사, 1992. 319쪽.

5   김엘레나,「1864~1937년간 연해주 한인의 인구 변동과 경제활동」, 고려대학교 석사 학위 논문, 2011.

6   가린 미하일롭스키, 이희수 역, 앞 책. 174쪽.

7   문재린·김신묵,『기린갑이와 고만네의 꿈』, 삼인, 2006. 정확한 도강일 기록이 다소 차이가 나는데, 여기서는 가장 신빙성 있는 김신묵의 기억에 기댔다. 김신묵은 김하규의 딸이자 문익환의 어머니.

8   서굉일·김재홍,『규암 김약연 선생』, 고려글방, 1997. 101쪽.

9   문재린·김신묵, 앞 책. 373~374쪽.

4 언 땅에 어머니를 묻다

1   이태준,「사상의 월야」(1941),『이태준 전집』(3), 소명출판, 2015. 19쪽.

2   이태준, 앞 책 11~44쪽; 어린 시절에 관한 수필은「나의 고아 시대」,「남행열차」,「고아의 추억」,『이태준 전집』(5), 소명출판, 2015.

3   이태준,「사상의 월야」(1941),『이태준 전집』(3), 소명출판, 2015. 43~44쪽.

5 함경도 문명개화와 학교

1   『기독신문』, 2013.11.5.

2   김학철,「여류작가 이선희와 나」,『누구와 함께 지난날의 꿈을 이야기하랴』, 실천문학사, 1994.

3   김학철,『격정시대』(전3권), 풀빛, 1988.

4   이선희,「아버지와 산보하던 밤」,『삼천리』(13-4), 1941.4.

5   이선희,「향토유정기: 다람쥐」,『여성』, 조선일보출판부, 1937.5.

6   오태호,「후기」,『이선희 소설선집』, 현대문학, 2009.

7   백낙준,『한국개신교사 1832~1910』, 연세대학교 출판부, 1993; 캐서린 안, 김성욱 역,『조선의 어둠을 밝힌 여성들』, 포이에마, 2012. 41쪽; 헬렌 F. 맥

레, 연규홍 역, 『팔룡산 호랑이: 던칸 M. 맥레 목사의 삶』, 한신대학교 출판부, 2010; 도리스 그리어슨, 연규홍 역, 『조선을 향한 머나먼 여정: 로버트 그리어슨의 선교 일화와 일기』, 한신대학교 출판부, 2000; 플로렌스. 머레이, 김동열 역, 『내가 사랑한 조선: 복음에 붙들린 닥터 머레이의 선교기』, 두란노, 2009.

8   모윤숙, 『회상의 창가에서』, 중앙출판공사, 1970.

9   박순녀, 「아이 러브 유」, 『박순녀 작품집』, 지만지, 2010.

10 허윤정·조영수, 「일제하 캐나다 장로회의 선교의료와 조선인 의사: 성진과 함흥을 중심으로」, 『의사학』(51), 대한의사학회, 2015.

6   철도가 바꾼 함경도

1   I.A. 곤차로프 외, 심지은 편역, 『러시아인, 조선을 거닐다』, 한국학술정보, 2006.

2   김구, 도진순 주해, 『백범일지』, 돌베개, 1997.

3   송규진, 「함경선 부설과 길회선 종단항 결정이 지역경제에 끼친 영향」, 『한국사학보』(57), 고려사학회, 2014.

4   이태준, 「철로」(1936), 『이태준 단편 전집』(2), 가람기획, 2005.

5   이양하, 「송전의 추억」, 『이양하 수필집』, 을유문화사, 1972.

7   세 작가의 고향, 성진

1   허윤정·조영수, 「일제하 캐나다장로회의 선교의료와 조선인 의사」, 『의사학』(24-3), 2015. 627쪽.

2   로버트 그리어슨, 연규홍 역, 『조선을 향한 머나먼 여정』, 한신대학교 출판부, 2000. 133쪽.

3   가토 다케오, 「평양」, 『잡지 모던일본 조선판 1939』(완역), 어문학사, 2020.

4   최정희, 「봉황녀」, 『바람 속에서』, 인간사, 1955.

5   최정희, 「항구 로맨스: 나의 요람지 성진항의 추억」, 『조광』, 1938.7; 「자서(自叙) 한 토막」, 『삼천리』, 1941.4; 「바다」, 『춘추』, 조선춘추사, 1942.7.

6   김기림, 「잊어버린 전설의 거리」(1932), 「전원일기의 일절」(1933), 「앨범에 붙여둔 노스탤지어」(1933), 「잊어버리고 싶은 나의 항구」(1933), 「사진 속에 남은 것」(1934), 「눈보라에 싸인 마천령 아래의 옛 꿈」(1934), 「길」

(1936). 이 모든 수필 작품은 『김기림 전집』(5) (심설당, 1988) 수록.

8 백두산 가는 길

1   박찬승, 「백두산의 '민족 영산'으로의 표상화」, 『동아시아문화연구』(55), 한양대학교 동아시아문화연구소, 2013.11.

2   여기서는 최남선, 『백두산 근참기』, 일신서적공사, 1990. 참고.

3   최서해, 「신음성」, 『최서해 전집』(하), 문학과지성사, 1987. 223~224쪽.

4   안재홍, 「백두산 등척기」, 『고원의 밤』, 범우사, 2007.

5   서춘 외, 『아아! 천지다: 33인의 백두산 탐험기』, 수문출판사, 1989.

6   최남선, 「백두산 근참」(15), 『동아일보』, 1926.8.12.

9 한반도의 지붕, 개마고원

1   한국민족문화대백과사전.

2   황순원, 「눈」(1944), 『늪/기러기』(황순원 전집 1), 문학과지성사, 2000.

3   김봉, 『북에서 온 유격대장의 수기: 개마고원』, 부름, 1988.

4   황건, 『개마고원』(1956), 미래사, 1989. 23쪽.

5   이정호, 『안개』, 창작과비평사, 1977.

6   한설야, 『한국근대단편대계』(29), 태학사, 1988.

10 흥남질소비료공장 1

1   양지혜, 「일제하 일본질소비료(주)의 흥남 건설과 지역사회」, 한양대학교 박사 학위 논문, 2020; 양지혜, 「일제하 대형 댐의 건설과 '개발 재난': 일본질소의 부전강수력발전소 건설 사례를 중심으로」, 『한국문화』(89), 규장각한국학연구원, 2020.

2   박상필, 「일제하 일본질소비료주식회사의 부전강·장진강 개발과 노동자 통제」, 서울대학교 석사 학위 논문, 2017. 60쪽.

3   谷川竜一, 1930年代の朝鮮半島における水力発電所建設技術と建設体制, 第51回国際研究集会報告書: 植民地帝国日本における知と権力, 国際日本文化研究センター, 2017.10.13~15. 이밖에 조선인 노동자들의 피해에 대해서는 특히 박상필의 앞 논문도 참고할 것.

4   차승기, 「공장=요새, 또는 생산과 죽음의 원천: 흥남과 이북명」, 『한국문학

연구』(49), 동국대학교 한국문학연구소, 2015. 332쪽.

5   『한설야 단편선: 과도기』, 문학과지성사, 2011.

6   「조선의 부와 조선인의 부」(하), 『조선일보』, 1927년 8월 28일 제1면.

7   『한설야 단편선: 과도기』, 문학과지성사, 2011. 74~75쪽.

11 원산 제네스트

1   김명인, 『자명한 것들과의 결별』, 창비, 2004. 42쪽.

2   김학철, 『격정시대』(전3권), 풀빛, 1988.

3   앞 책(1), 191~192쪽.

4   김인걸·강현욱, 『일제하 조선노동운동사』, 일송정, 1989.

12 흥남질소비료공장2

1   양지혜, 「일제하 일본질소비료(주)의 흥남 건설과 지역사회」, 한양대학교
    박사 학위 논문, 2020.

2   鎌田正二, 『北鮮の日本人苦難記: 日窒興南工場の最後』, 時事通信
    社, 1970.

3   흥남의 인구 변화에 대해서는 양지혜의 앞 논문, 202쪽.

4   앞 논문, 249쪽.

5   이북명, 「공장은 나의 작가 수업의 대학이었다」(1958), 『나의 인간수업, 문
    학수업』, 인동, 1990. 155쪽.

6   한설야, 『한국근대단편대계』(29), 태학사, 1988.

7   한설야, 『설봉산』, 동광출판사, 1989. 36~37쪽.

8   이소가야 스에지, 김계일 역, 『우리 청춘의 조선』, 사계절, 1988. 이소가야
    에 대해서는 변은진, 『자유와 평화를 꿈꾼 '한반도인' 이소가야 스에지』(아
    연출판부, 2018)도 참고할 것.

9   차승기, 「자본, 기술, 생명: 흥남-미나마타(水俣) 또는 기업도시의 해방 전
    후」, 『사이』(14), 국제한국문학문화학회, 2013. 438쪽.

10 이준식, 「일제 침략기 정평지방의 농민운동에 대한 연구」, 『일제하의 사회
    운동과 농촌사회』, 문학과지성사, 1990. 192쪽.

13 함남의 명태, 함북의 정어리

1   박구병, 「한국 명태어업사」, 『부산수대 논문집』(20), 1978.; 강재순, 「일제 시기 함경남도 명태어장의 분쟁」, 『대구사학』(96), 대구사학회, 2009.

2   이정호, 「소나기」, 『안개』, 창작과비평사, 1955, 100~101쪽.

3   심재욱 외, 「일제 강점기 청진의 팽창과 정어리 어업」, 『역사와 실학』(63), 역사실학회, 2017.

4   김광섭, 「나의 고향과 가을」, 『조광』, 1938.9.

5   현경준, 「오마리」, 『한국현대 대표소설선』(5), 창작과비평사, 1996. 424~425쪽.

6   현경준, 「격랑」, 『한국근대단편소설대계』(33), 태학사, 1988.

14 북선 개발과 종단항 광풍

1   이 부분은 이정은, 「일제의 북선 개척사업과 당대 소설의 대응 양상」, 『현대소설연구』(57), 한국현대소설학회, 2014.

2   김기림, 「철도연선」, 『김기림 전집(5)』, 심설당, 1988.

3   이윤재, 「나진만의 황금비」, 『동광』, 1932.11. 이하 상당 부분은 필자가 쓴 「시대와 소설(7) 이대로는 안 된다. 통일 결사 반대!」, 『녹색평론』(178, 2021.5·6)의 내용과도 겹친다.

4   송규진, 「함경선 부설과 길회선 종단항 결정이 지역경제에 끼친 영향」, 『한국사학보』(57), 고려사학회, 2014. 17쪽.

5   임호연, 「정어리 붐」(7), 『매일경제신문』 1983.12.6.

6   김기림, 「황금행진곡」, 『삼천리』, 1933.1.

15 청진항의 조선인 소녀와 일본인 철학도

1   송규진, 「일제 강점기 '식민 도시' 청진 발전의 실상」, 『사학연구』(107), 한국사학회, 2013.

2   강신재, 「파도」, 『젊은 느티나무』, 문학과지성사, 2007.

3   김은하 편, 『강신재 소설선집』, 현대문학, 2013. 62~63쪽.

4   강신재, 앞 책, 321~322쪽.

5   김요섭, 『눈보라의 사상』, 한국문연, 1991. 95쪽.

6   히로츠 쇼지, 김용운 역, 『젊은 철학도의 수기』, 박영사, 1978. 190쪽.

7 「한국인 차별 목숨 던져 항의한 일 대학생」, 『경향신문』 1973. 1.19.

8 히로츠 쇼지, 앞 책. 135~136쪽.

16 눈 오는 밤의 북국

1 손정목, 「신용산과 나남의 형성과정」, 『향토 서울』(36), 서울특별시사편찬위원회, 1979.

2 김홍희, 「일제하 나남의 군기지 건설과 군사도시화」, 『한국민족운동사연구』(95), 한국민족운동사학회, 2018.

3 손정목, 앞 글. 76쪽.

4 片山智恵 編著, 『十七キロの国境 北鮮咸北警友誌』, 総和社, 1989. 171~174쪽.

5 이 글을 쓰는 데 주로 「고요한 '동'의 밤」, 「북위 42도」, 「6월에야 봄이 오는 북경성의 춘정」, 「전원교향악의 밤」 등 수필과 단편 「북국 사신」, 「행진곡」, 「기우」 등 단편을 참고했다. 모두 이효석문학재단 편, 『이효석 전집(5)』(서울대학교출판문화원, 2016) 수록. 또 이 부분은 필자의 에세이 「눈 오는 밤, 식민지 북국의 한 로맨티스트」[『대산문화』(76), 대산문화재단, 2020]와도 많이 겹친다.

6 『조선일보』, 1933.5.25.

7 1932년 11월 27일 편지. 『이효석 전집(5)』, 서울대학교출판문화원, 2016. '일 엽', '두 엽'의 '엽(頁)'은 '쪽'이라는 뜻. '頁'은 흔히 '머리 혈'로 쓰이지만, 책 쪽을 나타낼 때는 '엽'으로 읽는다.

8 김요섭, 『눈보라의 사상』, 한국문연, 1991. 96~100쪽.

17 백석의 함경도

1 이 부분은 기본적으로 안도현, 『백석평전』(다산책방, 2014)을 참고했다. 시는 고형진 편, 『정본 백석 시집』, 문학동네, 2007; 산문은 고형진 편, 『정본 백석 소설 수필』, 문학동네, 2019; 김문주 외 편, 『백석 문학전집』(2), 서정시학, 2012.

2 특히 백석, 「무지개 뻗치듯 만세교」, 『조선일보』, 1937.8.1.

3 특히 백석, 시 「함주시초」 중 '노루'와 '산곡', 그리고 산문 「가재미·나귀」(1936) 참고.

4 백철, 『진리와 현실: 백철의 문학생활 그 반성의 기록(1)』(박영사, 1975)
   참고. 특히 제19장. 안도현은 『백석평전』에서 백철도 비슷한 시기에 영생
   고보 영어 교사로 근무했다고 썼는데(117쪽), 백철의 진술을 참고할 때 이
   는 수정할 필요가 있다. 백철의 기억이 다소 모호하긴 하지만 그가 영생여
   고보에서 교직을 시작한 것은 1939년 가을일 가능성이 높다.

5 백철, 「수난봉욕기: 함흥 풍호리 홍수를 겪고서」, 『매일신보』, 1938.9.3.

6 자서전에 기대면, 그는 풍호리 홍수를 겪고 나서 9월 중순(10월 중순이라
   고 적은 것은 오류) 혼자서 경성으로 떠났다. 함흥역에는 장고봉으로 출
   정하는 군인들을 태운 북행 열차가 있었다. 이후 그는 서울에서 다듬이질
   소리를 들으며 신혼 아내를 두고 떠나온 심정을 적은 수필 「도의한(搗衣
   恨)」을 발표한다. 『동아일보』 1938.9.22.~23. 이로 미루어 1938년 가을에
   백석과 함께 영생여고보에 있었을 가능성은 거의 없다.

7 "백철 씨(『매일신보』 사원), 17일 야, 함흥부외 풍호리 197 향제(鄕第, 고
   향집)에서 상배(喪配)", 『동아일보』·『조선일보』, 1939.6.19. 이때 그의 신
   분은 매일신보사의 『국민신보』 기자였다. 아직 영생여고보 교원이 아니다.

8 안도현, 앞 책. 194쪽. "같은 학교 교사였던 백철"이란 표현은 오류.

9 로버트 그리어슨, 연규홍 역, 『조선을 향한 머나먼 여정』, 한신대학교 출판
   부, 2014. 318쪽.

10 이석훈, 「함흥 인상기」(2), 『조선일보』, 1938.10.27.

11 I.A. 곤차로프 외, 『러시아인, 조선을 거닐다』, 한국학술정보, 2006. 134쪽.

12 김자야, 『내 사랑 백석』, 문학동네, 1995.

13 임옥인, 「함흥 만세교」, 『가야 할 산하』, 조선일보사, 1989. 101쪽.

14 한설야, 「문학풍토기: 함흥편」, 『인문평론』, 인문사, 1940.5.

15 한설야, 「아비의 심경」, 『여성』, 조선일보사 출판부, 1939.4.

18 조선의 알프스, 부전호수

1 이정호, 「뚜깔리」, 『늪과 바람』, 계간문예, 2009.

2 한설야, 「부전고원행」, 『동아일보』 1939.8.4.

3 모윤숙, 「부전고원」, 『삼천리』, 1940.9.

4 모윤숙, 『회상의 창가에서』, 중앙출판공사, 1970. 182~192쪽.

5 박상필, 「일제하 일본질소비료주식회사의 부전강·장진강 개발과 노동자

통제」, 서울대학교 석사 학위 논문, 2017.

6   김창집, 「관북여행기」, 『시조(時兆)』, 시조사, 1938.10~1939.3.

19   주을온천과 백계 러시아인

1   이효석, 「주을의 지협」(1937), 『이효석 전집』(5), 서울대학교 출판문화원, 2016.

2   황동하, 「식민지 조선의 백계 러시아인 사회」, 『향토 서울』(83), 서울역사편찬원, 2013.

3   김진영, 「실낙원인가 복낙원인가: 주을온천의 백계 러시아인 마을 '노비나'」, 『비교한국학』(23), 국제비교한국학회, 2015; 정성화, 「식민지 시대 러시아인 양코프스키 일가의 한반도 정착 기록」, 『인문과학연구논총』(32), 명지대학교 인문과학연구소, 2011.

4   이효석, 「이등변삼각형의 경우」(1934), 『이효석 전집』(5), 서울대학교출판문화원, 2016.

5   이효석, 「피서지 관북통신」(1937), 『이효석 전집』(5), 서울대학교출판문화원, 2016.

6   이효석, 『화분』, 삼성출판사 1972.

7   이효석과 김기림 비교는 특히 김진영의 앞 논문 참고.

8   김기림, 「주을온천행」, 『조선일보』, 1934.10.24~11.2.

20   북으로 가는 이민 열차

1   이찬, 「북관점경」, 조선일보, 1937.4.17. 『이찬 시전집』(소명출판, 2003) 552~553쪽 재수록.

2   한국민족문화대백과사전.

3   와다 하루키, 이종석 역, 『김일성과 만주항일전쟁』, 창작과비평사, 1992. 156~163쪽.

4   김정웅(연변대학교 일본어학과), 「일본의 마키무라 고와 그의 《간도 빨치산의 노래》」, 『연변문학』(2013년 2·3기); 오석윤, 마키무라 히로시(槇村浩)의 〈간도 빨치산의 노래〉론」, 『일어일문학연구』(55), 한국일어일문학회, 2005. 오석윤의 논문에는 그가 1931년 도쿄 대학 문학과에 입학하는 것으로 되어 있는데 이는 오류다. 오석윤은 그의 이름을 마키무라 히로시

라고 읽었는데, 이 역시 마키무라 고로 읽어야 한다. 시는 김정웅의 번역을 위주로 약간 손을 보았다.

5 전광용, 「목단강행 열차」(1974), 『정통한국문학대계』(21), 어문각, 1995.

6 한인택, 「춘원」, 『조광』, 조선일보사 출판부, 1938.4.

7 배석호, 「이용악 시연구」, 인하대학교 박사 학위 논문, 2011. 15쪽. 이효석은 경성학교에 1931년 말부터 1934년까지 근무했다. 이용악이 같은 시기 같은 학교에 있었는지는 정확히 확인되지 않는다. 이용악의 친구 유정은 훗날 "동반 작가로서 중앙 문단에 쟁쟁하던 효석의 존재는, 지방 문학청년들의 외경과 동경의 대상이 되어 마땅했을 것이었다"고 회상한다. 이용악이 이효석과 사귄 것 같지는 않다고도 말했다. 유정, 「암울한 시대를 비춘 외로운 시혼: 향토의 시인 이용악의 초상」, 『이용악 시전집』, 창작과비평사, 1988.

8 「관북·만주 출신 작가의 『향토문화』를 말하는 좌담회」(제4회), 『삼천리』, 1940.9.

9 중국조선족청년학회 수집 정리, 『중국조선족 이민실록』, 연변인민출판사, 1992.

21 함경선을 탄 작가

1 이석훈, 「고요한 폭풍」(전3부). 김재용·김미란 편역, 『식민주의와 협력』, 역락, 2003.

2 김병걸 김규동 편, 『친일문학선집』(1)(실천문학사, 1986)에서는 "그쪽은 꽤 시끄러우니까"라고 번역되어 있다. 310쪽.

3 심훈, 「불사조」, 『심훈문학전집』(3), 탐구당, 1966. 440~441쪽.

4 김재용, 『협력과 저항』, 소명출판, 2004. 27쪽.

22 두만강을 기억하는 다른 방식

1 김광섭, 「눈으로 가는 심경」, 『신동아』(3-12), 1933.

2 김야린, 『두만강 삼국경의 처녀 별』, 예그린문고, 1993. 153~161쪽.

3 최인훈, 『하늘의 다리/두만강』(최인훈 전집 7), 문학과지성사, 1978. 141쪽.

4 이하 오미일, 「간도의 통로, 근대 회령지방의 월경과 생활세계」, 『역사와 세계』(51)(효원사학회, 2017)을 많이 참고했다. 일일이 주를 달지 않는다.

5   천리구, 「회령까지」(9), 『조선일보』, 1927.6.16.

6   와다 하루키, 이종석 역, 『김일성과 만주항일전쟁』, 창작과비평사, 1992. 84쪽.

7   김영식, 『아버지 파인 김동환』, 국학자료원, 1994. 65쪽.

8   최인훈, 『화두』(1), 민음사, 1994. 14쪽.

9   최인훈, 「두만강」, 『하늘의 다리/두만강』(최인훈 전집 7), 문학과지성사, 1978. 179~180쪽.

10 앞 책, 295쪽.

11 배지연, 「최인훈 소설에 나타난 일제 강점의 기억과 풍속 재현의 글쓰기」, 『우리말글』(71), 우리말글학회, 2016. 406쪽.

12 최인훈, 앞 책, 173쪽.

13 최인훈, 『화두』(1), 민음사, 1994. 30쪽.

23 해방, 그리고 인간 존엄의 잔등

1   우리역사넷, 신편 한국사 PC 버전, 국사편찬위원회.

2   와다 하루키, 이종석 역, 『김일성과 만주항일전쟁』, 창작과비평사, 1992. 285쪽.

3   이소가야 스에지, 김계일 역, 『우리 청춘의 조선』, 사계절, 1988; 변은진, 『자유와 평화를 꿈꾼 '한반도인' 이소가야 스에지』, 아연출판부, 2018.

4   磯谷季次, 「北朝鮮にありて」, 1946. 변은진, 앞 책. 179쪽.

5   허준, 「잔등」, 『허준 전집』, 현대문학, 2009. 이 부분은 졸고 「해방은 어떻게 오는가」[『녹색평론』(180), 2021.9·10]와 상당 부분 겹친다.

찾아보기

한국 근대 문학 기행
함경도 이야기

1판 1쇄 발행 2023년 4월 18일
1판 2쇄 발행 2024년 1월 2일

지은이 김남일
펴낸이 박해진
펴낸곳 도서출판 학고재
등록 2013년 6월 18일 제2013-000186호
주소 서울시 영등포구 경인로 775 에이스하이테크시티 2-804
전화 02-745-1722(편집) 070-7404-2791(마케팅)
팩스 02-3210-2775
전자우편 hakgojae@gmail.com
페이스북 www.facebook.com/hakgojae

ISBN 978-89-5625-451-7 03810